Ein persönliches, historisches Lesebuch und Schauspiel zu einer bewegten europäischen Epoche am Umbruch des 14. und 15. Jahrhunderts:

„Jan Hus – Der Wahrheit Willen" entstand als Schauspiel, basierend auf einer Erzählung der Autorin über das fiktive Zusammentreffen des Prager Gelehrten mit jenem Menschen, der für manche von Hus' Zeitgenossen den Antichristen verkörperte – Baldassare Cossa, dem „ungezählten" Papst Johannes XXIII. Daraus entwickelte sich die Idee, dem Schauspiel weitere Gedanken, Reflektionen, Erzählungen und Poesie anzufügen und die Sammlung in Buchform herauszugeben. Das vorliegende, persönliche historische Lesebuch mit Erzählungen zu einer bewegten Epoche, liegt nun vor für alle, die am Thema interessiert sind. Dabei steht das Wirken des Prager Universitätsmagisters im Vordergrund der Überlegungen, und er selbst im Mittelpunkt der Ereignisse.

Dagmar Dornbierer-Šašková – Schweizerin mit mährischen Wurzeln, war schon immer fasziniert von der Geschichte und den Menschen, die diese Geschichte mit ihrem jeweiligen Leben gestalteten. Individuelle Schicksale im Zusammenhang mit den Eigenheiten von Epochen und Zeitströmungen – dies ist auch der Stoff, den die Autorin für die vorliegenden Erzählungen und ihr Schauspiel verwendet. Dabei fühlt sie sich der Gesamtheit von Leben, Zeitgeist und Kultur verpflichtet, wozu auch umfangreiche Recherchen gehören. In den Jahren 2004-2014 schrieb die Autorin mehrere Bühnenstücke, die mit historischem Tanz und Musik aus mehreren Epochen zur Aufführung gelangten. Weiterer Erzählstoff ist in Vorbereitung und wird in Kürze dem Publikum vorgestellt werden.

dagmar.dornbierer@dolphins.ch

Jan Hus
Der Wahrheit Willen

INHALT

ERSTER TEIL:

Zu Beginn … 7
Zwischen Licht und Schatten 11
Ve znamení ohně - Im Zeichen des Feuers 14
Hus und Cossa 15
Der Wahrheit Willen – Pravdy vůle 30
Die Lizenz zum Schreiben 31
Einer für alle 38
Aufforderung zum Ungehorsam 42
Prager Gerede 53
Lehrer aus Leidenschaft 54
„Dcerka" – Zwiesprache mit der Seele 67
Gelebte Konsequenz - Jan Hus und Jan Palach............ 73
Prag und Paris interkulturell – Jan Hus und Jean Gerson 77
Die Wichtigkeit des Kelchs 93
Das Kuttenberger Dekret 103
Zwei Flüsse 123
Zwischen Dualismus und Polarität … 124
Der Fischerkönig 146
Der 6. Juli 1415 in Konstanz 151
Hus und die Medien 160
Gedankensplitter – Rosen und Namen 167
Magie, Spekulation und ein unerschütterlicher Lebenswille 173
Interreligiöser Dialog 180
Restitutionen: Quo vadis, tschechische Kirche? 188
Ein moderner Realpolitiker 195
Zum Schluss die Nepomucken von allen Brücken spucken … 218

ZWEITER TEIL:

Gedanken zu zentralen Themen des Schauspiels 225
Schauspiel: „Jan Hus – Der Wahrheit Willen" 242

ANHANG: 293

Jan Hus – die Daten / Jan Hus – die Werke / Literaturempfehlungen

ERSTER TEIL

Jan Hus – Der Wahrheit Willen

Erzählungen, Gedanken, Eindrücke und Betrachtungen zu einer bewegten Epoche Europas am Umbruch des 14. und 15. Jahrhunderts.

GEDENKJAHR
1415 — 2015

Impressum:
© Dagmar Dornbierer-Šašková
März 2015

Herstellung und Verlag:
BoD – Books on Demand, Norderstedt
ISBN 978-3-7347-5451-7

Zu Beginn ...

Dieses Buch ist sehr persönlich. Der Inhalt erhebt keinen Anspruch auf Objektivität und schon gar nicht auf Struktur und Vollständigkeit. Es soll zum Nachdenken anregen. Es darf polarisieren. Man muss nicht einverstanden sein mit den darin enthaltenen Aussagen. Es wäre schön, würde dieser Band Interesse wecken an der Person des Jan Hus, eines Denkers, Philosophen, Lehrers aus Leidenschaft und Berufung. Ich wünsche mir, dass Interesse entsteht an einer unruhigen Epoche, Interesse an Zusammenhängen und Verbindungen.

Deshalb ist der erste Teil dieses Buches eine Sammlung subjektiver und persönlicher Gedanken, die ausgelöst wurden, als ich mich mit den Vorbereitungen und dem Verfassen des Schauspiels über Jan Hus beschäftigte. Die Aussagen des Magisters Hus fordern auch heute noch auf, Stellung zu beziehen. Genau dies, tue ich hier, indem ich meine Betrachtungen, meine Rückschlüsse, Gedankensplitter, Fragmente und Überlegungen zu Papier bringe und veröffentliche, wie Hus es seinerzeit selbst tat. Er schrieb über alles, was ihn bewegte. Sogar noch aus den Konstanzer Gefängnissen schrieb er unermüdlich Briefe an seine Freunde, fühlte sich durch sie unterstützt und sprach auf diese Weise dem Freundeskreis Mut zu. Seine Briefe vermitteln bis heute Hoffnung – und Hoffen ist wohl die stärkste tschechische Eigenschaft. Ohne Hoffnung gäbe es Land und Leute schon lange nicht mehr. Ohne Hoffnung gäbe es keine tschechische, mährische, und auch keine slowakische Kultur mehr, wobei Tschechisch und Slowakisch – als Sprachen mit all ihren Dialekten und Regionalidiomen – dermassen eng verwandt sind, dass man sich gegenseitig ohne Hilfe versteht.

Dieses Buch folgt der inneren Inspiration. Es lag kein Konzept vor, sondern nur der gefühlsbetonte Wunsch, mehr zum Thema zu sagen, nachdem die Erzählung „Hus und Cossa" geschrieben war und nachdem das Schauspiel entstanden war. Subjektive Emotionen und Eindrücke bestimmten Stil und Inhalt der einzelnen Kapitel. Die aufgezeichneten Gedanken und Betrachtungen mögen manchmal ungeordnet erscheinen, sie mögen sich wiederholen, doch sie folgen einem roten Faden. Dies darf so sein, denn...

.... dieses Buch ist keine wissenschaftliche Arbeit. Es ist keine historische Abhandlung, obwohl immer wieder Abschnitte der tschechischen Geschichte zur Sprache kommen. Die Erklärungen sind dabei allgemein gehalten und dienen lediglich einem besseren Verständnis. Das Buch braucht deshalb keine Fussnoten, kein Quellenverzeichnis, keine Beweise. Natürlich wird man Fakten, Jahreszahlen und Literaturempfehlungen finden – doch viel wichtiger schienen mir Zusammenhänge und Verbindungen, als chronologisch einwandfreie Abfolgen von Ereignissen. Da es ein sehr persönliches Buch ist – hatte ich die Freiheit zu schildern, was mich bewegte, was mein Gemüt in Wallung brachte und was mich tief nachdenken liess, während ich das Schauspiel „Jan Hus – Der Wahrheit Willen" schrieb.

Die Basis der Tatsachen, auf denen diese subjektive Kompilation beruht, verstehe ich durchaus im Sinne einer Anregung zur Neugierde, zum selbständigen Suchen und Recherchieren. Ich möchte interessierten Lesern empfehlen, sich auf das Abenteuer einzulassen, die Epoche und das Leben des Jan Hus ein wenig näher zu erforschen, sich durch Literatur zu blättern oder auch in die Tiefen des Internets zu tauchen. Ich kann mir vorstellen, dass Jan Hus, würde er heute leben, seine Freude an all den verschiedenen Informationskanälen hätte, die uns zur Verfügung stehen. Benutzen wir sie also in seinem Sinn und Geist. Hus selbst war auf mündliche oder schriftliche Berichte seiner Berufskollegen und Freunde angewiesen, und er unterhielt eine ansehnliche Korrespondenz mit Gelehrten, darunter auch mit Magistern der Universität Oxford, insbesondere mit Richard Wycke, einem Londoner Priester und Schüler Wycleffs. Aus Wyckes Hand hat sich ein Brief an Jan Hus mit ermutigendem Inhalt erhalten, datiert ist er vom 8. September 1410. Man korrespondierte in Latein, es gab keine Sprachbarrieren. Das Thema, in dessen Mittelpunkt die Person des Jan Hus steht, ist sehr umfangreich, und man kann an jedem Ende, oder mit jeder Einzelheit beginnen – der Weg der Erforschung hält immer Erkenntnisse bereit.

Vielleicht mögen einige Gedankenstränge in diesem Buch abrupt abreissen, doch vielleicht werden sie in einem anderen Kapitel zu Ende geführt. Vielleicht findet das eine oder andere Gedicht Anklang, Vielleicht wird jemand auch von den Aussagen der Wahrheit inspiriert werden ... vielleicht fesselt die Erzählversion der Szene zwischen Jan Hus und Baldassare Cossa. Diese Erzählung war gegen Ende des Jahres 2012 entstanden, und aus dieser Szene entwickelte sich schliesslich das gesamte Schauspiel.

Den Texten dieses Buches liegen Emotionen zugrunde, die durch Nachdenken über historische Ereignisse ins Leben kamen. Gefühle und Gedanken über einen neuen Zugang zum Land Tschechien und dessen Geschichte. Grundsätzlich sollen sich Gefühle und Gedanken ergänzen. Sie sollen sich als Pole eines Ganzen vervollständigen. Gefühle brauchen ein gewisses Mass an strukturierenden Gedanken, doch nur tatsachenbezogene, rein objektive Gedanken können kalt und menschenfeindlich sein.

Jan Hus hatte es verstanden, komplexe Gedankengebäude verständlich zu machen und seine Überlegungen und Schlüsse mit der richtigen Dosis an Emotionen zu unterlegen. So wirkten seine Worte auf natürliche

Weise überzeugend. Hus war auch als Prediger immer der Lehrer, der seine Schüler anleiten und weiter führen wollte. Hus motivierte, ordnete und inspirierte. Dazu ist viel Gefühl notwendig. Heute wäre er vermutlich ein begnadeter Personalcoach. Dabei war es nicht seine Person, die im Vordergrund stand, sondern seine Aussagen – Früchte reichlicher Überlegung, Produkte ausgereifter Gedankenprozesse. Dieses Buch sei ihm in diesem Sinne gewidmet.

Den zweiten Teil des Buches bildet das Schauspiel für vier Darsteller und ein Kapitel mit Erklärungen zu den zentralen Themen des Schauspiels.

Sowohl die Gelegenheit das Bühnenstück zu verfassen, als auch die Inspiration zu einzelnen Szenen fielen mir oft unerwartet zu, so dass ich darüber einfach nur tiefe Dankbarkeit empfinde.

Zwischen Licht und Schatten
Dezember 2014

Ich hatte viel Zeit mit Nachforschungen verbracht. Vor jenen Recherchen, welche dem Verfassen des Schauspiels voran gingen, lagen bereits lange Jahre allgemeinen geschichtlichen Interesses und auch des besonderen Fokus auf das 14./15. Jahrhundert, auf Hus selbst und auf das Gesamtgeschehen jener Epoche. Nun hatte ich mich also wieder ans Recherchieren gemacht, dieses Mal jedoch mit einem reiferen Geist und reiferem Bewusstsein. Ich stürzte mich in die Literatur, tauchte kopfüber ins Internet und seine Quellen, und förderte einen Schatz nach dem anderen zutage. Dass sich dann manch geglaubter Schatz, kaum geborgen, auch schon wieder verflüchtigte, liegt in der Natur der Sache. Beim Sammeln darf man zu Beginn nicht wählerisch sein – doch siebt man die erhaltenen Informationsteile gründlich, trennt sich bald schon Brauchbares vom Unbrauchbaren. So auch hier.

Bald fügten sich alte und neue Informationsstücke zu einem anschaulichen Bild. Es ist fast vollständig. Die noch verbleibenden Lücken im Puzzle sind unbedeutend, denn das Bild ist gut erkennbar. Unbedeutend sind hier auch die Versuche der Gegner des Magisters Jan Hus ihn zu diskreditieren. Erstaunlich, dass jemand – 600 Jahre nach seinem Tod – immer noch so viele Gegner hat. Sie kommen aus verschiedenen Lagern und ihre harten Worte der Ablehnung verletzen. Es ist auch erstaunlich, mit welcher Intensität diese Ablehnung ausgedrückt wird. Was ist es, das die Gegner dermassen erschreckt? Ist es die ruhige und natürliche Autorität, die noch über Jahrhunderte hinweg aus Hus' eigenhändigen, schriftlichen Zeugnissen atmet? Oder ist es die allgemein verständliche Botschaft, die sich auf den lösungsorientierten Menschenverstand und Dankbarkeit fürs Leben beruft?

Wie dem auch sei – es ist nun genug geforscht. Es sind genügend Resultate und Fakten notiert. Es ist Zeit, die Erkenntnisse in Form zu bringen. Das Jahr 2014 neigt sich dem Ende zu.

Während meiner Nachforschungen hatte ich viele Abwege entdeckt. Man kann sich leicht verzetteln und sich im Informationslabyrinth verlieren. Die Abwege von Hus' damaligen und heutigen Gegnern führen selbst heute noch in die Irre. Sie weisen den Weg in einen Sumpf und Morast aus Verleumdung, Spott und Lüge. Eine Lüge ist nur so gut, wie ihr schwankender Untergrund. Am schlimmsten sind Lügen, die auf einem morschen Untergrund aus Halbwahrheiten stehen. Doch gibt es die halbe Wahrheit? Die Wahrheit ist immer ganz – sie kann nur vernebelt, verschleiert, verdreht und verleugnet werden. Solche halb zugedeckten Wahrheiten schmerzen am meisten, denn der verzerrte Hintergrund lockt immer in eine Falle. Der ehrgeizige, und auch neugierige Forscher unterliegt dann einem Phänomen, das im Buddhismus poetisch als der Schleier der Maya umschrieben wird. Illusion….

Dieser Lügenschleier umgarnt und vernebelt die Erkenntnisfähigkeit. Er macht süchtig auf neue Information, auf weitere Hinweise und Erklärungen. Man möchte immer komplexere Zusammenhänge aufdecken und landet schliesslich in der Falle: Entweder ist die Zeit mit unnützem Schlamm verbracht oder das Thema beginnt zu ermüden, so dass man sich davon abwendet, um neuen, verheissungsvollen Dingen nachzugehen, auf neuen Wegen und Abwegen. Deshalb gehört diese Art der Ablenkung und Desinformation dorthin, von wo man sie heraus gezogen hatte: in die Vergessenheit.

Wie befreiend fühlte es sich an, als ich mich wieder auf die Kernaussagen besann. Kernaussagen von Jan Hus. Die Reden an seine Zuhörer. Die Lektüre seiner Briefe. Einfache, schlichte, verständliche Worte voll innerer Kraft.

Frischer Wind und belebende Luft, die tiefe Atemzüge erlauben. Die Kraft der Reinheit – der Wahrheit. Erleuchtende Gedanken, innerer Frieden, und schliesslich Dankbarkeit, dies erkennen zu dürfen.

Ve znamení ohně
(25. 01. 2005 / Performance über Jan Palach / Dagmar Dornbierer)

V zemi řek a tůní je oheň nezbytným protipólem tvořivé síly.

Napodiv, jak velmi obsažnou slovní zásobu
má národ rusalek a vodníků na námět ohně.

Plamen a voda jsou nezastavitelnou silou tvorby.
Kdokoli se bude snažit plamen v srdci národa uhasit,
odcizí lidem nejcennější vlastnost člověka: Tvořivost.

Spěje-li tvořivost do výšin,
mění se člověk v chápající bytost,
otevřenou božskému vedení.

Nikdo nemá právo dusit tvořivost.

Im Zeichen des Feuers
Im Land der Teiche und Flüsse ist Feuer
der unabdingbare Gegenpol schöpferischer Kraft.

Erstaunlich, über welch reichen Wortschatz zum Begriff Feuer,
das Volk der Undinen und Wassergeister verfügt.

Flamme und Wasser ergeben die unaufhaltsame Kraft der Schöpfung.
Wer auch immer bestrebt ist,
die Flamme im Herzen eines Volkes zu ersticken,
der nimmt Menschen das Kostbarste, das sie ihr eigen nennen:
die Schöpferkraft.

Beginnt der Erfindungsgeist erst hinauf zu streben,
so wandelt sich der Mensch in ein begreifendes Wesen,
bereit göttliche Führung anzunehmen.

Niemand hat ein Recht die schöpferische Kraft zu hemmen.

Hus und Cossa
Burg Gottlieben, Frühjahr 1415

Als er seine Chancen auf eigene Machterhaltung schwinden sieht, verlässt Johannes XXIII. (Baldassare Cossa) in der Nacht vom 20. auf den 21. März 1415 als Knappe verkleidet fluchtartig die Stadt Konstanz, wo er als einziger von drei sich bekämpfenden Päpsten am grossen Konzil teilnimmt.

Die Liste der Verbrechen, die ihm in Konstanz vorgeworfen werden ist lang. Ketzerei, Unzucht, Ämterkauf, Sodomie und mehr....Eine Kommission klagt ihn an und erklärt ihn einstimmig für schuldig. Danach wenden sich auch seine Parteigänger von ihm ab und vereiteln seine Flucht. Man setzt ihn schließlich im Schloss Gottlieben gefangen. Angeblich sollen der Ex-Papst und der Prager Meister Jan Hus, der auf Gottlieben seinen Tod auf dem Scheiterhaufen erwartet, dort eine Nacht Wand an Wand verbracht haben. Später wird man Cossa nach Mannheim überführen und ihn am Ende des Konzils gegen ein hohes Lösegeld frei lassen. Im Dezember 1419 wird Cossa in Ehren und als Kardinalbischof von Tusculum,- knapp fünfzigjährig – in Florenz sterben und beigesetzt werden.

Doch warum hätte man ausgerechnet diese beiden so gegensätzlichen Männer in zwei verschiedenen Zellen gefangen halten sollen, und lediglich „Wand an Wand"? Gab es am Konstanzer Konzil nicht genügend intrigante Individuen, denen es Befriedigung verschafft hätte, den Gegenpapst einzuschüchtern, ihn zum Rücktritt und gleichzeitig Hus zu einem Widerruf zu bewegen? Vielleicht gar Hus zu verleiten Baldassare Cossa um Hilfe anzuflehen?

Ob es eine solche dritte Hand jemals gegeben hat, wird immer im Dunkeln der Geschichte bleiben – wie auch Cossas Lebensweg vom Soldaten oder gar Berufspiraten bis zum Papst, ebenfalls viele dunkle Stellen aufweist...... Grösser könnte der Kontrast nicht sein, zwischen dem macht- und geldgierigem Condottiere im Papstamt und dem Universitätsrektor, der den Mut hatte, die römische Kirche zu den Wurzeln der Evangelien und einer schlichten, jedoch innigen Glaubenspraxis zurückführen zu wollen. Hus wurde am 6. Juli 1415 in Konstanz hingerichtet.

- Willkommen, Herr Baldassare,- sagt die Gestalt auf dem Strohlager und der Klang des ausgesprochenen Lateins bricht sich eigenartig an den Wänden der Kerkerzelle. Fremd, unrichtig, rutschen die Worte kratzend an den groben Mauern herunter.

- Willkommen in der Welt, in die Ihr mich geschickt habt.-

Der Neuankömmling lacht bitter. Also ist es wahr. Der Andere ist hier. Man hat ihn also absichtlich in diese Zelle gebracht. Man will ihm keine Demütigung ersparen.

- Baldassare? Nein, es gibt keinen Baldassare mehr. Der Name ist immer noch Johannes! - erwidert der neu Angekommene hochmütig.

- Man hat mich zwar der Würde beraubt, jedoch nicht des Namens, - fährt er fort - Erweist mir deshalb diese Ehre, Meister Jan. So begegnen wir uns auf der Ebene des Vornamens. Dies macht uns gleich – Ihr und ich – zwei Unglücksraben und Pechvögel.-

Die Stimme scherzt, unternimmt einen unglücklichen Versuch jegliches ernsthafte Gespräch gleich zu Beginn abzuwehren. Zwei alte Männer, die sie sind, könnten doch ein wenig gemeinsam jammern über den ungerechten Lauf dieser Welt, ein wenig seufzen, ein bisschen über dies und jenes klagen, sich zum Beispiel über diese Zelle beschweren – da gibt es nicht einmal eine Sitzgelegenheit und in dieser Kälte kehrt bestimmt wieder dieses schmerzhafte Gliederreissen zurück. Doch der Prager Gelehrte, der seit Monaten von Gefängnis zu Gefängnis abgeschoben wird, der sich in all dieser Zeit darauf vorbereitet in Demut und mit freiem Gewissen vor das Gericht Gottes des Allmächtigen zu treten, geht nicht auf Scherze ein. Seine Worte sind gezählt. Mag es Wochen oder noch weitere Monate dauern, bald wird er verstummen – warum dann die Zeit, die ihm noch zur Stärkung der Seele bleibt mit greisenhaftem Gejammer zu vergeuden?

- Gut, ich will Euch Giovanni nennen, da ihr den Namen des Heiligen Johannes nicht verdient, - stellt er fest, - und nein, gleich sind wir uns keineswegs. Ich werde Euch nie gleich sein. Ihr vielleicht mögt Gnade vor Gott erlangen, doch ich trete mit erhobenem Haupt vor seinen Richterstuhl.

- Ihr seid ein Blasphemist und Ketzer, Meister Jan, und Ihr macht Euch auch noch der Todsünde des hochfahrenden Stolzes schuldig. – Die Stimme ist wieder zum gewohnten Ton von Verordnung und Kommando zurückgekehrt. Keine Possen mehr. Der Andere braucht Zurechtweisung, es gilt die Machtpositionen zu klären.

- Danke, signor Giovanni, dass Ihr meinen Titel anerkennt.- sagt Meister Jan.

Will ihn der Andere etwa zum Narren halten?! Was ist das für ein Unfug, den er hier treibt?

- Ketzer ist Euer Titel! Ein Gotteslästerer seid Ihr, der brennen wird!

Unruhiger, ungeduldiger, von Angst durchzuckter Stolz offenbart sich plötzlich in der Stimme. Der Andere will ihn doch nur verhöhnen. Der Andere will ihn reizen mit seiner Ruhe. Der Andere will ihn mit gelehrter Disputationskunst verspotten und in die Enge treiben! Welch eine Demütigung, ihn zu diesem Anderen in ein stinkendes Kerkerloch zu werfen! Wenn er seine Macht zurückgewonnen haben wird – und er wird sie zurückgewinnen – dann werden Jene es grässlich büssen, ihm diese Schmach angetan zu haben! .... Wenn es hier nur eine Sitzgelegenheit gäbe! Die Füsse tun ihm weh. Es wird ihm schwindelig, wenn er lange stehen muss. Die Füsse sind schon ganz kalt. Wenn er sich auf den eisigen Boden setzt, dann holt er sich den Tod – ausserdem, wie sollte er sich ohne fremde Hilfe auf den Boden hocken können? Das ganze Stroh in diesem verfluchten Loch hat der Andere unter sich zusammengescharrt. Wenn er doch nur ein bisschen Stroh hätte, um sich setzen zu können...

- Die Flammen werden Euren Körper verschlingen, Meister Jan, und die Teufel Eure schwarze Seele! Doppelt werdet Ihr brennen für Eure Gottlosigkeit – einmal auf dem Scheiterhaufen und einmal in der Hölle!

Die Stimme beschwört Visionen der Verdammnis, quälende Trugbilder, fiebrige Chimären. Der Andere soll schaudern, er soll mit den Zähnen klappern vor Entsetzen, er soll wimmern und um Erbarmen flehen!

- Ja, das ist wahr, - sagt Meister Jan, als wäre dies der logische Schluss einer langen Argumentation und durchdachter Beweisführung, -ich werde brennen. Mein Körper wird die Qualen des Feuers erleiden, doch meine Seele brennt für Gott und mein Geist brennt für die Wahrheit. Ihr jedoch, signor Giovanni, Ihr brennt nicht, Ihr fault – und das ist tausendmal leidvoller als der schnelle Tod durch die reinigenden Flammen.-

Eine ganze Weile herrscht Stille im Zwielicht der Zelle, die nur soweit von einer rauchenden Lampe erhellt wird, dass man des Elends gewahr wird. Der grobe Docht schwimmt in einer trüben, ranzigen Flüssigkeit, und die fahle Flamme lässt unstete Schatten über die Mauern huschen. Als würden Umrisse all Jener an die Wände geworfen, die ihn bedrohten und derer er sich demzufolge entledigen musste. Nur der Vorsichtigere überlebt. Der Schnellere. Auch Jene hätten gleich gehandelt wie er. Entweder er oder sie. Ist es somit nicht folgerichtig, wenn er das eigene Leben schützte? Warum verfolgen sie ihn nun sogar bis hierher? Die Schatten jagen ihm Furcht ein. Oder hat ihn der Andere mit dem bösen Blick behext? Heimlich verschränkt er Mittel- und Zeigefinger der rechten Hand und widersteht dem Drang sich zu bekreuzigen, er will den Anderen nicht merken lassen, dass er sich fürchtet – nein, diese Genugtuung wird er ihm nicht schenken. Doch die Schatten an der Wand zucken in garstigen Verrenkungen durch den Qualm der Lampe, die keine Lichtquelle ist. Die schmutzige Flamme kann nicht erhellen, ihre Aufgabe ist es den Weg in die Hölle aufzuzeigen. Die trübe, unreine Nahrung der Flamme und der grobschlächtige Docht sind ungeeignet hoffnungsvollen Schein und tröstliche Wärme zu spenden. Selbst das Licht wurde eingekerkert, seine Eigenschaften missbräuchlich gezwungen Furcht statt Zuspruch zu verbreiten.

- Habt Ihr Angst vor dem Tod, Meister Jan? –Die Stimme klingt zaghaft. Sie heischt Trost, Besänftigung.

- So nachdenklich seid Ihr geworden, signor Giovanni? Hat euch die Furcht ereilt? Nun, um Euch Antwort zu geben: Nein, vor dem Tod habe keine Angst. Schliesslich hatte ich hier genug Zeit, um mich auf das Unweigerliche vorzubereiten. Im Gegensatz zu Euch weiss ich, dass ich aus dieser Zelle nur dann heraus geführt werde, wenn man den Tag meines Todes bestimmt haben wird. Der Tod wird mich erlösen, doch bis es soweit ist werde ich leiden. Mein Körper wird sich den Qualen des Verbrennens widersetzen, ich werde vielleicht vor Pein schreien, jammern, wehklagen - dies wird an den Nerven der Zuschauer rütteln, und .... -

- Haltet ein!! Hört auf, um Christi Willen! Es ist entsetzlich! – Die Stimme ist nun heiser geworden vor Furcht, sie wagt nicht laut zu werden, obwohl sie schreien möchte. Der Körper fröstelt, nicht allein vor Kälte.

- Entsetzlich? Findet Ihr? – War es das für unseren Heiland nicht auch? Wünschen wir uns denn nicht auch all seine Qualen zu erleiden, damit wir erlöst werden und zur Rechten Gottes, unseres Vaters sitzen mögen nach dem letzten Gericht? -

- Ihr seid ein Ketzer, ein infamer Verleumder Gottes! Hört auf mit diesem Gerede, ich verbiete es Euch!! – Jetzt kreischt die Stimme. Sie gellt schneidend durch den Raum, um doch bloss wieder an den Wänden abzuprallen, mit diesem trockenen, schabenden Geräusch.

- Ihr verbietet... ja ja.... – Jan Hus lacht und sein Lachen klingt sanft, versöhnlich, wie das Lachen einer Mutter, die den Prahlereien ihres kleinen Sohnes zuhört.

- Ach, mein signor Giovanni, Ihr dürft mir nach Eurer Herzenslust alles verbieten, was Ihr wollt, was Euch gut dünkt, was Euch in den Sinn kommt – es wird nichts daran ändern, dass Ihr hier mit mir in dieser Zelle, in demselben fauligen Stroh auf Euren Allerwertesten sitzt.-

Der Andere hat sich etwas zur Seite bewegt und ein wenig Stroh unter seinem Körper hervor gewischt. Er bietet ihm eine Handvoll Stroh an!

Mit einer einladenden Bewegung bedeutet er ihm sich zu setzen. Er hat die Unverfrorenheit ihn derart zu verhöhnen! Grinsend schmäht ihn der Andere und spottet seiner….!

- Ihr sollt endlich Euer stinkendes Maul halten!!! – Die Stimme hat jetzt Kraft. Jäher Zorn ist es, der ihr diese Kraft verleiht. Wut, die Befehle erteilt. Doch der Befehl ist vergeudet, die Kraft sinnlos verbraucht. Er zittert. Am liebsten würde er dem Anderen an die Gurgel springen, damit der endlich aufhöre zu reden! Der Andere will ihm mit seinem Gefasel doch nur den Verstand durcheinander bringen, will ihn in den Wahnsinn treiben, darauf, - nur darauf hat er es abgesehen – auf Rache. Jetzt hat er den Anderen durchschaut! Alle wollen Rache! Alle wollen den eigenen Vorteil! Doch halt! Ein Verdacht keimt im verwirrten Hirn: der Andere verfolgt sicher einen Plan. Der Andere will ihn verderben. Wenn er dem Anderen die Kehle zudrückt bis dieser aufhört zu atmen – was dann? Was würde geschehen, wenn die Kerkerwächter entdeckten, dass er den Anderen getötet hat? Dann würden sie ihn selbst zum Scheiterhaufen schleifen, als Ersatz für den verloren gegangenen Ketzer, für die entgangene Schau. Ja, dies muss der Plan des Anderen sein: ihn um den Verstand bringen zu wollen, damit er den Anderen schnell töte… Damit er das Leiden des Anderen verkürze und selbst in den heissen Flammen umkomme… Geschickte Manipulation – ja, wahrlich. Meisterhaft. So erspart sich der Andere die Demütigung, die Qualen und die Höllenfahrt - und er, er selbst? Er wird von den Schergen, unter Johlen und Schreien der entfesselten Menge in die lodernden Flammen gestürzt werden. Ihn schaudert und Schweisstropfen perlen auf seiner Stirn. Gut ausgedacht, Ketzer, gut ausgedacht! Doch er wird sich hüten, er wird seine Wut zähmen, auch wenn ihm das noch so schwer fällt. Er wird sich zu beherrschen wissen.

- Warum so laut und so wütend, signor Giovanni?-

- Perfider Teufel! Elender! Verflucht und verdammt sollst du sein zu ewiger Finsternis,….! –Die Stimme zischt und flüstert Beschwörungen. Er wird sich beherrschen, ja, er wird sich zusammenreissen, er ist schliesslich schlauer, er weiss jetzt, wohin der Andere zielt. Er wird den Dämon austreiben.

- Ich gebiete Euch zu schweigen .... sonst...-

- Sonst? – Die Frage kommt schnell und schneidet alle Worte, die vielleicht nachfolgen sollten, jäh ab.

– Ihr hört mich lachen, signor Giovanni. Was – sonst? Was wird sonst geschehen? Wollt Ihr die Wachen rufen? Und was sollen sie dann tun? Euch aus der Zelle schaffen? Mich aus der Zelle schaffen? Was sonst? Was wollt Ihr?-

- Ich will, dass Ihr endlich schweigt! – Noch einmal bäumt sich die Stimme auf. Noch einmal will sie Oberhand behalten. Doch das kann nicht sein. Es kann nicht sein, dass der Andere immer wieder antwortet, entgegnet, sich rechtfertigt und widerspricht.

- Aber warum sollte ich gerade jetzt schweigen, signor Giovanni? Endlich habe ich Gesellschaft! Ich bin seit Monaten eingesperrt. Erinnert Ihr Euch? Es geschah auf Euer eigenes Geheiss.-

- Nein! Nein! Sigismund war es! Sigismund, der Arglistige war es, der Euch einsperren liess! – Die Stimme kreischt und verhaspelt sich. Es ist unsagbar schwer sich Beherrschung aufzuzwingen und die Angst niederzuringen. Dieser Andere verdreht wieder jedes Wort, jede Tatsache. Es war nicht seine Schuld, dass der Andere in den Kerker geworfen wurde. Das war die Schuld Sigismunds. Sigismund, der Doppelzüngige, der rote Fuchs, die falsche Schlange. Sigismund hätte vielmehr auf ihn hören sollen, aber dieser machtgeile Verräter hat in die eigene Tasche gespielt. Es war Sigismund....

- Signor Giovanni, - es ist egal. Ob Ihr oder der Herr Sigismund – es ist ganz gleich wer mich einsperren liess. Der König ist wortbrüchig geworden und Ihr – Ihr könnt gar nicht wortbrüchig werden, denn Euer Wort hat noch nie etwas gegolten... Ihr kennt Euer eigenes Leben zur genüge. Ihr werdet Euch vor Gott selber verantworten müssen.-

Der Mann, der von Jan Hus als Signor Giovanni tituliert wird, ist nun ausser sich. Seine Kehle ist vor Angst und Wut zugeschnürt, er kann nicht einmal nach den Wachen schreien. Er spürt seine Hilflosigkeit, seine Aggression, die Ausweglosigkeit seiner Lage. In einer sprunghaften Bewegung, derer er sich nicht bewusst ist, stürzt er auf den im Stroh liegenden abgemagerten Mann und spreizt seine Finger um dessen Hals. Doch er hat keine Kraft mehr. Die Hand rutscht ab und es ist sogar dem geschwächten Prager Meister ein Leichtes, die würgende Kralle von seiner Kehle abzustreifen. Schwer atmend und benommen vor sich hin stierend sitzt nun jener, der Giovanni genannt wird, doch noch neben Hus im Stroh. Der seufzt, rückt ein wenig von dem schwer atmenden Mann ab.

- Signor Giovanni, es heisst von Euch, dass Ihr keine Gnade mit Widersachern und unbequemen Zeitgenossen hattet – doch wollt Ihr Euch tatsächlich an mir versündigen? An mir, dem bereits Verurteilten? Ich wäre wohl der Erste, der die Ehre hätte von Eurer eigenen Hand getötet zu werden anstatt von Euren Schergen. Ausserdem hättet Ihr mir so den Feuertod erspart und die Menge um ihr Schauspiel beraubt....-

- Wie grausam Ihr doch seid .... Und Ihr gebt es auch noch zu, mich in infamster Weise manipuliert zu haben, damit ich Euer nichtswürdiges Leben auslösche.-

- Ich? Grausam? - Hus lacht und dieses Mal klingt sein Lachen trocken, schmähend und bitter zugleich. Den Vorwurf der Manipulation übergeht er. Einen Augenblick lang verspürt er Mitleid mit diesem armen, kranken Hirn, welches zu derlei Schlüssen fähig ist. Doch das Mitgefühl verflüchtigt sich schnell. Jener Mann, der sich wie ein Wurm im übelriechenden Stroh windet, hat zu viele Menschen auf den Gewissen, als das er, Jan Hus, Nachsicht üben könnte. Allerdings – gehören solche Gedanken nicht bereits zur Todsünde der Hochmut? Des Stolzes? Ist nicht Jesu Barmherzigkeit das strahlende Vorbild, nach dem auch er, Jan Hus, sich gegenüber dieser armen Kreatur befleissigen sollte? Es fällt schwer, er bekennt sich dazu. Auch angesichts des sicheren Todes und der Läuterung fällt es ihm schwer, mit diesem Mann Erbarmen zu haben.

- Signor Giovanni, Ihr wollt mich als Ketzer brennen sehen und nennt mich grausam? Vor lauter verblendeter Wut stürzt Ihr Euch auf mich, um mich zu würgen und bedenkt nicht, dass Ihr mir damit einen grossen Dienst erweisen würdet? Nur zu, Signor Giovanni! Tötet mich ... doch was dann? Nun, Ihr könnt die Wachen rufen und ihnen sagen, ich sei dem plötzlichen Herztod erlegen. Als würde das jemanden interessieren. Ihr würdet bloss alle verärgern, so dass sie sich um ihr Vergnügen geprellt fänden, mich brennen zu sehen!-

- Ihr seid der Teufel... Ihr seid wahrhaftig der Antichrist selbst....-

- Das sagt Ihr, ... und manch einer, der glaubt, dies wiederholen zu müssen.-

- Warum verschont Ihr mich nicht endlich mit Euren Reden? Warum könnt Ihr nicht einfach still sein?-

- Weil es schade wäre zu schweigen, signor Giovanni. Weil sich mir nach langen Wochen und Monaten endlich wieder einmal die Gelegenheit bietet, einen Disput zu führen, weil ich nach langer Zeit des Schweigens wieder Gesellschaft habe!-

- Dann habt wenigsten die Güte und zeigt Mitgefühl mit Eurem Nächsten, der ein armer, seiner Würden beraubter, verunglimpfter und gedemütigter Gefangener ist.-

- Einen feinen Humor habt Ihr, signor Giovanni, Euch als arm und gedemütigt zu bezeichnen! Wie sagte doch der Heiland, unser aller Erlöser: „Wie ihr dem Geringsten unter euren Nächsten getan habt, so wird euch getan..."?-

Der als Signor Giovanni bezeichnete Mann, sinkt in sich zusammen, er flüstert etwas in seiner neapolitanischen Muttersprache, er steigert sich hinein, die Worte werden lauter und unverständlicher – bis er, vor Wut feinen Speichelschaum versprühend, sich wieder aufrichtet und seinen Zellengenossen ins Gesicht schreit:

- Ich bin immer noch Euer Papst, ich bin Stellvertreter Gottes auf Erden! Ich habe Euch exkommuniziert und Ihr seid mir Euren Respekt schuldig! Eure Gegenwart beschmutzt mich!-

Meister Jan sagt lange nichts mehr. Er sieht den Neapolitaner sehr lange an, blickt ihm tief in die Augen, sodass Jener seinem Blick ausweicht. Schliesslich spricht er. Gelassen, ruhig, tönen die Worte, fügen sich zu Sätzen. Das Gebilde der Rede stellt fest, stellt dar, zeichnet ein Bild über alle Gleichnisse hinausgehend und in eine ewige Gültigkeit mündend.

- Nein Herr, Ihr seid kein Papst. Ihr seid es nie gewesen. Ihr habt Euch lediglich ein Amt gekauft, gestohlen, ertrogen, erschlichen − der Worte sind viele, sucht Euch eines aus, das Euch am besten gefällt. Ein Papst ist Gottes Stellvertreter auf Erden − doch der seid Ihr gewiss nicht. Es ist der Wille des Herrn, dass Er einen Mann bestimme, der Sein Sprachrohr unter den Menschen sei. Doch Ihr seid dies nicht − Ihr wart es nie. Kaum einer jener Männer, die sich Päpste nannten, waren es. Gottes Stellvertreter auf Erden ist der Christenheit ein leuchtendes Beispiel, er ist den Gläubigen ein weiser Führer und mitfühlender Lenker ihres geistigen Schicksals. Als Priester lebt er die Reinheit des Geistes und des Leibes vor. In Weisheit und Gnade verkündet er Gottes Wahrheit, auch wenn diese den Mitgliedern seines Hofstaats zuwider sein mag. Sein Herz brennt nach Erkenntnis der göttlichen Wahrheit. Er leitet seine Untergebenen wie der getreue Hirte aus der Bibel. Es verspürt Sehnsucht nach Erleuchtung, er besitzt Bereitschaft zum Dienst am Nächsten und zur Demut, die ihn auf den rechten Weg führen und ihn schliesslich im Lichte der göttlichen Wahrheit frei machen werden. Frei − wahrlich frei, Gott und seine Schöpfung aus ganzem Herzen zu preisen! −

Stille. Hat er sich getäuscht, oder haben die Schatten aufgehört ihren schaurigen Reigen zu vollführen? Ist das Licht nicht heller geworden? Er bekreuzigt sich nun, bekreuzigt sich dreimal hintereinander, dabei Bannsprüche murmelnd, von seiner alten neapolitanischen Amme gelehrt, Beschwörungen, die längst vergessen, nun aus den Nebeln seines Bewusstseins aufsteigen. Dieser Andere hat gewiss Zauberkräfte! Dieser Andere ist nicht nur ein Gotteslästerer, er ist auch ein Hexer!

- Ihr macht mich schaudern, Ihr böhmischer Schwarzkünstler. Ihr solltet euch vor dem Tod auf dem Scheiterhaufen fürchten, ihr solltet hier und jetzt mit den Zähnen knirschen und jammern, dass ihr elend und der

Ketzerei beschuldigt sterben müsst. Ihr sollt wehklagen, dass Eure Asche über ungeweihter Erde auf dem Schindanger verstreut wird. Ihr sollt Angst haben, ... Angst ...Angst!-

Die Stimme überschlägt sich. Die Schatten sind wieder zurückgekehrt und formieren sich zu einem weiteren Totentanz. Die russige Flamme flackert unruhig.

Hus' Blick wird auf einmal nachsichtig und mild. Er lächelt.

-Ja, - sagt er, - ich weiss. Ich weiss, dass Ihr mir Angst machen wollt. Das wollten andere auch. Alle wollten sie immer, dass ich Angst hatte.-

- Und? ... Hattet Ihr Angst? - Die Frage kommt schnell und mit unerwarteter Neugier. –Wollt Ihr mir sagen, dass Ihr in Eurem Leben nie Furcht verspürtet?–

- Doch.......-

- Doch?? ..... Warum sitzt Ihr dann hier so still?-

- Was für ein unreifes Kind Ihr doch seid, signor Giovanni. Ein verwöhntes, selbstsüchtiges, entartetes Kind.-

- Wollt Ihr schon wieder mit Euren Beleidigungen anfangen??-

- Gemach, ... signor Giovanni. Mit diesem Zorn und dieser Erregung schädigt Ihr nur Euer Herz, sofern Ihr denn eines habt.... Es ist nicht notwendig, Euch so zu erregen, denn Ihr werdet hier heraus kommen und werdet noch weitere Jahre unbeschadet überstehen.-

- Was macht Euch da so sicher?-

Hus seufzt und hebt die Schultern. Er hat das Aufblitzen der Hoffnung in der Stimme wohl bemerkt. Sein Blick ist nun auf den Mann geheftet, der von ihm, dem Todgeweihten, Hoffnung heischt.

- Die Erfahrung macht mich sicher, signor Giovanni. Wisst Ihr, ich hatte genug Zeit zum Nachdenken, genug Musse für Betrachtungen und

Gedanken - Ihr selbst und der Herr Sigismund habt mir diese wertvolle Zeit verschafft – nur schade, dass ich nichts davon aufschreiben darf.-

- Ihr seid ein hoffnungsloser Spinner,- faucht der um seinen Hoffnungsschimmer sich geprellt Wähnende, - man hat Euch verhext, man hat Euch mit ketzerischem Gedankengut vergiftet und jetzt meint Ihr mich damit martern zu müssen.-

Schon wieder dieser Blick des Anderen. Er kann es nicht ertragen, wenn ihn der Andere mit diesem Blick ansieht! Als könnte er auf den Grund der Seelen blicken – doch das kann er nicht. Niemand kann das … zumindest hat noch niemand einen Menschen gesehen, der dies könnte. Es ist alles nur Theater, dessen sich die Pfaffen bedienen, um ihre Schäfchen Gehorsam zu lehren! Alles dient bloss der Manipulation, der Einnebelung des Hirns. Gespinste. Er muss sich davor schützen…

- Seid beruhigt, signor Giovanni, Eure Gedanken kann man nicht vergiften – nicht mehr als sie es schon seit Euren jungen Jahren sind.-

-Ihr seid infam! Ihr beleidigt mich!-

- …und Ihr habt mir gegenüber Euer Wort gebrochen und habt mich betrogen – wir sind also quitt. Lasst uns wie zwei tüchtige Gelehrte einen ordentlichen Disput nach allen Regeln der Kunst führen!-

- Ich denke nicht daran!-

- Gut, dann wird es Euch belieben, meinen Worten zuzuhören. Ob Ihr wollt oder nicht – Ihr kommt nicht davon. Noch nicht.-

- Ihr seid also der felsenfesten Überzeugung, dass man mich aus diesem Loch hier herausholen wird?–

Schon wieder diese Hoffnung in der Stimme, als wäre Hus jener Prophet der Wahrheit, als der er niemals anerkannt werden darf.

- Das wisst Ihr doch selber genauso gut wie ich,- sagt Hus ….. - Ach, Euch fehlen die Worte? Aber signor Giovanni! Die Familie Medici braucht doch Eure Unterschriften auf gewissen Urkunden für Transaktionen in Eurem Namen – na gut, sie könnten die Signatur auch fälschen, aber solange noch ein Quäntchen Hoffnung besteht, dass Ihr Euch mit den Gegenpäpsten und Kardinälen versöhnt, wird man doch die Quelle nicht versiegen lassen, die den erfolgreich sprudelnden Geldstrom verspricht. Die Gegenpäpste brauchen euch, um einen gemeinsamen Feind zu haben, den sie schmähen können und von dem sie sich abheben. Je schändlicher Euer Ruf, desto besser stehen sie da. Erst wenn Ihr weg seid, werden sie sich gegeneinander wenden. Seht Ihr, signor Giovanni, deshalb habe ich mich in mein Schicksal ergeben, denn ich habe die Gewissheit, dass mein Handeln richtig ist, und dass mich die Menschen nicht vergessen werden…

… auch wenn ich brennen werde, und auch wenn mich bisweilen grosse Furcht vor den Schmerzen befällt, die ich zu erleiden habe – ich bin doch bereit dazu. Die Haft, in die Ihr mich gestürzt habt, hat mir ermöglicht meinen Frieden mit Gott zu schliessen und auf seine Barmherzigkeit zu vertrauen. Ach, signor Giovanni, wenn Ihr nur ahnen könntet, welch ein herrliches, erhebendes Gefühl des Trostes es ist, im Frieden mit Gott und im Frieden mit sich selbst zur sein und zu wissen, dass man bald aus dieser verlogenen Welt scheiden wird! Ich gehe getrost im Wissen, dass ich meine Aufgabe erfüllt habe.-

- Das ist Blasphemie. Wie kann man nur so verblendet sein? Und was denkt Ihr, was Eure Aufgabe gewesen ist? Falls man sich überhaupt soweit versteigen kann, um an gottgegebene Aufgaben zu glauben. Wie kann einer wie Ihr von der Wahrheit sprechen?-

- Die Wahrheit ist eine scheue Gefährtin, signor Giovanni, sie offenbart sich nur in der Stille und Selbstbetrachtung. Sie enthüllt ihre hehre Stirn nur in Zeiten des stillen und in sich gekehrten Gebets, in der demütigen Abkehr von weltlichen Machtgelüsten und menschlicher Gier. Wie oft zweifelte ich an mir, wie oft war ich unsicher, ob meine Beweggründe wirklich selbstlos und göttlich inspiriert waren und nicht bloss meiner Eitelkeit entsprangen. Wie oft hatte ich Angst vor dem, was ich sagen wollte, und wie oft habe ich diese Angst überwunden….

- …..signor Giovanni, die Menschen wollen in ihrer Einfachheit Gott nahe sein. Sie wollen in der schlichten Klarheit ihrer Herzen zum himmlischen Vater beten, sie wollen in einfachem Glück ihren Alltagsgeschäften nachgehen. Die Menschen haben nichts gegen einen weltlichen Herrn, solange dieser sie weise regiert. Die meisten Menschen haben kindliche Gemüter, die man entweder zum Guten oder zum Bösen hin lenken kann. Das Lenken zum Guten ist die Aufgabe der von Gott gesandten und gesalbten Herrscher, seien sie weltlich oder geistlich. Die meisten Menschen wollen mit ihren Sorgen und Nöten, aber auch mit ihrem Dank und ihrer Freude selbst an Gott gelangen – ohne die Mittlerschaft von Priestern, denen man nicht immer vertrauen kann. Warum sollte man denn so viele irdische Vermittler benötigen, um zu Gott beten zu können? Warum braucht man sogar himmlische Vermittler, wie die vielen Heiligen und die Mutter Jesu noch dazu? Wie im Himmel, so auch auf Erden? Denkt Ihr hohe und geistliche Herren in Rom, dass Gott ebenfalls einen Hofstaat von Würdenträgern, Beamten, Dienern und Sekretären um sich schart? Welch eine lächerliche Vorstellung! Und vor allem ist dies ein zutiefst heidnischer Gedanke. Dies ist Eure Blasphemie, mein signor Giovanni!-

- Häresie! Das sind Worte der Ketzerei! Das wisst Ihr genauso gut wie ich.-

- Nein, signor Giovanni. Meine Worte sind gefühlt im Herzen. Ihr habt Ihnen den Stempel der Abtrünnigkeit aufgedrückt. Meine Worte sind schlicht, so wie es die Gemüter der guten Gläubigen und der wahren Christen sind. Dass meine Worte ketzerisch sein sollen, das habt Ihr entschieden und der hohe Herr Sigismund. Meine bescheidenen Worte und der einfache Glaube an das Evangelium unseres Herrn Jesus Christus entziehen Euch, und entziehen dem Herrn Sigismund, die Grundlage Eurer weltlichen Macht.-

Der stets als Giovanni angesprochene Mann schweigt. Er schweigt aus Erschöpfung, aus Furcht, aus einem unbestimmten Zweifel. Doch dieser zarte Keimling, der es gewagt hatte unter den unsichtbaren Strahlen der Hoffnung aus Meister Jans Worten die schwere Decke festgestampfter Selbstsucht zu durchstoßen, wird mit grober Faust zermalmt.

Der als Giovanni angesprochene Mann lehnt seinen Rücken an die nasskalte Mauer. Er schliesst die Augen und verweigert dem Anderen jeglichen Kontakt. Doch sein Gehör kann er nicht verschliessen vor dem leise gesprochenen Gebet, mit dem der Prager Magister, Jan Hus, im Bewusstsein seines sicheren und unbarmherzigen Todes die Seele vertrauensvoll in Gottes Hände legt:

- Herr, ich bin nicht würdig, dass du eingehst unter mein Dach, doch sprich nur ein Wort, so wird meine Seele gesund.... -

Der Wahrheit Willen

Wahrheit bleibt Wahrheit.
Worte können verleugnen, verletzen, verleumden –
sie bleiben doch nur Worte.
Wahrheit steht über den Worten –
unerschütterlich und überall, für alle die sehen können.

Menschen suchen die Wahrheit – doch wenn sie sie finden – was dann?
Der Wille zur Wahrheit ist der erste Schritt.
Wahrheit schliesst die Folgerichtigkeit ein,
den Weg vom Beginn bis zum Ende zu gehen –
dies ist der Wahrheit Willen.

Pravdy Vůle

Pravda zůstává Pravdou.
Slova mohou zapřít, zranit i pomlouvat –
však co zbyde, jsou pouhá slova.
Pravda stojí nad slovy – stojí pevně.
Je všude kolem, viditelná těm, kdo vidí.

Lidé hledají Pravdu – a když ji naleznou – co dál?
Vůle k Pravdě je prvním krokem na cestě.
Pravda obsahuje důslednost jít cestou od začátku až do konce –
a projeví se Pravdy Vůle.

Die Lizenz zum Schreiben
Nachdenken über Berechtigungen

Wer bin ich, dass ich über ein Thema schreibe, das als „kirchlich" gewertet wird? Und wer bin ich, dass ich aus der Schweiz und in deutscher Sprache über diese Dinge schreibe, die so vielen Tschechen immer noch heilig sind?

Braucht es dazu eine Berechtigung? Und wer wäre denn berechtigt mir eine Berechtigung zu erteilen? In dieser Hinsicht trete ich in Jan Hus' in Fusstapfen, als er sich am Konstanzer Konzil von Jean Gerson angegriffen sah, und als unberechtigt zu einer theologischen Disputation erachtet wurde, da ungenügend von universitärer Seite qualifiziert. Hus hatte „nur" den Baccalaureus-Grad in Theologie. Er hatte sich dafür entschieden, auf den Magistertitel zu verzichten, da ihn ein weiteres Studium wertvolle Jahre gekostet hätte, die er lieber seiner Lehr- und Predigertätigkeit widmete. Die Person von Jean Gerson und dessen arrogant anmutendes Abstreiten von Hus' Berechtigung, mit dem Konzil in Konstanz theologische Standpunkte zu disputieren, soll an anderer Stelle dieses Buches näher beleuchtet sein. Wie war das nun mit der Berechtigung von Jan Hus zu predigen und zu unterrichten?

Man vermutet den jungen, etwas sechzehnjährigen Hus bereits um 1386 in Prag, wo er sich erst „Jan von Husinec" nannte und als Schreiber und Famulus mit dem Verrichten von „Assistenztätigkeiten" für Professoren sein Geld verdiente. Nachgewiesen ist dann seine Prüfung zum Baccalaureus der Freien Künste zwischen dem 17. und 20. September 1393. Danach folgten ca. zwei Jahre der Vorbereitung zum Magister der Freien Künste („magister artium") und schliesslich im Januar 1396 die erfolgreich bestandene Prüfung. Der frisch gebackene Magister hatte in der Zwischenzeit seinen Namen in „Jan Hus" geändert und musste sich nun konkret beruflich orientieren. Das heisst: dazu war es notwendig die entsprechende Qualifikation – Berechtigung – in Angriff nehmen. Hus strebte ein Predigeramt an und eine Stelle als Professor an der Universität. Doch Stellenmangel war auch zu seiner Zeit ein Thema und er musste zwei Jahre warten bis sich Gelegenheiten boten. In der Zwischenzeit widmete er sich der Prüfungsvorbereitung von Studenten und dem eigenen Studium der Theologie, denn das Amt eines Predigers konnte nur auf dem Weg über Theologie und die Weihe zum Priester erreicht werden. Von den etlichen Studenten, die Hus durch Vorbereitungen, Baccalaureus- und Magisterprüfungen begleitete kennt man im Zeitraum von 1398 bis 1410 zwölf Namen. Einige von ihnen blieben ihrem Professor ein ganzes Leben lang treu, waren sogar in Konstanz dabei und einer von ihnen, Petr von Mladoňovice, schrieb den bis heute erhaltenen Brief mit dem Bericht vom Tod des Meisters. Im Jahre 1400, hatte Jan Hus die benötigten Priesterweihen erhalten, die ihn zum Predigen berechtigten und bald darauf, 1402, wurde auch die Stelle des Bethlehem-Predigers frei – der Weg war vorgegeben. Diese Jahreszahl bedeutete einen Meilenstein in Hus' Leben. Bis dahin war er ab 1398 einer der Professoren, die regelmässige Vorlesungen hielten und den Titel „magister regens" führten. Dreimal war er Mitglied in Prüfungskommissionen, zweimal vertrat er die tschechische Universitätsnation in Sonderkommissionen, und im Wintersemester 1401-1402 hatte er das Amt des Dekans der Artistenfakultät inne. Daneben wurde er mehrere Male vom Erzbischof an Priestersynoden berufen, wo er Vorträge hielt. Zusammen mit seiner umfangreichen schriftstellerischen Tätigkeit und dem eigenen Studium der Theologie stellte dies alles wahrhaftig hervorragende Qualifikationen – Berechtigungen - dar. Man weiss, dass Hus die eigene Studienzeit zwischen Baccalaureus und Magisterqualifikation deutlich beschleunigt hatte. Dies würde auch einen scheinbar schlechteren Abschluss bei der

Magisterprüfung erklären. Bei der vorangegangenen Baccalaureusprüfung schloss Hus als Sechster von zweiundzwanzig Prüflingen ab – bei der Magisterprüfung wurde er Zehnter von fünfzehn. Doch da die Magisterprüfungen weit strenger waren, da es um die Berechtigung weiterer Universitätslehrer ging, kann man sagen, dass auch der Letztplatzierte jenes Jahrgangs durchaus gut genug qualifiziert war, um sein Wissen an Studenten weiterzugeben.

Da stand nun Jan Hus mit seinen Berechtigungen als ein von universitärer und kirchlicher Seite mehr als ausreichend qualifizierter Lehrer, Priester und Prediger, und man kann davon ausgehen, das die Predigerstelle an der Bethlehemskapelle jenen „Traumjob" für ihn bedeutete, den er angestrebt hatte. Gleichzeitig war aus ihm ein geachteter Universitätslehrer geworden, und dem Unterricht widmete er sich weiterhin neben der intensiven Predigertätigkeit. Dazu kam noch die endlich gesicherte Existenz, durch die Einkünfte beider Tätigkeiten. Hus hätte sich ein bequemes Leben einrichten können, hätte sich in einer intellektuellen Überlegenheit suhlen können und sich nach Abschluss der Prüfung zum Magister der Theologie zu einer schwergewichtigen Koryphäe auf diesem Gebiet entwickeln können – ganz nach dem Beispiel einiger seiner Kollegen in Prag – und vor allem nach dem Beispiel der grossen Pariser Experten, Pierre d'Ailly und Jean Gerson. Vielleicht hätte Hus eine einträgliche Kirchenkarriere gewinkt, vielleicht hätte er von der hohen Warte eines bedeutenden Kirchenamtes gelangweilt auf Prag herab blicken und aus dem hohen Elfenbeinturm der Universitätstätigkeit viele lange und gelehrt langweilige Traktate verfassen können, zu Themen, die heute nur Mediävisten mit Fokus auf Scholastik interessieren. Dies waren gewiss nicht die Anliegen und der Charakter des Mannes mit dem Namen Jan Hus.

Man geht von üblicherweise acht Jahren aus, die ein Studium der Theologie zwischen einer bestandenen Baccalaureus-Prüfung und dem

Erwerb des Magistertitels erforderte. Acht viel zu lange Jahre, um eine Berechtigung einzuholen, die für Hus eigentlich unnütz war – eigentlich überflüssig... Doch wie hätte man ahnen können, dass es ausgerechnet dieser letzte Teil der Qualifikation sein würde, der Jean Gerson als Vorwurf gegen Hus diente? Jean Gerson, der lebenslange Schüler seines Meisters Pierre d'Ailly, des Bürgersohnes mit glänzender Karriere als Kardinal und Konzilexperte in Konstanz. Was wäre gewesen, wenn Hus den Magistertitel gehabt hätte? Es ist ein geflügeltes Wort, dass die Geschichte keinen Konjunktiv kennt – und im Fall des Jan Hus gilt dies umso stärker: Hätte er die Berechtigung als ein Magister der Theologie gehabt, hätte das Konzil andere Mittel gefunden, um ihn zu diskreditieren und zu disqualifizieren. Hus hatte Recht, auf ein zusätzliches und fruchtloses Studium zu verzichten, das ihn nur von seinen anderen Tätigkeiten abgelenkt hätte. Wie sehr war ihm dies bewusst? Erkannte er überhaupt die Gefahr, die darin lauerte, dass er bei heiklen theologischen Themen vielleicht zu wenige, oder zu wenig ausgearbeitete Argumente ins Feld führen konnte? Alles deutet darauf hin, dass er sich dieser Gefahr bewusst war. Vor allem seine Randnotizen, die er bei der Lektüre von Wycleffs Werken in den Manuskripten anbrachte, scheinen darauf hinzuweisen.

Hus hatte eine umfassende Bildung, hatte eine natürliche Begabung zur Menschenkenntnis und dem Erkennen von Zusammenhängen, dazu besass er auch das Charisma eines vertrauenswürdigen Lehrers und Erziehers. Als er für das Jahr 1409/1410 zum Rektor gewählt wurde, besass er im Alter von ca. vierzig Jahren reichliche Lebenserfahrung und bewiesene Charakterstärke. Würden solche Eigenschaften heute als Berechtigung und Qualifikation gewertet werden? Oder würden sie in einem heutigen beruflichen Lebenslauf auch nur als sogenannte „soft skills" eingestuft werden? Es scheint, als möchten auch n der Gegenwart gewisse Kreise Jan Hus seine Berechtigungen absprechen. Sucht man im Internet nach Angaben zu Jan Hus, stellt man fest, dass sehr viele

Informationen nur an der Oberfläche kratzen. Eine schnelle Übersicht ist erwünscht, ein Kurzlebenslauf, ohne nach den Quellen zu fragen, aus denen die Information sprudelt. So entstehen mitunter auch unrichtige Angaben und Hinweise, die in eine falsche Richtung leiten. So entsteht der Eindruck, dass Hus lediglich ein kleiner, aufmüpfiger Priester war, aus einem Land, das seine unmöglich auszusprechende Sprache viel zu wichtig nahm. Auch das bedeutet, Jan Hus seine Berechtigungen und professionelle Qualifikationen abzusprechen....

Was berechtigt nun mich selbst, mich mit diesem Thema auseinanderzusetzen? Welche messbaren und katalogisierenden Werte gibt es, nach denen ich entweder für würdig oder unwürdig erklärt werden könnte? Keine. Ich denke – also bin ich fähig mich auszudrücken. Genügt das? Für Descartes hat Denken als Grundlage des Seins ans sich genügt.... Jan Hus hatte auch viel nachgedacht. War Jan Hus denn dazu berechtigt gegen die Führung der damaligen römisch-katholischen Kirche aufzutreten? Und wenn ja – wer hätte ihm wohl eine solche Berechtigung erteilen sollen? Interessierte es ihn? Wohl kaum. Er bezog seine Berechtigung aus den Worten, die er in den überlieferten Evangelien gelesen hatte und aus der Lage, die er um sich herum sah. Ich beziehe meine Berechtigung aus eigenen Überlegungen und langen Betrachtungen, aus jahrelangem Nachdenken und aus den Schlüssen, die ich aus diesen Reflektionen zog.

Ich bin in während der kommunistischen Ära der Tschechoslowakei in eine Familie geboren worden, die auf einer Verwaltungsebene als „römisch-katholisch" eingetragen war. Man liess mich aus Traditionsgründen in einer Kirche taufen, obwohl die Familie atheistisch lebte. Die erste Berührung mit christlichen Werten erhielt ich von der ehemaligen Nanny meiner Mutter, einer älteren Dame mit sehr hohen ethischen Werten – wofür ich ihr heute noch dankbar bin. Im Schicksalsjahr 1968 sahen meine Eltern keine Zukunft in der Heimat –

sie überschritten die tschechisch-österreichische Grenze und hatten keine Ahnung, wohin sie die Reise führen würde. Es war ein Zufall, dass wir schliesslich in der Schweiz landeten. Es hätte ebenso gut jedes andere Land sein können.

Was danach folgte, war eine schwierige Zeit mit dem Erlernen einer fremden Sprache und vielen neuen und anders anmutenden Verhaltensnormen. Ich verbrachte einige Zeit in einem Kinderheim des Klosters Baldegg im Kanton Luzern, wo der Alltag nach strengen, römisch-katholischen Regeln verlief und wir von Nonnen betreut und unterrichtet wurden. Wenige Jahre später folgte ein weiterer Klosterschulen-Aufenthalt in einem bayrischen Internat. Noch einmal strenger Katholizismus, dieses Mal mit Lateinunterricht. In beiden Klosterinternaten gehörte selbstverständlich Religionsunterricht dazu. War er 1969 noch auf eine kindliche Verständnisebene bezogen, so erweiterte sich das Fach an der deutschen Schule um vergleichende Studien zu den Hauptreligionen, wie sie sich in den 70er-Jahren des 20. Jahrhunderts darstellten. Zusätzlich stand mir in der Bibliothek viel Lesestoff zur Verfügung, den ich oft nutzte. Zusammen mit den Dogmen und Lehren der jeweiligen Religionen lernte ich auch deren Organisationsstrukturen kennen. In dieser intensiven Schulzeit hatte ich immer wieder unbequeme Fragen gestellt, geforscht, nachgehakt, um plausible Antworten auf meine „warum" zu erhalten. Die Erfahrung lehrte mich jedoch, dass ich die Antworten in mir selbst suchen musste.

Danach:
- das Entdecken der reformierten Kirchenwelt mit meiner Schweizer Familie.

Danach:
- lange Jahre Mitgliedschaft in einer Gesellschaft, die sich dem Studium allgemeiner geistigen Lehren und dem Erforschen der bekannten,

gegenwärtigen und historischen Glaubenslehren widmete. Eine fruchtbare und erkenntnisreiche Zeit. Die Studien führten mich über verschiedene Glaubensbekenntnisse zu Fragen aus Philosophie, Mystik, Metaphysik, Esoterik, Alchemie, usw., zu Verhaltensweisen von Menschen innerhalb einer Religion, eines Glaubensbekenntnisses. Diese Jahre bedeuteten viel praktisches Lernen über Geschichts-, Religions- und Ethikfragen und viel geistige Kleinarbeit.

Danach:
- die Erkenntnis, dass viele Wege zu Gott führen und dass die grundlegenden Dinge unveränderlich sind.

Dazwischen:
- meine „Entdeckung" von Jan Hus und fruchtbare Lektüre über sein Leben und Werk – und immer wieder die Bestätigung der obigen Erkenntnis… Grundlegendes ist unveränderlich.

Einer für alle

Erstaunlich wie viele Projektionen und Interpretationen sich jahrhundertelang auf einem einzelnen Menschen niederlassen können. Doch spricht dies nicht gerade für die allgemeine Gültigkeit der Aussagen eben dieses Menschen?

Die Person des Jan Hus scheint eine besonders grosse Projektionsfläche für allerlei Ideen und Denkrichtungen zu bieten. Das tschechische kommunistische Regime beanspruchte Hus als den ersten Kommunisten. Er wurde vereinnahmt als Vertreter einer modernen Denkrichtung, als Revolutionär, Vorreiter demokratischer Ideen. Auch Schlagworte wie Gesellschaftskritik, soziale Umgestaltung, interreligiöser Dialog, liessen sich auf dem Vermächtnis des Prager Universitätsmagisters nieder.

Als „Vorreformator" wird ihm zwar Ehre zuteil, jedoch die „Reformationszeit" als solche bleibt in ihrem, zeitlich späteren Umkreis abgegrenzt. Die Frage stellt sich berechtigterweise: Was machte ausgerechnet Hus zum „Vorreformator", schliesslich hatten viele andere vor ihm und viele andere mit ihm dieselben Forderungen an eine Rückbesinnung der Christenheit gestellt. Rückbesinnung, Standortbestimmung und das Anwenden, der daraus resultierenden Konsequenzen. Was genau ist es dann, das Hus so besonders macht? Ist es die einfache Verständlichkeit seiner Aussagen? Ist es diese generelle Gültigkeit, welche die Aussagen einfach und praktikabel für jedermanns Alltag macht? Wenn man die Anliegen auf den innersten Kern abstrahiert, erhält man den in seiner Schlichtheit strahlenden und für die gesamte Menschheit anwendbaren Grundsatz der auf Wahrheit beruhenden Ethik.

Jan Hus war ein grossartiger Lehrer. Diese Eigenschaft sollte immer im Vordergrund stehen, wenn man sich mit seinem Wirken beschäftigt – und es ist natürlich die von ihm geforderte, grundlegende und wahrhafte Ethik, die auch den Kern jeder religiösen Richtung bestimmen sollte. Diese allgemeine Gültigkeit macht die Person von Jan Hus auch leicht einnehmbar für Ideologien jeglicher Nuancierung, doch es ändert nichts an der Berechtigung seiner Anliegen. Alle Menschen, die sich nach einer gerechten Welt und einem lebbaren Daseinskonzept sehnen, welches ihnen zwar Richtlinien bietet jedoch auch Entscheidungsfreiheiten lässt, werden sich wahrscheinlich von Hus' Aussagen angezogen fühlen. Jan Hus erreichte alle gesellschaftlichen Schichten seiner Zeit. Unter seinen Zuhörern und Nachfolgern finden sich Volk, Bürger, niederer und hoher Adel, selbst die Königin. Hus hatte Anhänger in den intellektuellen Kreisen der Universitätsmagister und der Studenten, seine Worte erreichten aber auch die einfache Landbevölkerung. Die allgemeingültige Anwendbarkeit seiner Lehre kann nicht genug betont werden, obwohl eine Lehre im eigentlichen Sinne, ist dies nicht. Hus berührt ein inneres, menschliches Sehnen, er fasst den Wunsch nach einer friedvollen Welt in verständliche Worte. Von Wahrheit und Ethik können viele reden, doch bei Hus erfasst man intuitiv, dass dies bei ihm keine hohlen Worte sind. Hohle Worte überleben nicht Jahrhunderte. Hohle Worte geben nicht 600 Jahre lang Hoffnung.

Ich sehe Jan Hus nicht so sehr als einen Märtyrer des Glaubens. In meiner Wahrnehmung ist dieser tschechische Professor – wie so viele seiner Berufskollegen nach ihm – eher ein Märtyrer der ethischen Lebensführung, durchaus auch ein Märtyrer für die Wahrheit. Hus hatte nie eine andere oder gar abweichende Glaubensrichtung proklamiert. Er stand ein für die Rückbesinnung auf urchristliche, grundlegende Kerngedanken. Der „Glaube" war derselbe wie der Glaube der Konzilherren von Konstanz. Zumindest, was das Glaubensbekenntnis angeht, war man innerhalb der römisch-katholischen Kirche vereint. Jan

Hus wollte gewiss keinen neuen Glauben stiften, es lag ihm fern sich abzuspalten In einer Zeit der Spaltung rief er zur Einheit. Er sah lediglich, dass der Ausdruck des Glaubens in eine falsche Richtung ging. Hus ging es um die äusseren Auswüchse sowohl innerhalb der Kirche als auch im täglichen Leben. Sein Aufruf zum Ungehorsam ist kein aggressives Revolutionsgebahren, sondern eine Ermahnung zum ethischen Handeln nach den Gesetzen der Wahrheit. Sollte je ein Herr seinen Dienstbefohlenen auftragen jemanden zu schädigen oder gar zu töten, so wären die Dienstbefohlenen zu Ungehorsam verpflichtet, in strikter Befolgung der 10 Gebote und Jesu Lehren in den Evangelien. Dies ist eine Anleitung zum ethischen und moralischen Leben und Handeln, es hat insofern nichts mit einer Religion oder einem bestimmten Glaubensbekenntnis zu tun - ethisches Verhalten ist allgemeingültig.

Aus den oben genannten Gründen finde ich es problematisch, sich der Person von Jan Hus für einen interreligiösen Dialog zu bedienen, der zwischen verschiedenen Konfessionen erfolgen soll. Hus mag sich zu seiner Zeit - wie stellenweise behauptet wird –bei orthodoxen Gruppen der Ostkirchen nach Ideen und Organisationskonzepten umgeschaut haben, doch seiner Epoche und seiner katholischen Überzeugung ist solch ein „Dialog der Toleranz" fremd. Zu Hus' Zeit gab es Christen und Heiden, es wurden keine „Feinunterschiede" gemacht. Zu Hus' Zeit drohte Gefahr durch den Expansionsdrang des türkischen Osmanischen Reiches. Zu Hus' Lebzeiten, 1389, fand die Schlacht auf dem Amselfeld statt, nach der fast der gesamte Balkan in türkischer Hand war. 1453 wurde schliesslich Konstantinopel erobert und das griechisch-byzantinische, ehemals ost-römische Reich hörte auf zu existieren.... Es gab im 14. Jahrhundert keinen Dialog zwischen den Religionen. Was bitter notwendig gewesen wäre, hätte eine inner-religiöse Rückbesinnung sein müssen auf ein ursprüngliches Christentum, unbelastet von den Insignien einer Staatsreligion.

Jan Hus wollte im eigenen Glaubens-Haus aufgeräumt wissen, und er wollte den Menschen, die ihn in der Stadt Prag umgaben, ein brauchbares Lebensmodell nach dem Beispiel der Evangelien bieten. Hus anerkannte Umfang und Autorität der katholischen Kirche – er wollte nur Missstände und Auswüchse innerhalb dieser Kirche entfernen. Eine solche Bereinigung hätte dann selbstverständlich auch Einfluss auf das Leben aller Gläubigen innerhalb der Kirche gehabt.

Der Universitätslehrer und Prediger Jan Hus hatte seine natürliche Autorität und sein Charisma niemals dafür eingesetzt, um sich als Anführer einer religiösen Gegenrichtung zu inszenieren. Oder, härter formuliert: Hus war weder Sektenbegründer mit messianischem Anspruch noch Initiant einer neuen Religion – Hus wollte lediglich Bestehendes aufräumen und Ordnung schaffen.

Während in Paris ein angesehener Doktor und Theologieexperte wie Jean Gerson von seiner hohen Sorbonne-Position aus jammerte, er könne aber auch gar nichts bewegen, um die desolaten Zustände innerhalb der Kirche zu bessern, so war in Prag der Professor Hus ganz und gar nicht dieser Meinung. Er krempelte die Ärmel hoch und bot machbare Lösungen und Konzepte an. Man sagt den Tschechen im Allgemeinen nach, sie seien Praktiker und verfügten über die Gabe des Improvisierens. Mit ihrem Jan Hus hat die Nation wohl ihr bestes und schönstes Beispiel in diesem Sinne.

Aufforderung zum Ungehorsam
Was von Geschichte übrig bleibt

Es heisst, in allen Tschechen stecke ein „Švejk". Der brave Soldat Švejk. Einer wie der andere. Gemütlich, egoistisch und bauernschlau. Ein ganzes Volk von Švejks.

Williges Kanonenfutter des ehemaligen Habsburger-Kaiserreichs, und später stumme Mitläufer der Kommunisten. Švejk – ein deutsches Wort durch tschechischen Akzent verballhornt – ‚schweig'…. Schweigen sollst du tschechischer Bürger, zu allem was mit dir und deinem Land passiert. Vor allem dazu, was mit deinem Land passiert… „Über uns, ohne uns" – dieses knappe Statement, formuliert 1938 am Vorabend des Zweiten Weltkrieges, bringt es auf den Punkt.

Švejk der Antiheld. Oder eher: ein Held der Anpassung? Ein Held des alltäglichen Überlebens in einer Welt voller Spitzel, Überwachung und Fallen. In einer Welt, in der politische Korrektheit zwar lächerlich, dennoch gefährlich ist, und ihre Missachtung zu schweren Folgen für die persönliche Freiheit führen kann. Die Rede ist hier von „Švejks Welt" am Ende des 19. Jahrhunderts – wer Parallelen zur heutigen Welt findet, hat durchaus Recht. Nur die Vorsichtigen überleben in einer solchen Welt, und erzeugen eine weitere Generation von Vorsichtigen, von Übervorsichtigen…

So lange werden einem Volk Phrasen von der eigenen Unzulänglichkeit ins Hirn gedroschen, bis das Volk diese Phrasen als gegebene Wahrheiten annimmt. Daran glaubt. Wie soll sich denn das tschechische Volk seiner besonderen, herausragenden Individuen bewusst werden, wenn es aus vollem Herzen von der eigenen Unvollkommenheit überzeugt ist, die der Nation angeblich inhärent ist? Eingedroschen haben denn auch die Korporäle der K.u.K. Armee die soldatische Disziplin in die Körper der tschechischen Soldaten. Der Ausspruch „Schlag fester, s'ist a Böhm..." wird noch lange als unseliger Schatten durch manch dunkle Gänge der Geschichtsschreibung geistern.

Seit dem hohen Mittelalter, als 1278 der Sieg Rudolfs von Habsburg auf dem Marchfeld der tschechischen Expansion Otakars II. ein jähes Ende bereitete, hat die tschechische Volksgruppe – welche durch eine gemeinsame Sprache vereinigt ist – ein Trauma erlitten, das immer noch nicht überwunden ist. Zu diesem Trauma gesellten sich im Laufe der Zeit weitere erschütternde Schreckenserlebnisse wie die Ereignisse des Jahres 1415 mit der Hinrichtung des Magisters Hus und den anschliessenden Revolten, die in Kreuzzügen gipfelten, organisiert vom Kaiser Sigismund nach dem Ende des Konstanzer Konzils 1418 gegen die sich formierten Hussiten. Dann – nach einigen Jahrzehnten der erschöpfungsbedingten Ruhe und nach der Regierungszeit des letzten Tschechen, der als König auf dem tschechischen Thron sass, begann die lange Zeit der Habsburger. Dazwischen, ein kurzer Aufschwung und wieder weitere, kulturell bedingte Unruhen unter Rudolf II. Dann – die nationale Katastrophe: Der Ständeaufstand von 1618, der berühmte, zweite Prager Fenstersturz und schliesslich die Schlacht am Weissen Berg 1621. Der nachfolgende Dreissigjährige Krieg, die Zeit der katholischen Gegenreformation unter der eisernen Herrschaft der Habsburger, und die fast vollständige Eliminierung des tschechischen Adels, als jener Gesellschaftsschicht, an der sich der Mittelstand orientierte, drohte das Land auszubluten. Wie Heuschrecken fielen Österreicher, Portugiesen, Deutsche, Italiener und Spanier, zwar von adeliger Abstammung aber oft verarmt, gierig und ehrgeizig, über die beschlagnahmten Güter und den Besitz der ermordeten oder vertriebenen tschechischen Familien her. Ein besonders umtriebiger Mann, namens Karl von Liechtenstein, konnte auf diese Weise den

Grundstein zum Aufstieg und Reichtum seiner Nachkommen legen – aus tschechischer Sicht eine eher traurige Angelegenheit, die bis zur Gegenwart ihren Niederschlag in diplomatischen Treffen findet.

Ein weiterer gefrässiger Heuschreckenschwarm in Form der schwedischen Armee fiel noch 1648 zweimal über Prag her – dies im gleichen Jahr, in dem das Abkommen des westfälischen Friedens, zumindest auf dem Papier, dem Horror des Dreissigjährigen Krieges ein Ende setzte. Die schwedischen Generäle, und anschliessend der schwedische Königs selbst, hatten befürchtet, dass ein schneller Friedensabschluss ihnen die Gelegenheit auf Kriegsbeute zunichte machen würde und schlugen zu. Kunstobjekte, Gemälde, Skulpturen, ganze Bibliotheken und seltene Handschriften, wurden nach Schweden verfrachtet. Der grösste Teil dieses Kunstraubs ist heute auf Schloss Gripsholm ausgestellt. Apropos Kunstraub: die schwedische Beute war nicht der einzige Raub von Kunstwerken. Die Aufzählung von, mehrheitlich aus Prag entführter Kunst liest sich wie ein Schreckensroman, eine Horrorerzählung, die in einer Endlosschleife gefangen scheint und immer wieder von vorne beginnt. Pressberichten zufolge soll gegenwärtig, im Jahr 2014, die römisch-katholische Kirche innerhalb ihrer Restitutionsforderungen auch Kunstwerke namhafter historischer Künstler für sich in Anspruch nehmen. In diesem Sinne ging zum Beispiel bereits ein Rubens-Gemälde „über den Tisch", darf jedoch mit barmherziger Erlaubnis seitens der kirchlichen Führung noch in der Prager Nationalgalerie verweilen, wo es schon lange hängt – jetzt gegen Miete, versteht sich.

Das gesamte 18. Jahrhundert hindurch herrschte in den Ländern des tschechischen Königreiches die aufgezwungene, religiöse, katholische Korrektheit unter dem allzeit gegenwärtigen Blick des Jesuitenordens. Jahrhundertelang diente das Land vor allem als Lieferant der Habsburger Herrscher für deren Bedarf an Rohstoffen und Menschenmaterial.

Obwohl die Habsburger Kaiser auch den Titel der tschechischen Könige führten, hielt man es nicht immer angebracht die Krönungen auch in Prag durchzuführen.

Im 19. Jahrhundert dann – die Hoffnung. 1848, der Umbruch und am Ende des Jahrhunderts schliesslich, aufsteigend nach dem Ersten Weltkrieg wie der legendäre Phönix aus der Asche, 1918 die Erste Tschechoslowakische Republik. Es schien als knüpfe der nun selbständige und demokratisch geführte Staat wieder an den Glanz des mittelalterlichen Königreichs an. Doch nur zwanzig Jahre später: Das, von tschechischer Seite als „Verrat von München" bezeichnete, Münchner Abkommen von 1938 zwischen Deutschland, Grossbritannien, Frankreich und Italien, wohlgemerkt ohne tschechoslowakische Vertreter dazu eingeladen zu haben. „Über uns, ohne uns", hiess damals die pointiert wiedergegebene Meinung zu diesem Schritt der sogenannten „Schutzmächte". Danach: Der Zweite Weltkrieg – sinnloses Massenmorden und Brandschatzen enthemmter Gewalttäter auf allen Seiten. Wen wundert es, dass die immer noch junge Tschechoslowakei den Verführungen des Kommunismus erlag – um wieder enttäuscht, ausgenutzt und betrogen zu werden? So folgte schliesslich die 40-jährige Ära des Kommunismus im 20. Jahrhundert.

Wenn man sich diesen äusserst knappen Abriss vergegenwärtigt, grenzt es an ein Wunder, dass Tschechen als Nation im eigenen Land überlebten und sogar noch fähig waren eine eigene Kultur hervorzubringen und zu pflegen – eigentlich verbotenerweise, und allen Bemühungen zum Trotz, diese Kultur der Lächerlichkeit preiszugeben.

Im tschechischen Bewusstsein hält sich eine kuriose Ansicht fest, dass Jahreszahlen mit einer 8 am Schluss, in der tschechischen Geschichte für bedeutende Ereignisse stehen, oft leider der negativen Art. 1278, 1418, 1618, 1848, 1918, 1938, 1968 – vielleicht müsste man noch 1368 anfügen, das Geburtsjahr Sigismunds von Luxemburg. Das tschechische Bewusstsein ist auf diese „Schicksals-Zahlen" sensibilisiert, und man reagiert in Voraus nervös alle zehn Jahre, was ein „Achter-Jahr" wohl mit sich bringen wird. Allerdings, es hatte auch „Achter-Jahre" mit sehr positiver Wirkung gegeben, allen voran 1918. Man hat bis jetzt überlebt, man wird auch weiterhin überleben. Hatte 1998 Václav Klaus mit seiner Privatisierungspolitik die tschechische Wirtschaft an die Wand gefahren, war 2008 ein allgemein schwarzes Jahr einer nun globalen Wirtschaftskrise, versucht nun gegenwärtig die katholische Kirche mit Restitutionsforderungen an Grundstücken, Immobilien und Kunstwerken, dem Land Milliardenbeträge in westlicher Währung abzusaugen – das Leben geht weiter.

Immer wieder organisiert man sich von neuem, immer wieder gibt es Einzelpersonen, die sich gegen Missstände wehren und dabei von zahlreichen Anhängern unterstützt werden. Und immer wieder, wenn alle Mittel des Protestes ausgeschöpft sind, kommt die altbewährte Taktik des passiven Widerstands zur Anwendung. In dieser Disziplin haben es Tschechen zur Meisterschaft gebracht – hier lässt das „andere" Nationalsymbol vom Anfang dieses Kapitels grüssen: „Švejk" – der Vorsichtige.

Prag ist dabei ein neuralgischer Punkt: Ist Prag nicht betroffen, so ist das Geschehen für den Staat nicht relevant. Ist Prag jedoch betroffen – dann breiten sich die Wellen der Ereignisse über das gesamte Land aus. Jedes noch so abgelegene Dorf ist mit der Hauptstadt verbunden. Dabei schaut man im fernen Mähren dem Gebaren in Prag mit grosser Skepsis zu, während den Pragern irgendwelche mährischen Ereignisse vollkommen egal sind. Die Nation war sich in diesem Punkt nie ganz einig gewesen, und es scheint, als würde dies noch lange so bleiben. Das Jahr 1415 hätte das Volk einigen können. Das Resultat war Spaltung und Stigmatisation, die bis heute nachklingt.

Doch kehren wir zu Jan Hus und seiner Zeit zurück, nach diesem Exkurs durch die Geschichtsschreibung. Rede war von „Kreuzzügen gegen die Hussiten". Man liest diesen Begriff selten, obwohl Sigismund von Luxemburg, ungarischer König und tschechischer Gegenkönig, der den eigenen Bruder absetzen liess, ab 1433 als römisch-deutscher Kaiser bewusst zu einem Kreuzzug aufrief. Sigismund – der Retter der Kircheneinheit. Das hätte ihm sicher gefallen. Nach Gesprächen Sigismunds mit Vertretern der römisch-katholischen Kirche und mit Reichstagsgesandten war man sich einig: Ein Kreuzzug tat not gegen *„hussitische, wyclifsche und andere Ketzer"*. Vernichtet sollten sie werden, zerschlagen, alle die Reformen verlangten, die Willkür anprangerten, die Rückbesinnung auf ursprüngliche christliche Werte und Traditionen forderten. Ein Kreuzzug zur Machterhaltung sowohl der staatlichen Macht der grossen Territorialherren als auch der geistigen Führer der Kirche.

Das Wort „Kreuzzug" will so gar nicht in eine Zeit passen, die man gewöhnlich als den Beginn der Renaissance bezeichnet und feuchte Augen bekommt über all der Bildung, der humanistischen Gelehrsamkeit und dem Kunstverständnis, die plötzlich in Europa auftauchen. Vor allem richtete sich der Kreuzzugsgedanke wieder gegen Christen, die als Ketzer verurteilt wurden, weil sie sich gegen Willkür gewehrt hatten. Unbequeme Christen, da sie nach Reformen und angepassten Glaubensmodellen verlangten, nach einer Lebensgestaltung, die nicht durch mächtige Kirchenfürsten, sondern durch die Aussagen Jesu in den Evangelien bestimmt wurde – es ist offensichtlich, dass diese Aussagen oft und in vielerlei Hinsicht dem vorgelebten Beispiel des hohen und auch niederen Klerus widersprachen.

Als 1417 offiziell das Grosse Abendländischen Schisma der Kirche auf dem Konzil zu Konstanz beendet war, sollte es noch genau hundert Jahre dauern, bis Martin Luther 1517 seine Thesen an die Tür der Kirche zu Wittenberg schlug und damit die Reformationsepoche einläutete, die Jan Hus nur schlichter und weniger dramatisch über die Bühne bringen wollte. Wunschdenken eines vorausschauenden Menschen in der emotionsgeladenen Epoche des späten Mittelalters? Die Reformationszeit hatte sich lange angebahnt, erst zu Luthers Zeit waren die gesellschaftlichen und politischen Umstände dazu angetan den Reformern Erfolg zu bescheiden. Im Nachhinein betrachtet, erkennt man aber nur einen weiteren Riss, der die Christenheit noch einmal spaltete und dem Glauben ein zusätzliches „Schisma" bescherte. Eine Glaubensspaltung, die später auch von Missionaren beider Glaubensrichtungen in exotische Länder fremder Kontinente exportiert wurde.

In der tschechischen Sprache des 14. Jahrhunderts wurde die Bibel als „das Lesen" bezeichnet. Es ist das „lesbare", oder „vorlesbare" Wort. Im Gegensatz dazu steht die deutsche Bezeichnung „die Schrift". Lesen und schreiben als Gegensatzpaar. Lesen – die kontemplative, passive Art des Aufnehmens, des Zuhörens und Nachdenkens. „Schreiben" ist aktiv, zum Schreiben hat man einen gewichtigen Grund. Schreiben kann durch Lektüre inspiriert worden sein, Schreiben sollte zumindest von einem Gedankenprozess initiiert sein, schreibend kann sich der Schreibende mit seinen Gedanken aktiv auseinandersetzen und sogar zu weiter führenden Schlüssen gelangen. Schreibt man in diesem Sinn, so ist Schreiben etwas für Gelehrte – ist elitär. Lesen jedoch, ist für alle da, lesen ist demokratisch. Dem Volk qualitativen Lesestoff – oder gar die Fähigkeit des Lesens – vorzuenthalten ist höchst undemokratisch, ja tyrannisch. Immer wieder im Lauf der Geschichte haben sich Tschechen für Lesestoff eingesetzt. Immer wieder haben sie nach eigenem Lesestoff verlangt, in ihrer Sprache, von ihren Autoren. Immer wieder wurde ihnen fremd beeinflusste, fremdsprachige Lektüre vorgesetzt, durchdrungen von fremden Ideologien. Immer wieder war es Lesestoff, der Land und Nation vorwärtstrieb – auch wenn der Lesestoff im

Untergrund entstanden war und dort verbreitet wurde. Es begann mit den Traktaten von John Wycleff, es setzte sich nach Jan Hus mit der Verbreitung seiner Predigten und Schriften fort, es überdauerte die jesuitische Überwachung im 17. / 18. Jahrhundert, es schritt voran während der Bespitzelung durch österreichische Behörden im 19. Jahrhundert und es gipfelte schliesslich während der kommunistischen Ära des 20. Jahrhunderts. Der passive Widerstand kann stark sein, wenn er geeignete Lektüre als Basis hat.

Wie sähe wohl ein passiver Widerstand gegenwärtig aus? Ist er noch notwendig? Er wäre angebracht in Bezug auf einen passiven Boykott aller inhaltlosen Information, die durch Presse und Fernsehen verbreitet wird, aller Ablenkung durch ‚social media' und unnützen Trash aus dem Leben sich wichtig nehmender Zeitgenossen. Passiver Widerstand wäre angebracht, um alle aufdringliche Werbung und den vermeintlich so glücklich machenden Konsum einfach an sich vorbeigleiten zu lassen, unnütze Trends nicht mitzumachen und unethischen Handlungsweisen und Korruption nicht nachzugeben. Das, was Jan Hus damals gefordert hatte, nennt sich heute wohl „bürgerlicher Ungehorsam" …?

Die führenden Geister der tschechischen Nationen von Hus über Jan Amos Komenský (Comenius) bis zu T. G. Masaryk - betonten immer wieder die Wichtigkeit qualitativer Lektüre. Guter Lesestoff ist sicher ein Anfang, guter Lesestoff kann anregen, um selbst zu schreiben – und die tschechische Nation kann stolz sein auf eine lange Reihe von Schriftstellern, Dichtern, Philosophen und Denkern, Theaterautoren, Historikern und Literaturwissenschaftlern – von den Komponisten ganz zu schweigen, die ihre Notenschrift wirksam einsetzen. Ist dies nun der Beweis, dass der Widerstand in Wahrheit gar nicht so passiv war?

Im Laufe der Zeit wandeln sich Begriffe und so wurde auch in Tschechisch die „Heilige Schrift" schon bald als „Písmo" (Schrift) bezeichnet. Der Widerstand wurde aktiv, sehr aktiv zu gewissen Zeiten. Doch die Geschichtsschreibung – ob westlicher oder östlicher Provenienz - schweigt oft. Der Widerstand des tschechischen David gegen die vielen nacheinander folgenden Goliathe, die einmal aus dem Westen und ein andermal aus dem Osten kamen, scheint nicht erwähnungswürdig. Allen voran, betreiben westeuropäische Länder allesamt ihre eigene geschichtliche Nabelschau. Hat man Angst die Schüler und Studenten zu überfordern? Und wie geht die Auswahl relevanter Themen vor sich, die der Jugend beigebracht werden sollen? Im Dezember 2014 brachte der „Tagesanzeiger" in der Schweiz ein erschütterndes Interview zwischen zwei Politvertretern und einem Geschichtsprofessor von der Zürcher ETH zum Thema Findung von Schweizer Indentifikationssymbolen und Mythen. Das Jahr 2015 wird auch für die Schweiz ein Gedenkjahr sein, in dem sich viele Gelegenheiten zu Reflektionen und Standortbestimmung bieten werden. Im Interview äusserste sich der Professor, ein Herr mit iranischen Wurzeln und deutschem Pass, dass man sich erst über die Gestaltung der Zukunft einig werden müsse, und erst danach soll man in der Geschichte nach geeigneten Ereignissen suchen, welche die neu zu erschaffende Zukunft ideell untermauern und belegen würden... Diese Ansicht wurde zumindest von einem Politvertreter energisch zurück gewiesen. Es drängt sich dabei die Frage auf, welcher Hirnwäsche wohl der Professor bereits unterlegen ist.... Tschechen würden bei solchen Aussagen nur noch entsetzt und sprachlos die Köpfe schütteln. Tschechen haben im Lauf der Jahrhunderte ein äusserst feines Gespür gegen alleinseligmachende Ideologien entwickelt und gegen Historiker, die geschichtliche Ereignisse dazu missbrauchten, um eben solche Ideologien zu untermauern. Egal unter welchen Mäntelchen solche angeblichen Wahrheiten daherkommen – ob religiös oder politisch – gerade Tschechen haben etliche Regimes erduldet, die genau diese Ansicht des ETH-Professors in die Praxis umgesetzt hatten: Man nehme die Vergangenheit und gestalte sie nach den politischen Wünschen für die Zukunft. Es bleibt zu wünschen, dass Geschichtsstudenten des erwähnten Professors dessen Aussagen kritisch hinterfragen – und dass sie auch kritisch hinterfragen, ob die politischen Wünsche an die strahlende Zukunft von Ethik und dem allgemeinen Wohl der Bevölkerung getragen sind.

Es waren tschechische Studenten, die 1939 in Prag den Aufstand gegen Hitler wagten. Was damals am 17. November 1939 eine ruhige Demonstration, ein Schweigemarsch gegen das Hitlerregime werden sollte, wurde mit Gewalt aufgelöst und zog etwa tausend Verhaftungen im ganzen Land nach sich. Die Verhafteten wurden alle ins KZ Sachsenhausen überführt, neun von ihnen wurden sofort als Rädelsführer angeklagt und in einer Prager Kaserne hingerichtet. Hitler ordnete an, die Universität Prag zu schliessen. Nach dem Krieg kehrten viele der Studenten aus dem KZ nicht mehr zurück. – Fünfzig Jahre später gingen ebenfalls am 17. November 1989 wiederum Studenten auf die Strassen Prags. Doch die Zeit hatte sich gewandelt, und obwohl das kommunistische Regime diese, ebenfalls friedliche Demonstration wieder mit Gewalt aufzulösen versuchte, bildete sie den Beginn dessen, was in Geschichtsbüchern als die „Samtene Revolution" beschrieben ist, und was damals endlich die Gelegenheit zur Freiheit bot. Der 17. November hat heute den Status eines nationalen Gedenktages.

Es war Jan Hus, der zum Widerstand und Ungehorsam gegen unethische Anordnungen aufrief. In diesem Sinne verneige ich mich vor der Schriftstellerin Lenka Procházková und ihrer Initiative, die sich gegen ungerechtfertigte Restitutionen an Immobilien und Kunstwerken der römisch-katholischen Kirche wendet, und ebenso gegen jegliche geforderten „Reparationszahlungen" oder „Wiedergutmachungsbeträge". Was hätten Tschechen wohl an der Führungselite der römisch-katholischen Kirche wieder „gutzumachen"? Welches himmelschreiende

Unrecht, das nach Abgeltung mit Geld, Land und Kunst verlangt, hätten sie dem bedauernswerten Staat Vatikan zugefügt haben sollen? Es ist der Staat Vatikan, der ein Abkommen, ein sogenanntes „Konkordat", mit der Tschechischen Republik verlangt. Im 14. Jahrhundert war ein Drittel des tschechischen Königreichs im Besitz der römisch-katholischen Kirche – die Grenzen haben sich seit damals kaum verändert. Will man diesen Zustand wieder herstellen? Lenka Procházková und ihre Anhänger vergleichen mit Recht die heutige tschechische katholische Kirchenführung mit jener Kirche aus der Zeit des Jan Hus. Mit dem gleichen Recht ruft die Schriftstellerin die gesamte Nation zum Mut zur Freiheit auf. Sie rüttelt am Bewusstsein der Komfortbürger. Mit bestechender Klarheit führt sie den Tschechen vor die Augen, dass sie eben nicht die Sklaven sind, zu denen man sie jahrhundertelang degradieren wollte. Ein Volk von Sklaven bringt keine genialen Denker hervor, keine herausragenden Menschen des öffentlichen Interesses, die in diesem Interesse – und nicht im eigenen – handeln. Das Erbe des Prager Magisters Jan Hus und seiner Nachfolger findet hier seine Fortsetzung.

Prager Gerede

Man redet in Prag....
Gerede, Gerede ....
Man hört überall reden.....
Wer redet?
Die Leute reden....
Was reden sie?

Es geht die Rede in Prag...
Man redet, redet, redet, redet.
Ach, man redet so viel ....
Was redet man denn?

Vom Rektor geht die Rede.
Von welchem Rektor?
Von Hus, dem Rektor.
Hus ist dieses Jahr Rektor?
Hus? Der Magister Jan?
Man spricht davon.

Ja, man spricht in Prag.
In verschiedenen Sprachen
spricht man.
In Prag spricht man viele
Sprachen.
Zu viele....
Das ist nicht unsere Sache.
Das ist wahr...

Was sagt man denn?
Man sagt, Hus sei ein guter
Rektor.
Hört, hört....

Wer sagt das?
Alle sagen das.
Das sagen alle...
In Prag?
Sag ich doch...!

Wer hat in Prag das Sagen?
Man sagt, König Wenzel...
Sagt man das?
So sagt man.
Und was sagt der Erzbischof?
Der kämpft um Worte.
Hat man ihm denn keine
vorgegeben?
Er ist kein Mann der Worte.
Warum?
Er verbrennt die Worte lieber.

Und was sagen die
Universitätsprofessoren?
Die kämpfen wortreich.
Und was sagt Magister Hus?
Er sagt, er predige das Wort.
Das ist eine Lüge!!!

Leider, nein ......
Seine Worte werden gehört....
Man hört auf ihn.

Das muss aufhören!

Noch ist nicht alles gesagt....

Lehrer aus Leidenschaft

Es gibt sie, diese begnadeten Leute, deren Lebensaufgabe es ist anderen Menschen Wissen und Erfahrung zu vermitteln. Solche Lehrer widmen sich ihrer Lehrberufung mit Begeisterung und besitzen eine natürliche Autorität. Ebenfalls verfügen sie über die wunderbare Eigenschaft, jederzeit geeignete Lehrmethoden auszuwählen, die der Persönlichkeit und Lernfähigkeit der Schüler angemessen sind. Man kennt das aus der eigenen Schulzeit: Zu solchen Lehrern ging man gern in den Unterricht. Solche Lehrer brachten einem wirklich etwas bei. Sie förderten die Schüler, damit diese ihre individuellen Interessengebiete entdeckten; sie motivierten, unterstützten und halfen – notfalls auch mit entsprechendem, nicht immer willkommenem Nachdruck – durch schwierigere Zeiten der Ausbildung hindurch.

Solch ein Lehrer muss den Berichten der Zeit zufolge, auch Jan Hus gewesen sein. Er wollte unterrichten, er hatte Freude am Beruf der Wissensvermittlung. Deshalb verzichtete er sogar auf die Magisterprüfung im Prestige-Fach Theologie, da ihn die Vorbereitung dazu wertvolle Jahre gekostet hätte – verlorene Jahre für den Unterricht. Auch als Prediger unterrichtete Hus, und es lag ihm viel daran seine Zuhörer zu einer authentischen Lebensweise anzuleiten. Bei seinen Predigten in der Bethlehemskapelle bediente er sich der bewährten audio-visuellen Methode, indem er wichtige Aussagen der Evangelien an die Wände der Bethlehemskapelle schreiben liess und vorlas. Seine unmittelbaren Nachfolger führten die Methode weiter, vor allem der Magister Jakoubek ze Stříbra, der seinen, für Nichttschechen unaussprechlichen Namen in Jacobellus de Misa latinisierte. Die Methode, Predigt als Unterricht darzustellen, ist einmalig für Hus' Zeit.

Einmalig ist auch der praktische Lebensbezug. Für Hus ist Religion kein abstraktes Lehrgebäude, sondern konkrete, alltägliche Lebensführung. Authentizität, Charakterstärke und integre Lebensart.

Bethlehemskapelle

Manche Texte an den Wänden der Bethlehemskapelle waren in zwei Sprachen geschrieben: im lateinischen Originaltext und der tschechischen Übersetzung. Auch dies kann als indirekte Lehrmethode angesehen werden. In erster Linie geht es um das Verständnis der Bibeltexte, in zweiter Linie übt die versammelte Gemeinde nebenher gleichzeitig ein wenig Latein.

Die Bethlehemskapelle entstand während der Jugendzeit von Jan Hus, 1391. Der junge ca. 20-jährige Hus ging jedoch bereits zu Predigten in die Bethlehemskapelle. Der Prediger war damals der Prager Magister Jan Štěkna, der später als Theologieprofessor an die Universität von Krakau ging und sich leider gegen Hus stellte.

Die Bethlehemskapelle entstand auf eine „Bürgerinitiative" hin. Es waren Prager Bürger, welche den Antrag dazu gestellt hatten. Der Geschäftsmann Jan Kříž spendete das Grundstück zum Gebäude, die finanzielle Schirmherrschaft übernahm das adelige Höflingsehepaar Hanuš und Anna von Milheim. Hanuš bekleidete ein Hofamt am Königshof, seine Frau kam aus der Familie der Hasenburger und ein jüngerer Verwandter von ihr, Zbyněk Zajíc von Házmburk, war jener junge Prager Erzbischof, der später John Wycleffs und Jan Hus' Schriften verbrennen liess...

Verschiedene Versionen sind mit der Namensgebung der Kapelle verknüpft. In einer ersten Version leitet sich der Name von einer

Reliquie her, die Kaufmann Jan Kříž erworben hatte, und die angeblich vom Körper eines Kindes stammte, das im Kindermord zu Bethlehem umgekommen war. Doch der Reliquienkult war schon bei den früheren Prager Reformpredigern verpönt, deshalb bietet sich eine andere Erklärung an: Bethlehem, als die Geburtsstätte Jesu und somit des Christentums, hat einen hohen symbolischen Wert – und alle, die mit der Kapelle verbunden sind, erstreben eine Reinigung und Neugeburt der christlichen Lehre. Die Prager sagten über Hus: „…er predigt in Bethlehem."

1394 war der Bau der Kapelle abgeschlossen. Sie war mit einer Predigerstelle dotiert. Gleichzeitig war ein Studentenkolleg angegliedert, das „Nazareth-Collegium". Kapelle und Kolleg gehörten zur Universität. Die Kapelle sollte als „Predigerkirche" für die Verbreitung von Gottes Wort in tschechischer Sprache bestimmt sein. Die Ernennung des Predigers fiel in den gemeinsamen Zuständigkeitsbereich der Professoren der Universität und des Bürgermeisters der Stadt Prag. Die Anzahl der Anwesenden bei den Predigten erscheint viel zu hoch. Man liest immer wieder von 3000 Menschen, die angeblich Platz fanden. 300 wären auch schon sehr viel gewesen. Die Kapelle wurde nach Hus' Tod natürlich als „Keimzelle der Hussiten" betrachtet und ihr Schicksal war dementsprechend dramatisch, es reichte von baulichen Veränderungen bis zum teilweisen Abbruch.

In den Jahren 1919/20 und 1948/50 wurden bei einer wissenschaftlichen Untersuchung der ehemaligen Baustätte der Bethlehemskapelle Mauerbruchstücke entdeckt, die mit Inschriften in Latein und Alt-Tschechisch beschrieben waren. Prof. Bohumil Ryba veröffentlichte 1951 seine Forschungsresultate und die Entzifferung der Texte in einem Buch. Er wies nach, dass an den Wänden der ursprünglichen Kapelle lateinische Texte von Hus und seinem Magister-Kollegen Jakoubek/Jacobellus standen. Dazu waren, noch eine Inschrift der 10 Gebote, als der Basisregeln der Ethik und das Gebet des Glaubensbekenntnisses in Alt-Tschechisch vorhanden.

Lösungen, Latein und Landessprachen

Der tschechische Historiker Jiří Spěváček trifft den Kern in einer Aussage seines Buches über König Wenzel IV. *("Václav IV. 1361 -1419 – Vorbedingungen der hussitischen Revolution; Prag, Svoboda 1986).* Obwohl das Buch während der kommunistischen Ära der Tschechoslowakei geschrieben wurde, und obwohl der Autor ein gewisses Einverständnis mit marxistischen Ideologien erkennen lässt, ist das umfangreiche Werk auf ca. 700 Seiten objektiv geschrieben und mit reichen Quellen belegt. Die Quellen sind zahlreiche tschechische und ausländische Publikationen in mehreren Sprachen, von Autoren verschiedenster Prägung in Bezug auf Religionszugehörigkeiten und Ideologien.

Spěváček schreibt auf S.423 der genannten Ausgabe:

„Obwohl es ohne Zweifel richtig ist, Hus' Hauptinteresse hervorzuheben, d.h. sein Anliegen, zu jeder Zeit und in erster Linie, eine Lösung der anfallenden Probleme anzustreben, ... darf man seine philosophischen und theologischen Kenntnisse weder übersehen noch unterschätzen; dies sind Interessen und Methoden, die einen unabdingbaren Teil seines Bezugs zur Lösung heikler, gesellschaftlicher Komplikationen seiner Epoche darstellen."

Ein komplexer Satz – die Aussage darin ist verdichtet auf den Punkt gebracht. Als hätte der Autor bereits in den Achtziger Jahren gewisse Tendenzen erkannt, Jan Hus der breiten Öffentlichkeit als den etwas naiven und starrköpfigen, katholischen Priester darzustellen, der sich mit seiner Kritik unüberlegterweise in die Nesseln setzte.

Die „Lösung der Probleme", Ordnung schaffen, Strukturen und Mittel bereitstellen, nach Möglichkeit komplexe Sachverhalte entwirren und einen individuellen Ansatz beim Unterricht bieten – hier ist Hus der Praktiker. Seine Lösungen sind praktikabel, sie sind für den Alltag entworfen und allgemeingültig. Dabei belässt er genügend persönlichen Spielraum. Er führt seine Schüler und Zuhörer, er „coacht" und unterstützt. Jan Hus war ein vielseitiger Mensch und ein guter Menschenkenner. Er wusste, wann er komplexe Sachverhalte komplex erläutern konnte, da seinen Ausführungen gelehrte und in Disputation geschulte Zuhörer folgten – oder wann er dieselben Sachverhalte in einfachen Worten darstellen musste, weil er vor Anwesenden aus dem Bürgertum oder auch vor Landleuten sprach.

Jan Hus räumte auf und stellte griffige Mittel zum Lernen bereit. Ein schönes Beispiel dafür sind die Traktate über die tschechische Sprache und vereinfachte Orthografie, die ihm zugeschrieben werden. Die Autorschaft ist nicht gesichert, doch wer anderer als Hus hätte zu jener Zeit Interesse an solchen Kleinigkeiten wie der tschechischen Rechtschreibung gehabt? Hus dachte weiter. Hus war ein Gelehrter mit umfassendem Wissen seiner Zeit. Er hat auch bereits an jene Prediger gedacht, die ihm nachfolgen mochten, und die den Inhalt der Bibel in der tschechischen Landessprache weiter geben würden. Für sie hatte er Übersetzungen angefertigt.

Generell hatten sich Predigten in Landessprachen ausserhalb des lateinischen Sprachraums als notwendig erwiesen – wie sonst hätten die Zuhörer den vorgetragenen Inhalt einer Predigt verstehen sollen? Sicher, Latein war weit verbreitet, doch es brauchte fortgeschrittene Kenntnisse, um einer Predigt über religiöse Inhalte zu folgen. Ausserdem - zu Hus' Zeit war noch nicht ganz Europa christlich... Der Grossfürst von Litauen, Jogaila, liess sich und sein Volk erst im Jahre 1386 (!) taufen, als der politische Druck, der Druck von Familienzwist und die Bedrohung durch den Deutschherren-Orden zu gross wurden. Jogaila nahm den Namen Wladyslaw Jagiello an, und mit der Königskrone von Polen belohnt, entschied er sich für das lateinische Christentum und die Religionsabhängigkeit von Rom. Das letzte der slawischen, „heidnischen" Reiche hatte dem Druck des Zeitgeistes nachgegeben.

Ämter, Hierarchien, Karrieren

Manchmal muss man tief nach Ursachen graben, bevor sich Zusammenhänge zu klären beginnen. Die Gefahr eines „schnellen Überblicks" in Kurzfassungen verzerrt sonst die Dinge. Gleichzeitig sind wir heute mit einem zeitlichen Abstand von sechs Jahrhunderten nicht immer in der Lage zu verstehen, wie umwälzend neues Gedankengut für die Menschen des Mittelalters sein konnte. So zum Beispiel die Forderung nach Liturgie und Lesungen aus der Bibel in den Landessprachen. Bei den Lesungen während der Messen kam noch ein hierarchischer Faktor dazu. Wir stossen immer wieder auf das Problem der Hierarchien, der gefestigten und oft verkrusteten Machtordnungen und der damit einhergehenden Rituale. Hus' Denkansatz ist in Bezug auf die religiöse Bildung des Mittelalters und auf die Spiritualität eines Menschen seiner Zeit, wirklich sehr revolutionär. Darin fordert er teilweise eine gesellschaftliche Umlagerung, was im 20. Jahrhundert die tschechischen Kommunisten dazu verleitete Hus als einen Vorläufer sozialistischer Ideen zu sehen und die Hussiten als Verwirklicher des gelebten Kommunismus. Nichts könnte ferner liegen. Deshalb ist es oft schwierig tschechische Quellen zu filtern. Frühe Quellen des 19. Jahrhunderts vereinnahmten Hus unter dem tschechisch-nationalen Blickwinkel – Hus als Patriot, Hus als Befreier von deutschen Einflüssen, Hus als Erneuerer der tschechischen Sprache. Gleicherweise formten Kommunisten „ihren" Hus als den sozialen Revolutionär, als

Kämpfer gegen Kapitalismus und die Unterdrückung der Massen durch Religion. Jan Hus scheint für jede Ideologie herhalten zu müssen. Doch eigentlich würden solche Vereinnahmungen für all die durchgehend anwendbaren, alltäglichen Lebensregeln sprechen, die Hus anbot. Wenn sich so viele verschiedene Ideologien derart flexibel bei Hus bedienen können, dann kann der Kern seiner Aussagen nicht so falsch sein. Wie dem auch sei – die Zeitgenossen fühlten sich in jedem Fall von ihrem Magister und Prediger ernst genommen. Endlich war jemand da, der zuhörte, überlegte und danach praktisch handelte.

Aus diesem Grund muss man, wenn man sich heute mit Hus beschäftigt, sorgfältig differenzieren und dem Zeitgeist des späten Mittelalters nachspüren. Ein Bereich dieses Zeitgeistes ist die Auffassung bestimmter Berufsberechtigungen. Wenn Hus es als wichtig erachtet, dass seine Zuhörer in der Bethlehemskapelle Bibelstellen selbstständig nachlesen, dass sie darüber nachdenken und sich untereinander austauschen sollen, so ist das eine Sache. Hierbei lässt er jedoch geflissentlich die unteren Sprossen der kirchlichen Hierarchie ausser Acht. Vielleicht griff hier sein Ordnungssinn ein, da er viele unnütze kirchliche Ämter sah, die nur Kosten verursachten und – auch den Inhabern dieser Stellen – keine nennenswerten Vorteile brachten. Es gab unzählige Vikare, Lektoren, Subdiakone und Akolythen, die mit kirchlichen Hilfsdiensten beschäftigt waren. Die meisten taten dies nicht aus religiöser Berufung oder christlicher Nächstenliebe, sondern im Hinblick auf Karriere, Aufstiegschancen und ein existenzsicherndes Einkommen. Es heisst, dass allein an der Prager königlichen Kirche St. Veit an die 300 Priester beschäftigt waren. Im Vollmachtgebiet des Prager Erzbischofs gab es an die tausend Pfarreien. Nach dem Personalmangel der früheren Jahre folgte nun das Überangebot. Mit der wachsenden Anzahl der Bevölkerung war auch die Zahl der Stellensuchenden nach einem geistlichen Amt gestiegen. Die Finanzierung dieses Systems war dabei eine ganz andere Frage.

Jan Hus fand – und mit ihm noch viele andere, die sich nur zaghaft dazu äusserten – dass ein Priester keine Stellvertretung im Amt brauchte, wenn er sich um seine Gemeinde auch entsprechend kümmerte. Der Unfug mit den vielen Stellvertretern würde nur jenen Priestern nützen, die weiteren und einträglicheren Ämtern nachjagten. Hus wollte hier seine Zuhörer zum selbständigen Denken anleiten, wie er das auf der Universität mit seinen Studenten tat.

Doch die Universität war eine andere Sache. Hus wäre es nie in den Sinn gekommen, die Hierarchien an der Universität in Frage zu stellen. Dort wurden Berechtigungen zu weiteren Studien und Graden nach dem Stand des Wissens bemessen – dazu gab es geeignete Prüfungen und erfahrene Prüfungsprofessoren, schliesslich war Hus selbst einer. Die Universität hatte ihre bewährte Ordnung, das System funktionierte. Die Kirchenhierarchie wucherte jedoch in beliebige Ämter und Stellen aus, von denen die meisten überflüssig waren. Oft dienten sie hohen Kirchenherren dazu, um ihre Protegés unterzubringen und ihnen regelmässige Einkünfte zu verschaffen. Die Nutzniesser solcher Stellen rekrutierten sich aus der Masse der niederen Kleriker. Ein Kleriker war ein Mann, der grundsätzlich ins Hierarchiesystem der Kirche eingebunden war und der bestimmte Weihen erhielt. Er konnte sich entscheiden, ob er es bei den niederen Weihen beliess, oder ob er eine Karriere anstreben wollte, welche die höheren, die Priesterweihen, erforderte.

Das kirchliche Hierarchiesystem stand grundsätzlich jedem offen, ob adelig oder bürgerlich – doch es war eine Scheindemokratie – ohne Familienverbindungen, Beziehungen und Geld gab es die höheren Kirchenämter nicht. Der grossen Schar jener, die weder Geld noch Beziehungen hatte, und die auch nicht in die geschlossenen Gesellschaften der Berufsgilden und Zünfte hineingeboren wurde, blieb nur noch die Laufbahn als Kleriker, meistens nur mit den niederen Weihen ausgestattet.

Kleriker – clerc / clerk – das „Büropersonal". Ein ganzes Heer von Schreibern, Buchhaltern, Administratoren und „Hilfskräften" jeder Art fand Beschäftigung in Kirche, Kontor, Amtsstube oder Kanzlei. Um öffentlicher Notar zu werden brauchte es nicht einmal ein Studium. Die Notare absolvieren eine Art Lehre in einer der vielen kirchlichen Verwaltungskanzleien. Danach stellten sie sich einer Prüfung durch den Erzbischof und leisteten ihren Amtseid.

Eine solche Schreibkraft versah alle möglichen Dienste, die in einer Schreibstube anfielen. Auch Jan Hus verdiente sich seine Studien mit diesem klassischen Studentenjob: er assistierte seinen Professoren, schrieb, kopierte, erledigte Botendienste. Es brauchte zu jener Zeit viele Schreiber und Kopisten, denn der Buchdruck war noch weit weg. Ein Schreiber sollte Latein können, er sollte über eine saubere und gut lesbare Handschrift verfügen, daneben musste er Kenntnisse in einer Art Kurzschriftsystem haben, das schnelles Notieren erlaubte, auch sollte er nach Möglichkeit in der Kunst des Chiffrierens bewandert sein, denn manche schriftlichen Inhalte waren nicht für alle Blicke bestimmt. Solche Chiffren waren an der Tagesordnung wenn es um politische Mitteilungen ging und wenn Gefahr drohte, dass ein Brief unterwegs in falsche Hände geraten konnte. Es war durchaus auch übliche Praxis private Briefe zu verschlüsseln, denn wer wollte sich schon in die Karten schauen lassen, besonders wenn es um intime oder finanzielle Angelegenheiten ging...

Briefe waren niemals ganz privat. Briefe stellten bis weit in unsere Zeit Nachrichtenvermittlung dar, die sich gleichfalls an den Umkreis des Adressaten richtete. Jan Hus bezog immer eine grössere Leserschaft in seine Briefe ein, auch dann, wenn er an Einzelpersonen schrieb. Briefe wurden vorgelesen, wurden diskutiert. Briefe reiften sogar zu einer selbständigen Literaturgattung, und ein mit solch hohem Selbstbewusstsein ausgestatter Autor wie Petrarca, der starb als Hus ein Kleinkind war, schrieb seine „privaten" Briefe immer unter der Voraussetzung, dass sie einer grösseren Gesellschaft vorgelesen würden.

Unter Priestern mit höheren Einkünften war es üblich die Administration und Vermögensverwaltung auszulagern und sie einem Buchhalter anzuvertrauen. Dieser Mann war oft „weltlich", das heisst wahrscheinlich war er ein niederer Kleriker, ein „Minorist", der jederzeit in den Laienstand zurückkehren und auch heiraten konnte, man kannte auch die Bezeichnung des „clericus uxoratus" – des verheirateten Klerikers. Viele Juristen entschieden sich für die niederen Weihen, obwohl ihnen auch innerhalb der kirchlichen Hierarchie oft glänzende Karrieren offen standen – der wahrscheinlich berühmteste Jurist auf dem Papstthron war Innozenz III. im 13. Jahrhundert. Allerdings, diese himmelsstürmenden Möglichkeiten die Karriereleiter hinauf zu steigen, blieben meist Amtsanwärtern aus angesehenen, adligen Familien vorbehalten, die ihre zweitgeborenen Söhne im Kirchensystem unterbrachten, damit auch sie Möglichkeiten zur Machtausübung und somit zum Nutzen der eigenen Familie hatten. Dritt- und viertgeborenen Söhnen blieben nur militärische Laufbahnen entweder bei einem hochadligen Dienstherrn oder in einem geistlichen Ritterorden, die noch nach der gewaltsamen Auflösung der Templer 1314 übriggeblieben waren. Bei den Landjunkern und freien Bauern war die Situation ähnlich: ein Sohn erbte den Hof, einer wurde ins Kloster geschickt und die weiteren Söhne verdingten sich irgendwo zwischen Militär und bäuerlichen Hilfsdiensten.

Immerhin stand Intelligenten und Fleissigen der Weg an eine Universität offen. Eine Gelehrtenlaufbahn konnte anstrengend sein, barg aber Möglichkeiten. Gerade in den tschechischen Ländern bildete der akademische Weg lange Zeit oft die einzige Möglichkeit, um ärmlichen Lebensumständen zu entkommen.

Frauen

Und die Töchter? Dies ist ein unrühmliches Kapitel der christlich-abendländischen Gesellschaft. Eine Tochter hatte ihrem künftigen Ehemann eine Mitgift in die Ehe zu bringen, und Klöster verlangten eine Mitgift für den himmlischen Bräutigam. In Deutschland konnten Väter ihre Töchter sogar als Prostituierte an Frauenhäuser verkaufen, wenn die Familie dadurch vor einer grossen Notlage bewahrt wurde. Für uns sind das unvorstellbare Situationen – doch für die Zeitgenossen des Jan Hus war es die reale Welt, in der sie lebten. In einer Predigt griff Jan Hus die Situation von zwei jungen Frauen auf, die ihm und der Gemeinde der Bethlehemskapelle als regelmässige Zuhörerinnen bekannt waren: Kateřina und Dorota. Anscheinend war Kateřina ein zurückhaltendes Gemüt und hatte den Wunsch in einem Kloster zu leben, während Dorota lebenslustig und temperamentvoll war. Hus legte nun in Theorie dar, dass sich beide jungen Frauen gegen ihre Eltern auflehnen müssten, sollten die Eltern ihre Töchter zu einem ihren Charakteren gegensätzlichen Lebensweg zwingen – wenn man Kateřina verheiraten und Dorota ins Kloster schicken wollte. Hus bediente sich dramatischerweise der Figuren zweier unmündiger Töchter – der rechtlosesten Mitglieder der menschlichen Gesellschaft – die sich gegen die elterliche, vor allem gegen die väterliche, Gewalt auflehnen sollten, wenn diese Gewalt von ihnen verlangte einen Weg einzuschlagen, der ihrer Berufung entgegenstand und somit ethisch verwerflich war.

Bleiben wir aber noch ein wenig bei den Klerikern und den Juristen. Jurist zu sein war einträglich und bot viele Möglichkeiten. Juristen mit Doktorwürde – d. h. Juristen, die eine universitäre Magisterprüfung abgelegt hatten, konnten von Steuern und Abgaben befreit werden. Sie erhielten die sogenannten „Doktorfreiheiten" und waren dem niederen Adel gleichgestellt. So auch die Magister, ihre Studenten und sogar die Bediensteten an der Universität Prag. Dies sicherte ihr Einkommen, bescherte allerdings auch neue Ausgaben, die mit dem Universitätsbetrieb zusammenhingen.

Wenn Jan Hus seine Zuhörer dazu anleitet selbstständig in der Bibel zu lesen, wenn er dazu sogar noch Übersetzungen ins Tschechische anfertigt, wenn er die Leute in der Kirche dazu anhält zu singen und zu diesem Zweck auch Liedtexte schreibt, verärgert er sämtliche kirchlichen Hierarchiestufen, denen solche Freiheiten zu weit gehen. Hus entzieht dem Machtgebaren seiner zeitgenössischen Kirche die Basis. Indem er Selbständigkeit im Denken und Handeln fordert, befreit er die bisher gesichtslose Menschenmasse, die man zweckmässig einschüchtern konnte. Solchen Menschen kann man dann nicht mehr das Geld aus den Taschen ziehen, indem man ihnen Sündenablässe verkauft oder angeblich wunderwirkende Reliquien in Form von grausigen Knochen. Mutige, frei und vernünftig denkende Menschen waren im Programm der römischen Kirchenleitung nicht vorgesehen…

Hus war Lehrer aus Berufung. Ob Studenten, die er unterrichtete und auf Prüfungen vorbereitete, oder Bürger, denen er predigte – Jan Hus hatte allen etwas zu sagen. Dabei stand nicht seine Person im Vordergrund, sondern es war ihm ein Anliegen zu lehren und einen für alle lebbaren Weg vorzuzeigen. Er war sich bewusst, dass dieser Weg für jeden Menschen individuell gestaltet sein musste – indes eingebunden in einen Kodex allgemeingültiger Moralvorstellungen, die von den meisten Menschen ohne grosse Schwierigkeiten befolgt werden können. Diese ethischen Normen galten immer schon als christlich und Hus wies immer wieder darauf hin, dass sie im Evangelium enthalten sind. Es war ihm ein grosses Anliegen, die ihm anvertrauten Menschen anzuleiten.

Die Art, in der er das tat, ist „Coaching" im heutigen Sinne. Er gab praktische Anweisungen, die leicht zu befolgen waren, er setzte pädagogische Mittel ein. Die Sätze an den Wänden Bethlehemskappele sprechen für sich. Sie werfen auch ein Licht auf die Bildungssituation der Prager Bürger. Man konnte jederzeit etwas nachlesen, oder man konnte es sich vorlesen lassen, um darüber nachzudenken und das Resultat in die Praxis umzusetzen. Selbständigkeit und Eigenverantwortung im Denken und Handeln – dieses Anliegen des Magisters Jan Hus hat nichts von seiner Aktualität verloren.

„Dcerka" – Zwiesprache mit der Seele

Dcera / dcerka – die Tochter / das Töchterchen. Sehr liebevoll ist die Anrede, die Jan Hus zum Titel eines seiner bedeutendsten Werke wählte. Weshalb diese Anrede? An wen ist dieses Traktat gerichtet? Weshalb ein Traktat an eine - „Tochter"?

Immer wieder begegnet man der Aussage, die „Dcerka" sei eine Schrift für Hus' weibliche Zuhörerschaft gewesen. Sogar der tschechische Wikipedia-Eintrag zu Jan Hus posaunt diese Behauptung hinaus, und durchs Internet geistern Arbeiten tschechischer Gymnasialschüler, denen man im Geschichtsunterricht beigebracht hatte: Das Traktat „Dcerka" des Jan Hus sei eine Anleitung zum christlichen Leben für Frauen. - Ich möchte in diesem Aufsatz beim vorliegenden Phänomen bleiben: Warum bringt man heutigen Schülern so etwas bei? Ist dies das Resultat schierer Oberflächlichkeit, oder die Folge einer im Kommunismus, Atheismus und Materialismus aufgewachsenen Lehrergeneration? Oder einfach nur Desinteresse? Die Schüler erstellen auf ihren Computern hübsche PowerPoint-Präsentationen, erhalten dafür sicher ebenso hübsche Noten für Darstellung und „wirksames Präsentieren", doch wer kümmert sich um den tatsächlichen Inhalt? Wer kümmert sich um das Verständnis der Schüler? ... Inhalt versus Form. Hatte nicht Hus sich schon gegen leere Formen und Formeln gewehrt?

Vielleicht hatten die Schüler ja tatsächlich recherchiert, hatten in Literatur geblättert und waren durchs Internet gesurft – daran ist nichts Verwerfliches, das Internet bietet eine grosse und gut zugängliche Sammlung an tschechischen Dokumenten über Jan Hus und seine Zeit. Ausserdem ist auch ein Brief von Hus erhalten, der sich unmissverständlich und direkt an mehrheitlich adelige Frauen wandte, die in Laiengemeinschaften lebten und ein klosterähnliches Leben führten, ohne jedoch Nonnen eines Ordens zu sein: „*An die Jungfrauen, die in Gemeinschaft leben*" / „*Pannám společně žijícím*", heisst das kurze Werk. Das sehr konkret gehaltene Schreiben wird in die Jahre 1412 – 1414 datiert. In diesem Brief spricht Hus die Frauen an als: Liebe Jungfrauen …. Gemahlinnen des Christus und Töchter. (im deutschen Sprachgebrauch ist die Formulierung „Braut Christi" für eine Nonne gebräuchlich, Hus benutzt in seinem Brief die tschechische Bezeichnung „chot' / Gemahlin"). In seinem Brief bestätigt er die Frauen in ihrem Entschluss ein Leben nach der Art der Beginen zu führen, Frauengemeinschaften, die sich dem Gebet, der Krankenpflege und Armenfürsorge widmeten. Hus hatte seinem Schreiben an die Frauen einen Liedtext beigelegt, mit der Empfehlung das Lied während der „Vesper der Heiligen Jungfrauen" zu singen. Leider ging das Lied verloren, und über den Tag der heiligen Jungfrauen kann man auch nur rätseln, vielleicht war damit der Gedenktag der Hl. Ursula und ihrer Elftausend Jungfrauen gemeint. Auf alle Fälle ermahnt Hus seine Adressatinnen, sich der Worte des Liedes bewusst zu sein und sie mit Freude im Herzen zu singen, allerdings ohne Publikum, da dies die Singenden zu Stolz verleiten könnte.

Das ist Jan Hus, wie er leibt und lebt: Hier gibt er wieder praktische Konzepte zur Lebensführung, ermutigt, bestätigt und bekräftigt die Frauen in ihrem Entschluss eines klösterlichen Zusammenlebens. Die Erwähnung des Liedtextes bestätigt sein Bestreben, Teilnehmer an Gottesdiensten singen zu lassen. Die eher heitere Seite dieses Briefes ist die lebhafte Schilderung der Enttäuschungen, Schmerzen und Nöte, die eine Frau in der Ehe erfahren könnte – deshalb werden die angesprochenen Frauen auch in ihrem Lebensentschluss ermutigt. Als hätte Hus selbst die Sorgen und Zweifel einer ehelichen Beziehung erfahren. Doch – Jan Hus war auch Seelsorger und die Schicksale seiner Zuhörer waren ihm weder fremd noch gleichgültig. Dass er „seine

Leute" sehr gut kannte, geht aus den Predigten hervor, die sich stellenweise an erkennbare Individuen richten.

Liest man jedoch den Text des Traktates **„Dcerka"**, so wird eine völlig andere Atmosphäre fühlbar. Eine Stimmung, die anscheinend von einigen gegenwärtigen Zeitgenossen nicht wahrgenommen werden kann, da ihnen die Voraussetzung dafür fehlt: Die Kenntnis einer mystischen Erfahrung.

Wer deshalb auch immer den tschechischen Gymnasiasten die „Dcerka" des Jan Hus als Anweisung für Frauen erklärte, hat wohl den Text nie gelesen, zumindest nicht verstanden. Nun sind spirituelle Erlebnisse und mystische Erfahrungen etwas sehr Persönliches, und eigentlich bedürfen sie keines religiösen Untergrunds – doch woher soll ein heranwachsender Mensch die Ehrfurcht vor dem Leben kennen lernen, den Respekt gegenüber der Natur? Aufgrund wessen sollte sich ein Mensch überhaupt mit seiner Seele und seinem Geist beschäftigen? All die Fragen nach dem Warum, Woher und Wohin – wie könnten sie überhaupt gestellt werden? Solange Glaubensrichtungen und Religionen nicht pervertiert werden, dienen sie der Erkenntnis, der geistigen Erfahrung, die über das materielle Leben hinausgeht. Der Göttliche Funke, die Inspiration, die erkennen lassen, dass man Teil eines grossartigen Ganzen ist und in der Geborgenheit dieses Ganzen lebt, was immer auch geschieht....

Christliche Mystik ist eine sehr zarte, sehr feine und kristallen schimmernde Blüte im spirituellen Erfahrungsschatz der Menschheit. Christliche Mystik bewegte sich immer wieder auf dem steilen Grat zwischen individueller geistiger Erfahrung und den Dogmen der Kirche, denn nicht immer waren/sind Erfahrungen und Dogmen deckungsgleich. Die Zwiesprache mit der Seele, die Zwiesprache der Seele mit Gott – immer wieder, Jahrhundert für Jahrhundert, wird sie der

Menschheit übermittelt von Einzelnen, die dafür empfänglich sind. Einige der schönsten Beispiele hat Johann Sebastian Bach in seiner Musik festgehalten, in den Texten, die der Musik zugrunde liegen. „Ich hatte viel Bekümmernis" nannte Bach seine Kantate, die später katalogisiert wurde als Nummer 21 im Bach-Werke-Verzeichnis. Der Text ist die Schilderung einer mystischen Erfahrung. Besonders das Duett gegen den Schluss der Kantate schildert das erlösende Zwiegespräch zwischen der verzweifelten Seele und ihrem göttlichen Tröster.

Was bei Bach unter der Wirkung der grossartigen Musik so emotional berührt, ist bei Hus transzendent in Worte gefasst. Jan Hus hatte nicht das Mittel der Musik zur Verfügung, um seine Worte zu untermalen. Jan Hus musste den Worten ihren ureigenen Klang verleihen, damit sie sowohl Geist als auch Seele erreichten, damit sie Verstand und Gefühl ansprachen. Somit ist die Schrift „Dcerka" eine mystische Erfahrung, ein Gespräch mit der Seele, eine Ansprache an die Seele. Mit „Tochter" meint Hus die Seele, spricht zur Seele, weist die Seele an über „Die Erkenntnis des richtigen Weges zur Erlösung" – so heisst es im Untertitel. Seelentrost, Seelenrettung, Seelenheil …. Worte, die aus unserem Sprachschatz verschwinden, die nicht intellektuell erfasst werden können. Worte, welche grosse Sehnsucht atmen nach Heilung und Frieden.

Der Text von Hus' „Dcerka" ist wunderbar fragil. Er ist sinnreich in zehn Kapitel gegliedert, die Gliederung soll die Zehn Gebote in Erinnerung rufen, doch ungleich der wuchtigen, in Stein gemeisselten, mosaischen Vorgabe, führen die Kapitel der „Dcerka" zur finalen Erkenntnis, dass alles vorher Gesagte in der Liebe zu Gott gipfelt – göttliche Liebe zur Menschheit, menschliche Liebe gerichtet an Gott.

„...*So höre denn, Tochter. Schau und höre genau, und erkenne dich selbst, dass du ein Mensch bist, dass du einen Leib und eine Seele hast. Der Leib das ist der äussere Mensch, die Seele das ist der innere Mensch.... Die Seele umfasst drei Dinge in sich selbst, mit denen sie Gottes gedenkt, Gott erkennt und Gott für sich fordert: Erstens das Gedächtnis, zweitens den Verstand, drittens den Willen. Durch das Gedächtnis erinnert sich die Seele an Gott, mit dem Verstand blickt sie zu ihm auf und durch den Willen hält und begreift sie Gott. Sofern du diese drei Dinge in der Seele erkennst, wirst du wahrnehmen, dass du die anderen Geschöpfe der Erde überragst und dass du der Seele wegen zu Gottes Bild und Gleichnis erschaffen wurdest - so wie auch Gott Eins ist in seiner Dreieinigkeit, nämlich Vater, Sohn und Heiliger Geist...... Du wirst finden, dass die Drei einig sind in der Göttlichkeit – in Macht, in Weisheit, in Güte. Die Drei schufen alle anderen Geschöpfe und vor allem machten sie den Menschen ihnen gleich; der Vater verlieh dem Menschen Macht, damit er sich mächtig gegen das Böse wende; der Sohn verlieh ihm Weisheit, damit der Mensch befähigt sei das Böse zu meiden; der Heilige Geist verlieh ihm den freien Willen, damit der Mensch nichts Böses ersehnen möge.....*"

Sehr eigenartige Anweisung für Frauen im 14. Jahrhundert! Dabei hätte es genügt beliebige Stellen nur sorgfältiger und aufmerksamer zu lesen:

„...*Bedenke was du bist, woher du kommst, und wohin du gehst. Was du bist? Ein mit Vernunft begabtes, ruhmreiches und ein in seiner Seele strahlendschönes Gottesgeschöpf. Woher du kommst? Von Gott. Wohin du gehst? Zu Gott in ewige Freude sollst du eingehen, sofern du sein Abbild nicht durch Sünde besudelst. Bedenke, dass Gott dich als ewig erschuf und in dir in Ewigkeit verweilen will: Er erschuf dich ewig, das heisst unvergänglich, denn unvergänglich wirst du bleiben in Ewigkeit.....*"

Man wünscht sich innerlich, dass solche Texte niemals in die Hände ahnungsloser Lehrer geraten wären, die sie ihren unvorbereiteten Schülern zum Durchkauen hingeworfen hatten. Was können die Teenager daraus gewinnen? Das Traktat der „Dcerka" enthält auch

Hinweise auf Bibelstellen und ist mit Zitaten von Paulus, Augustinus, Origenes und sogar Ovid versehen – wieviel Kenntnis hatten die Schülern wohl darüber? Interessierte sie, wer diese Leute waren, zu welcher Zeit sie lebten und warum sie geschrieben haben? Oder soll vielleicht eine solche Unterrichtsweise nur das Bewusstsein fördern, dass es nur Zeitverschwendung ist, wenn man sich mit solchem unverständlichen Kram von „früher" beschäftigt? Manchmal ist der Eindruck sehr stark, dass Geschichtsunterricht nur dazu dient, den Schülern die Lust am Erforschen der Vergangenheit auszutreiben… Wie unterrichtet man Vergangenheit? Wie weckt man Interesse bei Jugendlichen an längst vergangenen Ereignissen, ohne in billige Klischees zu verfallen? „…..Bedenke was du bist, woher du kommt und wohin du gehst…."

Das Schriftstück „Dcerka" von Jan Hus offenbart seine Schönheit und seine Wahrheit erst nach einem längeren, immer wieder von neuem aufgenommenen Prozess. Lesen, nachdenken, verstehen wollen, sich einfühlen. „Dcerka" ist keine Unterhaltungslektüre, die man – kaum ist die letzte Seite gelesen – weglegt und vergisst.

Satz für Satz, Seite für Seite, Kapitel für Kapitel und Schicht für Schicht sollte die Sprache behutsam genossen werden, der Inhalt aufmerksam bedacht sein. Mit „Dcerka", der „Seele", hat Jan Hus sein mystisches Vermächtnis formuliert – es wird Zeit sich wieder vermehrt mit dem Mystiker Hus zu befassen, dessen Erbe weit über seinen Tod hinaus weist.

Anmerkung:
Übersetzung der angeführten Textstellen: Dagmar Dornbierer- Šašková

Gelebte Konsequenz

Beide hiessen Jan. Beide beendeten ihr Leben in Flammen. Beide führten ihre Überzeugung bis zur letzten Konsequenz. Beide wollten ihre Zeitgenossen zur Tat bewegen.

Jan Hus – der Prager Universitätsprofessor.
Jan Palach – der Prager Student.

Die Menschen des 15. Jahrhunderts hatten noch Kraft und Mut sich zur Wehr zu setzen. Sechshundert lange Jahre später, angefüllt mit Kriegen, zurückgeschlagener Hoffnung und Umerziehungsmassnahmen, glichen tschechische Staatsbürger des Jahres 1969 träge wogenden Wassermassen, welche das aufflackernde Flämmchen des Widerstands schon bald unter sich begruben.

Sie hätten sich verstanden, der Professor und der Student. Die Jahrhunderte wären kein Hindernis gewesen. Der gemeinsame Nenner für beide heisst heute „Konsequenz". Eine bis zum Äussersten gelebte Folgerichtigkeit. Beide hatten in aller Deutlichkeit auf falsche Zustände hingewiesen, auf Situationen, die ausser Kontrolle geraten waren.

„Von guten Mächten wunderbar geborgen…." hiess ein Lied, das ich in jungen Jahren lernte. Das Lied, das während des Singens Vertrauen und Zuversicht verbreitete. Das Lied, das von einem Mann geschrieben wurde, während er mit anderen auf seinen Tod in einem Konzentrationslager des Zweiten Weltkriegs wartete.

Auch Jan Hus soll gesungen haben, als die Flammen bereits um ihn herum loderten. Er soll gesungen haben, bis ihn starker Rauch erstickte und hoffentlich in eine barmherzige Ohnmacht fallen liess.

Jan Palach starb stumm. Starb aus verzweifelter Enttäuschung über ein politisches System, an das er geglaubt hatte, bis sich dieses System in aller Härte zu Menschenfeindlichkeit bekannte. Palach sah keinen anderen Weg, um seine Mitbürger aufzurütteln, um eine Bewegung ins Leben zu rufen, wie sie früher einmal die Hussiten dargestellt hatten. Konsequenz bis in den Tod – dem Entschluss folgend ein brennendes Mahnmal für alle Tschechen und Slowaken zu sein. Man gedenkt bis heute dieses Todes, der zwar viele betroffen gemacht hatte, der viele Menschen in tiefe Trauer gestürzt hatte – doch zu Aufstand und Widerstand konnte Palachs Tod in den Flammen nicht aufrütteln. Zu längerem und konsequentem Widerstand fehlte die Kraft – und vor allem fehlte Hoffnung. Unter diesem Aspekt ist der freiwillige Tod des Studenten Jan Palach auch ein folgerichtiges Zeugnis des Zeitgeistes der Tschechoslowakei nach der Okkupation 1968. Jan Palach starb mitten in Prag – mitten im neuralgischen Punkt des Landes und des Bewusstseins seiner Bürger. Es sollten allerdings noch zwanzig weitere Jahre vergehen, bevor das kommunistische System, welches die Schuld an Jan Palachs Todesentschluss trug, zu Ende ging. Somit ist im Nachhinein Jan Palach nur eine weitere tragische Gestalt in der Geschichte des Landes.

Die Person des Jan Hus steht jedoch für Hoffnung – und trotz des gewaltsamen Todes, für eine gelebte Konsequenz der Zuversicht. Eine vorher genau überlegte Konsequenz. Der ältere und erfahrenere Hus begeht keine Kurzschlusshandlungen. Er überlegt gut. Seine Entschlüsse und Handlungen sind begründet und weisen gleichzeitig über die Basis hinaus. Hat er einmal eine Strategie entwickelt und seine nächsten Schritte festgelegt, so weicht er nicht von Plan ab. Es wird ihm als Starrköpfigkeit vorgeworfen, doch das ist es nicht. Hus überprüft seine Strategien fortwährend und falls notwendig, passt er seine Handlungen an. Er will Ziele erreichen. Er hat gelernt Disputationen zu führen, zu argumentieren und Rückschlüsse zu ziehen. Die erhaltenen schriftlichen Zeugnisse aus Hus' Feder zeigen oft dieses Vorgehen, zeigen wie der

Autor Jan Hus mit den eigenen Texten arbeitet. Solides, geistiges Handwerk mittelalterlicher Gelehrter. Doch Hus ist mehr. Er ist der Mahner, dessen Stimme zu Standortbestimmung und Kurskorrektur ruft. Er listet Missstände auf und präsentiert daraufhin konkrete Gegenmassnahmen, um die Missstände zu beheben. Er fordert, aber er bietet Lösungen. Dies unterscheidet ihn von anderen Autoren seiner Zeit, die ebenfalls Unordnung anprangerten, jedoch keine Lebenshilfe zur Verfügung stellten. Greifbare Lebenshilfe bietet Hoffnung und mobilisiert Kräfte.

Beide, sowohl Hus als auch Palach hatten unmittelbare Nachfolger, die ein gleiches Schicksal erlitten, erleiden wollten. Die Tragödie dieser Nachfolger war, dass sie genau das waren – nur Nachfolger. Jan Hus folgte sein Berufskollege Hieronymus von Prag ein Jahr später auf den zweiten Scheiterhaufen des Konstanzer Konzils. Dem Beispiel Jan Palachs folgend, loderten zwei weitere menschliche Fackeln im Jahre 1969 – im Februar der Student Jan Zajíc, im April der Arbeiter Evžen Plocek. Die drei Männer des 20. Jahrhunderts waren zutiefst enttäuscht von einem System, an das sie zuerst geglaubt hatten. In einer Gemütslage, in der sich Verantwortungsgefühl mit aussichtsloser Verzweiflung und vielleicht auch der Überschätzung des eigenen Sendungsbewusstseins mischte, wählten sie freiwillig einen schmerzvollen Freitod, der die Gesellschaft aufrütteln sollte. Jan Hus und Hieronymus von Prag hatten ganz andere Ziele vor Augen. Sie wollten etwas bewegen, eine Neuordnung veranlassen, eine Rückbesinnung auf christliche Werte bewirken. Hus und Hieronymus wurden vom damaligen System zum Tode verurteilt, dem sie sich nur durch Flucht und würdeloses Verstecken hätten entziehen können. Hus ging nach Konstanz, um sich den Vorwürfen gegen ihn zu stellen. Hus ging nach Konstanz, um an einer gegenseitigen, lösungsorientierten Diskussion teilzunehmen ... und nicht, um sich aus Verzweiflung in die Flammen zu stürzen.

Hus, der Querdenker der die Zehn Gebote und die Evangelien als genügende Beispiele für ein christliches Leben betrachtete, musste daher zu Ungehorsam aufrufen, sollte etwas, oder jemand, das Befolgen dieser Beispiele verhindern wollen. Simpler bürgerlicher Ungehorsam gegen Machtmissbrauch. Dies hatte auf seine Weise auch der junge Jan Palach gefordert, doch dessen Entschluss bot keine beispielhafte Konsequenz für andere. Jan Hus forderte Leben – ein Leben in Würde und gegenseitiger Rücksicht. Obwohl die Volksaufstände nach seinem Tod zum Teil auch ein folgerichtiges soziales Ventil darstellten, wollte Hus nichts in dieser Art. Die Aufstände hatten – folgerichtig – auch keine Chance. Ein Aufstand in einem Binnenland, welches von Gegnern eingekesselt war, konnte keine Chance haben. Konsequenz im Denken und Handeln kann mitunter zweischneidig sein – allerdings, ist dies kein Grund, um von ihr abzulassen.

Prag und Paris interkulturell
Jan Hus und Jean Gerson

Die Demokratisierung der christlichen Lehre – so wie sie Jan Hus propagierte und vorlebte – ging bei allem guten Willen den Pariser Theologiekoryphäen der Sorbonne zu weit. Wie sonst lässt sich die strikt ablehnende Haltung von Jean Gerson und dessen Lehrer Pierre d'Ailly am Konstanzer Konzil erklären? Vor allem: Jean Gersons eigene Ansichten stehen denjenigen von Hus sehr nahe. Die betont energische Ablehnung kommt daher überraschend.

Sehen wir uns hier vielleicht einem Phänomen gegenüber, welches auch in gegenwärtiger Zeit anzutreffen ist, wenn auch nicht mehr in theologischen Angelegenheiten, sondern in inter-kulturellen Problemen der Führungsetagen heutiger internationaler Konzerne? Ein Vergleich drängt sich auf, der in Publikationen über internationales Projektmanagement seinen Niederschlag findet. Ich stütze mich auf das Buch: „Internationales Projektmanagement", Interkulturelle Zusammenarbeit in der Praxis *(herausgegeben von Hans-Erland Hoffmann, Prof. Dr. Yvonne-Gabriele Schoper und Dr. Conor John Fitzsimons (mit Beiträgen weiterer Autoren und Autorinnen, erschienen im Deutschen Taschenbuchverlag 2004, in der Reihe Beck-Wirtschaftsberater)* – und auf viele eigene Erfahrungen.

Das Konstanzer Konzil war ein umfangreiches internationales Projekt mit mehreren sich überlagernden Ebenen von Machtstrukturen, Ansprüchen und Kommunikation. Damals wie heute ergibt sich durch eine gemeinsame Sprache, in der sich alle verständigen müssen um Ziele zu erreichen, die Illusion eines gemeinsamen Nenners. 1415 war die Sprache Latein, heute ist es Business-Englisch. Die Parallelen sind verblüffend, zumal sich die menschliche Natur seit damals nur unwesentlich geändert hat. Was die Sprachkenntnisse angeht und das Geschick sie rhetorisch gekonnt anzuwenden, so war die Konstanzer Versammlung und auch Jan Hus sicher besser befähigt als die heutige Businesswelt mit ihrem abgeflachten Englisch. In Konstanz waren Universitätsabsolventen anwesend, die ein Leben lang in lateinischer Rhetorik und Deduktion geschult waren –ohne Notizen oder PowerPoint Präsentationen.

Eine gemeinsam verstandene Sprache ist Mittel zur Kommunikation – die Art der Kommunikation ist jedoch etwas anderes – und noch etwas anderes ist der Gegenstand der Kommunikation. Die Art wie jemand eine Sachlage versteht, und nach welchen Kriterien dieser Mensch nach aussen kommuniziert, ist eine vielschichtige Angelegenheit. Das Verständnis wird von verschiedenen, sich überlagernden Faktoren beeinflusst. Wichtige Rollen spielen dabei die eigene Individualität, der kulturelle Hintergrund, Beeinflussung durch Lehrer und deren Ansichten, das Verständnis von Macht und deren Anwendung, Status- und Standesunterschiede – um nur einige zu nennen.

Die Welt des Mittelalters muss man sich globalisierter vorstellen als allgemein angenommen wird. Die politischen und kirchlichen Führungsschichten sind international, sie sind untereinander vernetzt und undurchlässig. Sie denken und handeln über Sprach- und Brauchtumsgrenzen hinweg. Der Adel überzieht mit seinen Ansprüchen die Welt und teilt die Macht über Länder unter sich auf. Ohne Rücksicht auf die Bevölkerung wechseln kleinere und grössere Gebiete in die Herrschaftsgewalt von Fürsten, wie heutige Firmen mit ständig wechselnden Führungskräften. Seit dem Beginn des Mittelalters weitet noch ein anderes Machtgefüge den eigenen Platz aus, in dem theoretisch auch adelsferne Senkrechtstarter zu hohen Positionen kommen können: Die römische katholische Kirche, die beharrlich ihre Macht aufbaut. Es ist zwar von Vorteil innerhalb der Kirchenhierarchie auf die Grundlagen der Familien, Sippen und der Blutlinien des Adels zurückzugreifen – doch die Kirchenhierarchie will sich über die Hierarchien des Adels hinauf schwingen. Die Kirche ist eine Institution, die keine dynastische Berechtigung zum Machtausüben braucht. Die Kirche als Institution ist statisch, unabhängig von den Zufällen der Geburten männlicher Nachfolger, von Primogenituren und Erbfolgen, mit denen sich die Fürsten herumschlagen müssen. Das Männerkollegium der Kirche ist ein Gefäss, dem ständig Nachwuchs zufliesst. Das Gefäss wird zur gemeinsamen Identität mit einer gemeinsamen Sprache, gemeinsamen vorher definierten Ausdrucksmitteln, mit gemeinsamen Gesetzen, einer gemeinsamen „Betriebskultur". Das Gefäss macht sich daran, die Welt in sich aufzunehmen. Im kirchlichen Gefäss, „in einem Geiste", haben alle Platz, ohne Rücksicht auf Volkszugehörigkeit, Sprache oder gar Rasse. Das hört sich schön an, das wirkt vereinigend, verbrüdernd – es ist die perfekte Globalisierung. Die Frage bleibt: Wer definiert die gemeinsamen Ausdrucksmittel und Gesetze? Wer bestimmt den Umfang des „einen Geistes" – und was geschieht mit denen, die anderen Geistes sind?

Der Kampf der geistlichen Macht wird subtiler, denn sie beginnt Information zurückzuhalten, Information gewissen Kreisen vorzuenthalten. Ein Umstand, den wir, gegenwärtige Menschen, gut gelernt haben: Information bedeutet Macht. Ebenfalls das Wissen um „geistliche Werkzeuge" zur Machtausübung und deren Unterricht oder Weitergabe an besonders dazu qualifizierte Nachfolger. Verfügte der Adel über militärische Macht, so verfügte die römische Kirche bald über die Sakramente und eine Struktur, welche die gesamte Institution in klare Bereiche mit abgesteckten Verantwortungen und den dazugehörigen Titeln, den „Jobdescriptions" einteilte. Die Organisationsformen der römischen Kirche und eines heutigen internationalen Konzerns sind seltsam deckungsgleich, und es ist diese intellektuell geschaffene Organisationsstruktur, welcher der Adel nur wenig entgegen halten kann.

Die Kirchenorganisation definierte dann weiter, was allgemeingültig als gut und als verwerflich zu betrachten war, und sie erstellte einen entsprechenden Gesetzeskodex. Lokale Anpassungen gehörten generell nicht zum Programm – ausser sie waren harmlos und ohne Einfluss auf die oberste Organisation. Selbst die Sprache wurde von der Kirche den „Gläubigen" aufgezwungen. Die Sprache ist gleichzeitig ein Qualifikationskriterium. Deshalb soll die Heilige Schrift auch nicht in lokale Sprachen übersetzt werden, da die breite Masse „glauben" und nicht verstehen soll. Allerdings hat die breite Masse in den romanischsprachigen Ländern einen gewissen Heimvorteil – lateinische Texte können von Italienern, Spaniern, Franzosen und allen anderen romanisch sprechenden Völkergruppen verstanden werden.

Ist diese Struktur mit der dazugehörigen Lehre und dem allgemeingültigen Verhaltenskodex, inklusive aller präventiven und korrektiven Massnahmen, einmal geschaffen, so werden Stätten errichtet, an denen die Theorie gelehrt wird. Schulen und Universitäten entstehen. Auch hier soll der Unterricht einer globalen Struktur folgen, die sich auf vorgeschriebene Ausformung des Intellekts spezialisiert. Alle Formen von Intuition, Mystizismus und individueller Erkenntnis sind von da an auszumerzen und mit „global" angelegten Unterrichtsinhalten zu ersetzen. Der christliche Glaube wird dabei seziert, in Einzelteile zergliedert, und zu einem komplexen Verstandesgebäude erhöht, den nur eingeweihte Spezialisten verstehen, sofern sie darüber einer Meinung sind. Doch von welcher Qualität ist dieses Verständnis? Was wird verstanden? Die Grundlagen der christlichen Lehre – oder nur die künstlich dazu geschaffene Struktur?

In diese geplante und wohl überlegte Konstruktion greift nun von Zeit zu Zeit das Unvorhersehbare ein. Das unberechenbare menschliche Moment, und die eigentliche Hoffnung, dass nicht alles auf dieser Welt von äusseren Mächten steuerbar ist. Das menschliche

Hoffnungsmoment findet sich in einzelnen Menschen, denen es ein Anliegen ist, andere zu unterrichten und zu Verständnis anzuleiten. Solche Individuen fordern wahre Bildung – und zwar für alle. Solche Individuen mögen bestehende gesellschaftliche Hierarchien durchaus anerkennen, das ist für sie aber kein Hinderungsgrund für umfassende und angemessene Bildung zu sorgen. Bildung, sowohl intellektuell als auch charakterlich. Solche „Lehrer der Menschheit" – Männer und Frauen – sind in der Lage ihren Mitmenschen wohldosierten und dem jeweiligen Bewusstseinsstand angemessenen Unterricht zu erteilen. Der Unterricht wird dann plötzlich sehr umfassend, er zieht alle Lebensbereiche mit ein und schult Geist, Gemüt, Charakter und Körper. – Es liegt auf der Hand, dass solche Lehrer für die erstarrten Konstrukte der „globalen Spezialisten" gefährlich werden, denn sie leiten ihre Schüler zu Eigenverantwortung, Integrität, Ethik, Verständnis.

Jan Hus war ein solcher Lehrer. Sein Anliegen war es Menschen anzuleiten, ihnen auch gewisse Dinge einfacher zu machen. Man hält Hus für den Autor zweier Schriften zur tschechischen Sprache und Orthografie – man hält ihn sogar für den Erfinder der diakritischen Zeichen, die das Lesen und Schreiben von besonderen tschechischen Lautwerten einfacher gestalten. Das Wort „tschechisch" mit diakritischen Zeichen geschrieben, würde so aussehen: „čechiš". Hus ordnete, indem er vereinfachte. Seine Lehrmethoden müssen erfolgreich gewesen sein. Er hatte ein Gespür für natürliche Ordnungen. Als er Sätze aus den Evangelien an die Wände der Bethlehemskapelle schreiben liess, wandte er eine audio-visuelle Lerntechnik an. Daraus kann man schliessen, dass seine Zuhörer lesen konnten – zumindest viele von ihnen.

Am 21. Januar 1415 trifft in Konstanz eine vielgerühmte und mit vielen Lorbeerkränzen der Gelehrsamkeit geehrte Person ein: Jean Gerson, ehemaliger Schüler des Kardinals Pierre d'Ailly, der ebenfalls am Konzil teilnimmt. Gerson, der Theologe par excellence, der Kanzler der Pariser Sorbonne. Ein Schwergewicht in Sachen einer reinen Gotteslehre – rein nach den Massstäben der römisch-katholischen Kirchenführung. Jean Gerson, der Edelmütige, der geistige Verteidiger von Christine de Pizan in ihrem literarischen Streit um den „Roman de la Rose". Wie schade, dass Jean Gerson die Bühne der Welt nicht im 17. oder 18. Jahrhundert betreten hat. In welche Höhen hätte sich sein scharfer Intellekt, sein echt französischer Esprit aufschwingen können! So muss sich Jean Charlier de Gerson seinen Weg durch das gefährliche 14. Jahrhundert bahnen, ohne die Annehmlichkeiten des Buchdrucks, durch den seine Memoiren – hätte er je welche geschrieben – unvergesslich geworden wären.

Noch äussert er eine zurückhaltende, charmante Eitelkeit, als er vom hohen Stadtpunkt des Universitätsgelehrten die Partei einer schutzlosen aber mutigen Frau ergreift, Christine de Pizan. Man schrieb das Jahr 1399 und Christine hatte sich herausfordern lassen, öffentlich gegen das Geschreibsel zweier Autoren anzugehen, die eine vergeistigte Schrift in den Schmutz gezogen hatten, den altfranzösischen „Rosenroman". Jean Gerson schaut dem Schlagabtausch zwischen der Schriftstellerin und ihren Widersachern lange Zeit zu. Erst als es für Christine brenzlig wird, erfolgt der grosse Auftritt. Er, der würdevolle Geistliche, stellt sich schützend vor die Frau – als strahlender Ritter und Retter wirft er sich in Pose, um es den bösen Schreiberbuben so richtig zu zeigen. Das hat etwas Barockes, und es bestätigt jedes spätere französische Klischee, als ob geradewegs aus den Drei Musketieren stammend. Jean Gerson zückt das Schwert seiner brillanten Redegewandtheit. Seinen überragenden Geist schmettert er den Schreiberlingen um die Ohren und fegt die beiden Schmuddelautoren mit geschliffener Argumentation und Autorität hinweg von der Literaturszene für alle nachfolgenden Jahrhunderte. Danach tritt er bescheiden und für alle gut sichtbar einen Schritt zurück und überlässt, galant und kavaliersmässig, Christine den Erfolg und die Bühne. Voilà...!

In Paris jubelt man nun Christine zu und Christine begründet einen „Rosenorden" für Frauen und lässt sich feiern. Christine de Pizan, die als erste selbständige Berufsschriftstellerin des Abendlandes von heutigen Frauenrechtlerinnen vereinnahmt wird, lässt sich zu einem Fest der Rosen einladen, dass auf einmal der umtriebige Louis d'Orléans für sie ausrichten will. Grosszügig übersieht Christine den bisherigen Leistungsausweis dieses Herrn, der als der politisch durchtriebenste Windhund des Jahrhunderts gilt. Christine ist auf Einnahmen aus ihrer Schriftstellerei angewiesen, sie kann es sich nicht leisten ihre Sponsoren zu verlieren, dabei ist es egal, ob einer der Sponsoren Louis d'Orléans ist und ein anderer dessen Feind und politischer Gegner. Jean Gerson selbst äusserst sich nicht zur Person von Christines „Rosenkavalier". Der Theologe Gerson begnügt sich, von seiner intellektuellen Warte herab, diskret und weise zu lächeln. Der Herzog von Orléans ist immerhin der Bruder des französischen Königs und eine gewisse politische Umsicht sollte man auch als Gelehrter walten lassen.

Zur politischen Umsicht gehört für Jean Gerson auch die Parteinahme für das avignonesische Papsttum. Hier lugen wohl weitere französische Klischees um die Ecke, denn Frankreich ist auf dem Weg zur tonangebenden Nation. Frankreich hat es geschafft die ketzerischen Katharer zu vernichten, Frankreich hat mit dem Templerorden aufgeräumt, und nun sollen die Engländer zusehen, dass sie vom Kontinent verschwinden. Frankreich unter dem Lilienbanner des Heiligen Ludwig, macht sich daran die Welt zu erobern, es greift nach Polen, Ungarn, Italien, beansprucht nun auch Papsttum und Kurie für sich - doch vorerst herrscht Chaos, Spaltung, Egoismus, Krieg, vieles davon verursacht durch die Politik des Herzogs von Orléans. Es soll noch Jahrzehnte dauern bis der Name „Orléans" für erhabenere und edlere Motive steht – 1412 wird Jeanne d'Arc geboren, die Jungfrau von Orléans. ... Im selben Jahr verlässt Jan Hus, als Exkommunizierter, die Stadt Prag und predigt auf dem Land.

Trotz aller politischen Wirren stellt Frankreich den Anspruch die führende Bildungsanstalt Europas zu haben. Sollen die Italiener doch vor Stolz platzen auf ihre altehrwürdigen Universitäten, Frankreich hat an seiner Pariser Sorbonne die höchste Disziplin der Gelehrsamkeit gepachtet – die Theologie. Ausserdem soll die Universität von Montpellier bald schon den Medizinern von Salerno und sogar den Juristen von Bologna den Rang ablaufen. Obwohl der Hundertjährige Krieg zwischen England und Frankreich tobt – der Elfenbeinturm der Sorbonne wird davon nicht erschüttert. Man wirft höchstens einige unbequeme deutsche Magister hinaus, welche die Frechheit hatten, sich zu Rom als dem einzig gültigen Sitz des Papsttums zu bekennen. Die Franzosen schüttelten die Köpfe über ihre deutschen Kollegen, und vielleicht dachten sie sich, nach dem Beispiel von Obelix, „..... Ils sont fous ces Allemands...!" Dagegen schüttelten die deutschen Professoren die Fäuste, verliessen beleidigt Paris und machen sich auf den Weg nach – Prag. Man schrieb das Jahr 1383.

Zehn Jahre später kommt nun Jean Charlier de Gerson, Franzose an Körper, Geist und Seele nach Konstanz. Er kommt mit vorgefasster Meinung, mit messerscharfen Argumenten und mit 20 angeblich häretischen Artikeln aus der Feder von Jan Hus im Gepäck. Auch im Falle des Prager Magisters Hus hatte Jean Gerson erst mal gemütlich zugeschaut. Kurz vor dem Konzil äusserte er seine Meinung. Er schrieb an den Prager Erzbischof, verlangte kurzerhand Hus als Ketzer zu überführen und dabei sogar die die Unterstützung durch weltliche Autoritäten zu beantragen. Schluss mit Argumentation. Es gibt nichts mehr hinzuzufügen. Scharfsinniger französischer Geist von seiner kältesten und effizientesten Seite. Man kann nicht umhin eisige Schauder zu fühlen. Man auch nicht umhin, sich an französische Führungskräfte heutiger, internationaler Konzerne erinnert zu fühlen – charmant, form- und redegewandt, höflich und wohlerzogen – doch kaum äussert jemand eine gegensätzliche Meinung, kaum steht man im Verdacht einen hierarchiebezogenen Formfehler zu begehen, schon richtet sich die geballte Ladung pointierter Angriffslust gegen den armen Sünder. Der scharfen Degenspitze d'Artagnans durchaus ähnlich. Hat sich das Unwetter dann einmal ausgetobt, geht es wieder normal weiter, scharfzüngig, geistreich, gebildet, vornehm.

Hierarchie und deren striktesten Beachtung obliegt grosse Wichtigkeit. Deshalb hält sich der Eindruck, dass die beiden Universitätsgelehrten mit dem gemeinsamen Namen „Johannes" – Jean Gerson und Jan Hus – trotz ähnlicher Ansätze ihrer Gedanken zur Situation der Kirche – vor unüberwindlichen kulturell bedingten Schwierigkeiten standen. Hier der hochangesehene Experte, Meistertheologe und Meisterschüler von der bedeutendsten Universität Nordeuropas – dort ein aufmüpfiger Professor aus Prag, der sich erlaubte Ethik über Hierarchiestufen zu stellen. Jahrhunderte später hat die Nachwelt entschieden: Jan Hus verhalf durch sein Vermächtnis Tausenden von Menschen zur Entdeckung und Weiterverfolgung der eigenen Spiritualität unter christlichen Grundsätzen – Jean Gerson ist ausserhalb der Fachkreise vergessen. Lediglich die Geschichte mit Christine de Pizan flackert hin und wieder sympathisch auf, den Frauenrechtlerinnen sei Dank, obwohl auch diese zähneknirschend zugeben müssen, dass Christine hier auf die Hilfe eines Mannes angewiesen war, der das letzte Machtwort sprach.

Jean Gersons Schriften erscheinen seltsam blutleer und theoretisch. Gerson schreibt keine flammenden Predigten für Kirchgänger, sondern er sucht die Anerkennung einer unfruchtbaren Hierarchie, die alle Gedanken an Reform zunichte macht. Gerson war weise genug, um die Missstände innerhalb der Kirchenführung zu erkennen. Man kann sich aber eines gewissen Eindrucks von Feigheit nicht erwehren. Am Konstanzer Konzil wettert er gegen Johannes XXIII., jedoch erst als dieser schon aus der Stadt geflüchtet war. Nichtsdestotrotz trägt ihm dieser „Protest" den Ehrentitel „Doctor christianissimus" ein. Gerson ändert im Laufe der Jahre öfter seine Meinung und macht dies auch publik. Erst ist er gegen ein Konzil, dann ist er dafür, dann will er, dass allein ein Konzil bestimmen darf, in welche Richtung die Kirche gehen soll. Er ist ein Verfechter von Avignon als Papstsitz, doch nach den Konstanzer Jahren und mit der Wahl des Italieners Oddo Colonna zum neuen Papst, ist Avignon plötzlich kein Thema mehr. Vielleicht deshalb, weil sich Gerson seine politische Umsicht vergessend in die Nesseln gesetzt hatte, und deshalb einige Jahre nicht mehr nach Frankreich zurückkehren konnte? Hierbei hatte er endlich eindeutig Stellung für Ethik bezogen, hatte sich politisch exponiert und eine umstrittene Schrift kritisiert, die es rechtfertigte, „Tyrannen", d.h. schlechte Herrscher, zu ermorden.

Du sollst nicht töten.... Das Fünfte Gebot. Die hohen geistlichen Herren beachten selbstverständlich das Fünfte Gebot. Sie töten nicht. Auch in Konstanz töteten sie nicht. Sie trifft keine Verantwortung. Sie überantworteten lediglich einen Menschen, der ihrer Lehrmeinung zuwider sprach, und sich auch noch erdreistete eine eigene Meinung zu äussern, dem weltlichen Gericht, das die schmutzige Arbeit für sie erledigte. Man fühlt sich an die Pharisäer der Evangelien erinnert, die Jesus ebenfalls dem „weltlichen Arm" überantwortet hatten. Im Fall des Jan Hus geht die Weitergabe der Verantwortung Stufe für Stufe die Hierarchieleiter herunter: Von der geistlichen an die weltliche Macht, von König Sigismund zu Herzog Ludwig und von diesem zum Vogt von Konstanz, Hans Hagen. Der Vogt schliesslich, überantwortet den Verurteilten seinem Personal, dem Henker und dessen Helfern. Doch auch die haben nur den notwendigen Befehl ausgeführt – für den Henker und seine Knechte gelten andere Bestimmungen, denn irgendeiner muss ja letztendlich das Urteil vollstrecken. Getötet hat demnach keiner. Niemanden trifft daher, in den Augen dieser Gesellschaft, eine Schuld. Welche eine schizophrene Wahrnehmung: „...der andere war es, nicht ich..." und wie lange noch wird diese gespaltene, doppelspurige Denkweise in den Gemütern der Menschheit eingenistet bleiben?

Die Konzilherren mochten sich ihre Hände, wie seinerzeit Pontius Pilatus, in Unschuld gewaschen haben – vor dem unbarmherzigen Blick der Geschichtsschreibung sind sie schuldig. Schuldig nicht nur einen Menschen getötet zu haben – erinnern wir uns: ein Jahr nach dem Tod von Jan Hus folgte ihm sein Universitätskollege Hieronymus von Prag in die Flammen. Andere waren in den Tod voran gegangen, wiederum andere folgten. Die Konzilherren – ich nenne sie absichtlich nicht „Konzilväter" hatten sich neben anderen Vergehen auch noch der Sünde der Feigheit schuldig gemacht.

Und wieder keimt ein scheuer Gedanke, wenn das Wort Feigheit fällt. Feigheit in Bezug auf Jean Gerson. Doch wie kann man den würdevollen Kirchenmann mit dem mürrischen Blick der Feigheit bezichtigen, der seine professionelle Hilfe sogar einer Frau angeboten hatte und damit riskiert hatte sich vor seinen Berufskollegen lächerlich zu machen? Derselbe. Eine gewisse Feigheit spricht aus den Aussagen seiner Schriften. Er jammert. Er schreibt hehre Ideen nieder, die sicher aus der Tiefe seiner Seele kamen. Auch Jean Gerson war die Situation der Kirche, und vor allem ihrer Führung, nicht geheuer. Auch Jean Gerson sah, dass hier Ordnung geschaffen werden musste. Er schrieb auch gelehrte, ein wenig langweilige aber sicher theologisch und juristisch korrekte, Traktate darüber.

Man weiss, dass er um 1400 ernsthaft erkrankte und längere Zeit benötigte, um wieder gesund zu werden. Krankheiten können Krisen auslösen, diese wiederum können Gedanken, Ansichten und Überzeugungen stark verändern. Vieles spricht dafür, dass auch Jean Gerson eine solche persönliche Krise und eine Gewissenskrise durchlebte. In dieser Zeit suchte er Zuspruch bei seinem Meister und

Lehrer, Pierre d'Ailly, und schrieb ihm verbitterte Briefe. Auch hier – Jean Gerson jammert. Er erkannte zwar die unhaltbaren Zustände, und er erkannte auch, dass sich sein Expertenfach, die Theologie in haarspalterischen Fragen verlor. Gemäss der korrekt angewandten, deduktiven Methode folgerte er, dass die Theologie ihre Aufgabe verfehlt hatte. Theologie müsse die Seele erbauen, Frucht bringen und Nutzen bringen. Es entsteht das Traktat von Aedificatio (Erbauung), Fructus (Frucht) und Utilitas (Nutzen). Doch hier hörte die praktische Anweisung auch schon auf. Gerson jammerte weiter über das unerträgliche Schisma, er kritisierte sogar die Einkünfte, von denen er selbst und seine Priesterkollegen so gut lebten. Er beteuerte, dass das Volk eine intensivere geistige Unterweisung nötig hätte, und dass man die Theologie verständlicher gestalten müsse, um endlich die gottgewollte Ordnung wieder herzustellen.

Ein Gejammer ohne praktikable Lösungen. Denn Jean Gerson forderte eine Reform von oben und nur innerhalb der Kirche. Die vorhandenen Hierarchien sollten sich einer Reform unterziehen – nur – wie? Jean Gerson war auch der Meinung, dass nur dazu geschulte Geistliche, dem Volk die Gotteslehre nahe bringen konnten. Nur solche Geistliche konnten dem Volk erklären, was wirklich Sache war – die Bedeutung lag hier auf „erklären". Ein Selbststudium der Bibel, die zu diesem Zweck in Volkssprachen übersetzt würde, lehnte Gerson strikt ab. Überhaupt bot er keine Lösungsansätze. Er schob die Verantwortung wieder der kirchlichen Führung zu, die er kritisierte und für deren Reform er keine konstruktiven Vorschläge hatte. Die mächtigen Führungskräfte der Kirche, die sakrosankten Hierarchien, hätten sich zu besinnen und nach erfolgter Besinnung den unteren Rängen die Leviten lesen sollen. Man sieht förmlich den erhobenen Zeigefinger. Doch das grösste Gejammer folgte noch: er selbst, er der grosse Theologiefachmann und Kanzler der ehrwürdigsten Universität in der nördlichen Hälfte Europas – war machtlos. Er konnte nichts tun. Nichts. Rien ne vas plus... Nicht einmal sein Amt liess es zu, dass er etwas bewirken konnte. Ihm, dem grossen, brillanten Jean Charlier de Gerson waren die Hände gebunden. Die Erde ist ein Jammertal.... welch ein Gegensatz zu praktischen, tatkräftigen und nachvollziehbaren Anleitungen eines Jan Hus!

Jean Gerson, der die Hinrichtung von Jan Hus und Hieronymus von Prag aktiv betrieben hatte, der sich naiverweise vorstellte, die Kirche hätte sich von innen heraus aus eigenem Antrieb neu auszurichten, dieser Jean Gerson lehnte nach dem Konstanzer Konzil einen ihm angebotenen Lehrstuhl an der neugegründeten Universität Wien ab. Er ging lieber nach Lyon ins Kloster der Cölestiner, wo er Knaben unterrichtete, die vielleicht nicht so oft widersprachen wie erwachsene Studenten. Möglicherweise war er einfach nur müde geworden, er ging bereits auf die Sechzig zu, als er nach dem Ende des Konzils und nach einigen Jahren seines unfreiwilligen Exils nach Frankreich zurückkehrte. Der hochgelobte Theologe mit dem melancholischen Gesichtsausdruck und einer markanten, gekrümmten Nase liess sich während seiner letzten Lebensjahre sogar dazu herab, erbauende Erzählungen für das Volk in der Volkssprache zu verfassen. Wenn es auch keine Bibelübersetzung war, so war dies für einen Gelehrten seines Kalibers eine höchst ungewöhnliche Tat. *La montagne de la contemplation* heisst das Werk, *Der Berg der Betrachtungen*..... Zeit für Betrachtungen, Zeit zum Nachdenken war für Jean Charlier de Gerson nun genügend vorhanden. Nagte der leise Zahn des Gewissens im Verborgenen? Was zeigten ihm die Resultate des Nachdenkens? Standen Schatten der Erkenntnis im Wege einer lichten Gottesschau am Ende eines langen Menschenlebens?

Es gibt einige zeitgenössisch Porträts von Gerson, die ihn lehrend oder schreibend zeigen, es gibt auch eines in der Nürnberger Chronik von 1493, das vielleicht auf ältere Darstellungen zurückgehen mag. In neuerer Zeit hatte man ihm an der Sorbonne eine Nischenstatue gestiftet und in Lyon steht er seit dem späten 19. Jahrhundert ebenfalls in einer

Nische – vor ihm ein Kind, dessen Hände irgendwann abgeschlagen wurden. Repariert hat die Hände des Kindes bisher niemand.

Der Magister Jan Hus aus Prag hat jedoch ein Monument zu Ehren erhalten auf das Jean Gerson mit Recht eifersüchtig sein könnte. Keine Nische – sondern ein Monument. Ein Denkmal, dessen Entstehungsgeschichte – wie könnte es in tschechischen Ländern anders sein – bewegt ist. Es ist ein Denkmal aus Trotz und zum Trotz. Zum Trotz und gegen alle beleidigenden Aussagen der Gegner. Dabei wollte man im im Jahre 1889 nur eine bescheidene Gedenktafel am Gebäude des Prager Nationalmuseums anbringen. Dieses tschechische Vorhaben verleitete den Fürsten Karl von Schwarzenberg zu einer verächtlichen Aussage über die Hussiten – „Hussiten? Räuber und Brandstifter samt und sonders...". Das entfachte Feuer unter dem Dach der tschechischen Patriotenbewegung. Die politische Partei der „Jungtschechen" wehrte sich energisch gegen diese herablassende Bemerkung, man gründete einen Verein zur Errichtung eines Denmals für Jah Hus und begann Geld zu sammeln. Es sollte allerdings noch zehn Jahre dauern, bis der Entwurf des Bildhausers Ladislav Šaloun im Jahr 1900 für würdig und realisierbar befunden wurde.

Beim ausgeschriebenen künstlerischen Wettbewerb waren verschiedene Vorschläge eingegangen, es gab auch mindestens einen darunter, der eine Siegessäule darstellte... Eine Säule! Nach römischem Vorbild – genauer nach römisch-barockem Vorbild. Zum Glück schieden solche Vorschläge schnell aus. Den Entwerfern mangelte es offensichtlich an historischem Feingefühl für das Denkmal eines Mannes, mit dem sich das tschechische Nationalgefühl identifizierte. Rom stand nun einmal für alles, was Zwang bedeutete: Eroberungswille und Machtausdehnung des römisch-deutschen Reiches dessen Erbe das Haus Habsburg war, die Gegenreformation und teilweise gewaltsame Rekatholisierung unter den Habsburgern und der dazu berufenen Hilfe des Jesuitenordens, und vor allem die Person des Papstes Martins V., der noch als Kardinal Oddo Colonna mitverantwortlich für die Hinrichtung des Magisters Jan Hus war – Oddo, aus der römischen Adelsfamilie der Colonna - derer „von der Säule"...

Weitere fünfzehn Jahre vergingen bis das Denkmal am 6. Juli 1915 feierlich enthüllt wurde. Natürlich – der Gedenktag im Gedenkjahr. Doch die lange Zeit hatte sich gelohnt. Das Denkmal wurde zu einem Mahnmal, das die Bezeichnung verdient. Keine grossen Gesten, dafür viel Symbolik. Die Figur des Jan Hus steht einfach da. Aufrecht, schlicht, unerschütterlich Um das Denkmal lagern oft junge Leute, Studenten. Von Rucksäcken und Taschen umgeben sitzen sie um das Denkmal auf dem Boden, reden, essen, schauen vorüber gehenden Passanten nach – was Studenten eben so tun. Spass beiseite – etwas scheint die Studenten hier anzuziehen, hier fühlen sie sich wohl.

Das Denkmal in Prag hat seine bewegte Geschichte, wie auch der Platz, an dem es steht. Staroměstské náměstí – der Altstädter Platz, das Wirtschaftszentrum der Stadt Prag im 14. Jahrhundert und ihr grösster Marktplatz. Hier starb 1422 Jan Želivský, ein äusserst radikaler Priester und Anhänger von Jan Hus. Was auch immer Želivskýs Beweggründe sein mochten, er hatte die Aussagen von Jan Hus auf eine machtbessene Art in ihr Gegenteil verkehrte. Es war Želivský, der für den Aufstand des Mobs von 1419 und den sogenannten Ersten Prager Fenstersturz verantwortlich war. Leute wie Želivský hatten den Anliegen des Magisters Hus einen Bärendienst erwiesen und eben jene hässliche Gewalt heraufbeschworen, gegen die Jan Hus zeitlebens gepredigt hatte. Gegen Gewalt hatte Petr Chelčický 1421 ein Traktat verfasst „O boji duchovním" / „Über den geistigen Kampf". Es ist Chelčický, der als würdiger Nachfolger und Umsetzer des Gedankengutes von Hus gelten darf. Chelčický, der Vernünftige, der Gemässigte, der Praktiker nach Hus' Vorbild, und Begründer der Unitas Fratrum, auch genannt die

Böhmischen Brüder. – Genau zwei Jahrhunderte später fand auf dem Altstädter Platz die Tragödie vom 21. Juni 1621 statt: Mit 27 Vertretern der tschechischen Stände, die sich gegen die Willkür der Habsburger Herrschaft erhoben hatten, und für die freie Religionswahl eingestanden waren, wurde hier eine Massenhinrichtung begannen, welche die tschechische Nation ihrer beispielangebenden Adelsfamilien beraubte und die gewaltsame Wieder-Katholisierung der tschechischen Länder erleichterte. An dieses, bis heute nicht überwundene Trauma einer Nation, erinnern 27 kleine, weisse Kreuze, die in der Pflästerung des Platzes vor dem Rathaus eingelassen sind. Der Altstädter Platz wurde vor allem im 20. Jahrhundert Zeuge historischer Ereignisse, und dass das Denkmal des Jan Hus gerade hier aufgestellt wurde, zeugt von grosser Umsicht der damaligen Verantwortlichen. Der Platz – unter der Ägide des respektgebietenden Blicks der Bronzestatue des mutigen Gelehrten Jan Hus, ist gegenwärtig symbolbeladener Versammlungs- und Kundgebungsort der Bürgerbewegung gegen die gegenwärtigen kirchlichen Forderungen an tschechischem Land, Immobilien, Kunstwerken und Geld.

Pünktlich zum Gedenktag am 6. Juli 2015, soll das Denkmal des Jan Hus in neuem Glanz erstrahlen. Die Restaurierungsarbeiten betreffen die Statuengruppe und die unterirdischen Aufbauten. Der Verlauf der Arbeiten ist auf Paneelen rund um das Denkmal dokumentiert, das Publikum kann sich informieren Es ist zu hoffen, dass nicht nur die Bronze gereinigt und in neuer Frische über den Platz leuchten wird, sondern auch das Vermächtnis des Jan Hus und seines Gebots der Wahrhaftigkeit und gegenseitigen Respekts.

Die Wichtigkeit des Kelchs
Von Sinnbildern und sinnbildlichen Klängen

Kalixtiner, Kelch und Kompaktaten – ein bewusst beiseite gelassener Geschichtsabschnitt jenseits tschechischer Grenzen? Wird dieses Thema an Schulen ausserhalb Tschechiens unterrichtet? Und wie war das mit der Kelchkommunion überhaupt? Ein kurzes Abtauchen in die Tiefen der Geschichte zeigt wieder einmal, dass vieles nicht so ist, wie allgemein angenommen. Jan Hus' Forderung nach der Kommunion in beiderlei Gestalt – Brot und Wein – war berechtigt. Es war nicht einmal eine Forderung im Sinne des Wortes, es war ein folgerichtiger Hinweis, den Brauch aus den Anfangszeiten des Christentums nicht in Vergessenheit geraten zu lassen. Folgerichtig im Zusammenhang von Hus' Aufruf zur Besinnung auf die ursprünglichen, christlichen Werte und Traditionen.

Beim letzten Abendmahl mit seinen Schülern, hatte Jesus in einem zeremoniellen Augenblick, gleichnishaft Brot und Wein mit allen geteilt und seine Schüler aufgefordert, diese schlichte Zeremonie in seinem Gedenken auszuführen, wenn er nicht mehr unter ihnen sein werde. Einfache Worte und deshalb stark und bedeutend, ausgesprochen am Tisch während des gemeinsamen Mahles. Mehr nicht. „Tut dies zu meinem Gedenken" ... denkt an mich, denkt an meine Worte, denkt an das, was ich euch lehrte, und wenn ihr hin und wieder einen Grund zum Feiern habt, dann haltet einige Augenblicke inne und teilt Brot und Wein unter euch, damit ihr mich und meine Worte nicht vergesst...

Alles Weitere wurde nach und nach von Menschen zu dieser einfachen und schönen Symbolik angefügt. Menschen erliessen Vorschriften und Gesetze zur Kommunion, Menschen verlagerten das gemeinsame Mahl vom Speisetisch in Kirchenräume, Menschen umgaben die schlichte Handlung mit Pomp, Prunk und Gold – und Menschen trennten schliesslich von den Menschen die Bedeutung der gemeinsam geteilten Nahrung.

Es genügt oft schon ein kurzer Blick in Literatur und Lehrbücher, um fündig zu werden: Die Kommunion mit Brot und Wein war niemals den Laien verboten gewesen! Der Brauch, dass nur Priester sich den geweihten Schluck genehmigen durften, entwickelte sich allmählich im Verlauf des Spätmittelalters. Zu Hus' Lebzeiten ist es also noch gar nicht so lange her, dass Brot und Wein während der Liturgie an alle Kirchgänger ausgeteilt wurden. Es war vielmehr die Angst um Verunreinigung oder unabsichtliches Verschütten des Weins, weshalb man die Gelegenheiten zur Kommunion an sich beschränkte. Dies ging so weit, dass die Kommunion nur an wenigen Tagen im Jahr den Gläubigen gewährt wurde. Natürlich herrschte dann grosser Andrang, und natürlich war die Gefahr gross, dass einige Tropfen Wein daneben gingen. Man ergriff also weitere restriktive Massnahmen, wie Menschen das im Allgemeinen gerne tun, und man beschränkte fortan die Kelchkommunion auf die Priesterschaft. Ausnahmen waren zugelassen – sie sind es immer noch: z.B. für Brautpaare, für Nonnen und Mönche beim endgültigen Gelübde, für den Kaiser und die Könige, und einige mehr.

Es ist also falsch zu behaupten, dass die Kelchkommunion für Laien verboten gewesen wäre. Ein allmählicher Rückzug ist noch längst kein Verbot. Das ausdrückliche Verbot erfolgte erst nach 1415 – nach der Sache mit Jan Hus. Obgleich – kann ein allmählicher Rückzug nicht auch gewollt gewesen sein? Solange es niemand bemerkt, und solange man gute Gründe vorschieben kann, wird auch niemand etwas dagegen haben. Ein guter Grund war zweifellos die Sauberkeit. Der Wein könnte verunreinigt werden. Der Kelch selbst könnte von den vielen

Kommunionswilligen beschmutzt werden. Doch dagegen gab es Vorkehrungen, es war sogar im Mittelalter in einigen Ländern Brauch, einen Schluck Wein mittels eines Strohhalms, der „Fistula", aus dem Kelch zu saugen. Eine hübsche Vorstellung... In den orthodoxen Kirchen wird seit jeher die Kommunion in beiderlei Gestalt an die Gottesdienstteilnehmer ausgeteilt, allerdings sind es hier vom Wein durchtränkte Brotstücke, die mit einem goldenen Kommunionslöffel aus dem Kelch geschöpft und den Gläubigen gereicht werden.

Das Verbot nach 1415 hat demnach Ähnlichkeit sowohl mit einer Strafe als auch einer Machtdemonstration: jetzt erst recht nicht – und wenn, dann bestimmen wir den Zeitpunkt, wir die Führung der römischen Katholiken!

Beschäftigt man sich mit Jan Hus und seinen Forderungen einer geistigen und geistlichen Reform, so wird man immer wieder gewahr, dass er nichts beansprucht, dass nicht schon vorher da gewesen wäre. Der oft in Publikationen über Hus wiederholte Satz: „...er strebte eine Rückkehr zum ursprünglichen Christentum an..." ist wortwörtlich zu nehmen. Hus wollte all jene Ablagerungen, die schichtweise, Jahrhundert für Jahrhundert am christlichen Glauben festhafteten, abtragen und die Praktiken des Glaubens reinigen. Der ursprüngliche Zweck, die anfängliche Bedeutung sollten unter diesen Schichten wieder hervor geholt werden. Auch hier offenbart sich ein tiefes Verständnis, das Hus sowohl für die Glaubenslehre als auch für die geschichtliche Überlieferung hatte. Solide Kenntnisse liessen ihn erkennen, was in eine falsche Richtung gelaufen war. Wobei ihn nicht sonderlich interessierte, ob die historischen Ablagerungen auf einer zufälligen Entwicklung oder einem bewussten Machtmissbrauch gründeten. Hus hatte mit seinem Sinn für Ordnung die Missstände erkannt und erarbeitete Lösungen, wie sie zu beseitigen waren. Hierbei war die Ursache der jeweiligen Missstände nebensächlich.

„Kalixtiner" – die Leute des Kelchs, nannte sich die gemässigte Gruppe der Hussiten, die „Utraquisten" – jene, welche die Kommunion „sub utraque species" / in beiderlei Gestalt empfangen. Gemässigt in dem Sinn, dass man der Kämpfe müde war und einen Kompromiss erreichen wollte. Dieser Kompromiss ergab sich dann auch, doch er war lauwarm und konnte dem radikalen Flügel, den „Taboriten" niemals genügen. Obwohl immerhin etwas erreicht worden war. Es ging um die Kelchkommunion, nun durfte sie wieder an alle Gläubigen ausgeteilt werden. Manchmal steigt ein leiser Verdacht auf, ein ganz feines Zweifeln, dass es von allen Forderungen ausgerechnet die Kelchkommunion war, welche die Kirchenherren vom Basler Konzil am wenigsten schmerzte. Den Taboriten konnte der Basler Kompromiss nicht gefallen. Zuviel Kontrolle blieb noch auf der katholischen Seite. Die Taboriten übersteigerten die Forderung des Magisters Hus zur Besinnung auf ur-christliche Werte. Mit der Gründung einer Stadt, wollten sie beweisen, dass es möglich war nach dem Beispiel der Urchristen zu leben. Tábor nannten sie ihre Stadt, nach dem Berg der Bibel – doch „Tábor", mit dem langen tschechischen á, hat noch eine andere Bedeutung: es ist ein „Lager", das militärische Lager der Hussitenkämpfer. Siebzehn Jahre hatte die Hussitenstadt bestand, bis sie von Kaiser Sigismund in seinem Todesjahr erobert wurde. Es gibt noch weitere Berge, Hügel, Städte und Siedlungen in Tschechien mit diesem Namen, doch sagt man Tábor, meint man die hussitische Gründung. Sagt man „Tábor" – so ist damit oft auch der Satz der symphonischen Dichtung „Má vlast" von Bedřich Smetana gemeint. Ein eindrückliches Musikwerk, das leider ein wenig im Schatten der melodiöseren „Moldau" steht. Im Satz „Tábor" klingt der Hussiten-Choral der Gotteskrieger an, die Musik von „Tábor" sollte bewusst an die Zeit der Hussiten-Kriege erinnern, an die Zeit der Verteidigung der eigenen Identität. Was die „Moldau" an Gefühlen der nationalen Identität zusammen fügt, kann „Tábor" scheiden, denn auch heute noch erheben sich in Tschechien katholische Stimmen gegen Jan Hus. Auch heute noch stellen tschechische Katholiken die Dogmen ihrer Kirchenführung über die Freiheit des Gewissens.

Doch vielleicht wäre die Identität des tschechischen Volkes ohne die Hussiten schon lange ausgelöscht. Menschen brauchen Identitäten. Menschen brauchen Zugehörigkeiten, die für jeden Einzelnen überblickbar und begreifbar sind. Globalisten mögen dies als Separatismus und Diskriminierung abwerten, doch Tatsache bleibt, dass sich Menschen nach Wurzeln, Bezugspunkten und Identitäten sehnen. Heute und damals. Damals war der Kelch das Identifikationsmittel. Wer sich zum Kelch bekannte, tat dies aus freiem Willen und konnte nicht mehr in der Masse untergehen. Man identifizierte sich mit der Denkweise und der Überzeugung der „Kelchleute". Der Kelch symbolisierte den Menschen als das Gefäss, welches Gott erschuf und welches er mit seinem Geist füllte. Der Kelch stand stellvertretend für das erstrittene Recht auf persönliche Zwiesprache mit Gott im Gebet, ohne die „Vermittlung" einer Priesterhierarchie. Der Kelch war Sinnbild des Zusammenstehens aller Stände – Adel, Bürger, Bauern, Männer und Frauen mit gleichen Rechten und Pflichten – Frauen sollten die Kelchkommunion austeilen und predigen dürfen. Der Kelch stand für die Reinheit der Lehre gemäss den Gleichnissen der Evangelien. Der Kelch schaltete die aristokratisierte und korrupt gewordene Kaste der Geistlichen aus. Der Kelch stand für Jesus Christus als das alleinige Oberhaupt der christlichen Kirche ...

Der hussitische Kelch vereinigt als Symbol alle menschlichen Stände und Klassen, er ist das stolze Sinnbild für religiöse Freiheit. Der Kelch ist das Gefäss der Auferstehung. Das Leben der Menschen soll nicht mehr von Kreuz und Dornenkrone, nicht mehr von Leid und Schmerz erfüllt sein. Der hussitische Kelch hat nichts zu tun mit dem heiligen Gral einer längst vergangenen Ritterschaft. Der heilige Gral war nur für einige

Auserwählte erreichbar – der hussitische Kelch jedoch stand allen Menschen zur Verfügung, die daraus geistige Freiheit zu trinken wünschten.

Musik und Melodien spielten bei Identifikationsprozessen schon immer eine grosse Rolle. Wären sonst „Nationalhymnen" entstanden? Jan Hus erkannte sehr wohl diese Wichtigkeit der Musik. Er selbst leitete die Zuhörerschaft in der Bethlehems-Kapelle zum Singen an. Der Gesang während der Liturgie wurde als eine bewusste, auch körperliche, Teilnahme der Gläubigen am Gottesdienst eingesetzt. Es sind noch einige wenige Kompositionen erhalten, die auf Hus zurückgehen – schliesslich gehörte Musik auch zum Pflichtfach der Sieben Freien Künste an den Universitäten, und da Hus einen Magistertitel in den Freien Künsten führte, hatte er auch eine musikalische Ausbildung durchlaufen. Zumindest von damaliger Musiktheorie verstand er einiges. Talent zur Musikausübung steht auf einem anderen Blatt, Jan Hus hatte deshalb musikalisch Begabtere zum Komponieren von Musik für den Gottesdienst angeregt. In der Folge entstand so ein Phänomen, welches wissenschaftlich unter dem Begriff „tschechisches geistliches Volkslied" kategorisiert wird. Die Liedtexte waren in Tschechisch geschrieben, so dass auch alle Gottesdienstteilnehmer verstanden, was sie sangen. Viele dieser Texte sind erhalten geblieben, und wurden von verschiedenen Wissenschaftlern in Bezug auf Inhalt und Form aufgearbeitet.

Mit Jan Hus entstand bereits der „Reformations-Gesang". Die Reformatoren des 16. Jahrhunderts konnten an der hussitischen Tradition anknüpfen. Was Musik betrifft, so zeigt sich schön, dass Jan Hus seinem bewunderten John Wycleff hier nicht folgte. Hinsichtlich Musik und Gesang während der Liturgie haben beide Gelehrte völlig unterschiedliche Ansichten. Hus ging hier seinen eigenen, tschechischen Weg, der ohne Musik nicht vorstellbar ist. Die Meinungen seiner Zeitgenossen zur Musik waren keineswegs einheitlich. Einige der

„Vorreformer" äusserten sich, dass aus Gründen der Reinheit die Musik, bzw. der Gesang während der Messe unterbleiben sollte. „Das Volk singt schlecht, es soll daher den Gesang in der Kirche unterlassen". Ausserdem wirke Musik verführerisch und bringe die Leute auf abwegige Gedanken. Jan Hus jedoch, und einige seiner Kollegen aus universitären Kreisen, dachten einen Schritt weiter – schliesslich waren sie Lehrer. „Das Volk sing schlecht? – Nun gut, dann muss man die Leuten lehren, wie es besser geht und man muss mit ihnen üben." Das Zauberwort hiess: Weiterentwicklung. Einen unbefriedigenden Zustand verbessern. Diejenigen, die etwas können sollen es den anderen beibringen, die es noch nicht können. – Es waren revolutionäre Gedanken im Hinblick auf die Erziehung des sogenannten „Volkes". Revolutionäre Ideen, einen Zustand nicht als gottgegeben anzusehen, sondern Talente zu fördern, Kenntnisse zu erweitern, Kunstfertigkeiten zu üben. Was bei Handwerkern, Künstlern und Studenten vorausgesetzt wurde – nämlich Fähigkeiten durch Übung zu steigern, traf auf die „übrigen Leute" nicht zu. Hier setzte Jan Hus an und begründete eine Tradition, die – ironischerweise – von den Jesuiten im 18. Jahrhundert fortgesetzt wurde, als der „Schulunterricht" der unteren Gesellschaftsschichten fast nur aus Gesang und dem Auswendiglernen von Gebeten bestand.

Wenn nun die Fahne mit dem Kelch in den tschechischen Ländern überall gut sichtbar war, wenn dem Gesang eine solch grosse Bedeutung zukam – wie soll man dann den Bildersturm verstehen, der vom radikalen Flügel der Hussiten ausging? Zerstörung von Kunstwerken ist ein Akt der Barbarei. Die Ursache jedoch wird sichtbar in der Übersteigerung all dessen, was Hus über die Bibel als des alleinigen Leitfadens für Christen lehrte. „Du sollst dir kein Bild machen" – so steht es in der Bibel – also weg mit allen Statuen, Bildern, Fresken! Das war natürlich nicht die Idee hinter Hus' Ermahnung. Hus hatte niemals zur Zerstörung aufgerufen. Hus hatte sich dagegen gewandt, dass Menschen an wundertätige Bilder oder Statuen glaubten. Gemäss Hus war es heidnisch Bilder anzubeten, oder sogar zu glauben ein Heiligenbild würde vor Krankheit und Blitzschlag bewahren. – Der Wunderglaube hatte sich ins Gegenteil verkehrt – Bilder und Skulpturen wurden als Symbole der Unterdrückung zerschlagen, verbrannt, zerstört. Ungefähr ein Jahrhundert später, schienen sich die gleichen Ereignisse in Deutschland während der Reformationszeit zu wiederholen. Wie lange Zeit werden Menschen noch benötigen, bis sie neue Ideen in der Gesellschaft umsetzen können, ohne dabei radikal übersteigert und zerstörerisch zu handeln…?

Achtzehn Jahre waren nach dem Tod des Magisters Hus vergangen, als sich eine Phase der Hoffnung abzeichnete, die von den „Basler Kompaktaten" ausging. 1433 endlich verhandelt – waren sie dennoch nur ein lauwarmer Kompromiss geblieben. Die Geschichte der Kompaktaten ist kompliziert, die Verhandlungen zogen sich dreizehn Jahre hin – sofern man 1420 als den Beginn festsetzt. In jenem Jahr wurden die formulierten Forderungen in vier Artikeln dem Konzil von Basel übergeben. Fast zwei Jahrzehnte angefüllt mit Ungerechtigkeiten und Krieg. Später, viel später, wird der erste Präsident und Mitbegründer der Tschechoslowakei einmal in einer Rede sagen: „Kompromisse sind böse. …. und der goldene Mittelweg ist der steinigste ……" - danach wird er von „Harmonie" sprechen, in der sich alle reformatorischen Bestrebungen zusammenzufinden hätten. Unter diesem Aspekt betrachtet, stellten die Basler Kompaktaten gewiss einen Kompromiss dar. Dieser Kompromiss war dazu der römisch-katholischen Kirchenführung ein derartiger Dorn im Fleisch, dass Papst Pius II. die Vereinbarungen 1462 verwarf. Zuletzt wurden die Kompaktaten weitere hundert Jahre später, 1567, vollständig aufgehoben. Wohlgemerkt, die Kompaktaten waren Vereinbarungen gewesen – an einem Kirchenkonzil ausgehandelte, beglaubigte, rechtsgültige vertragliche Vereinbarungen, die den „tschechischen Sonderfall" regelten. Sie wurden einseitig aufgehoben…. im dritten Regierungsjahr Maximilians II. von Habsburg, der sonst der Reformation allgemein wohlgesinnt war, und der von Rom eigens das Recht des Laienkelchs für sich selbst erhalten hatte. Doch die Kompaktaten bildeten auch für Maximilian eine latente politische Bedrohung. Die tschechischen, hussitischen Adeligen waren viel zu selbstbewusst und stellten sich der habsburgischen Macht in den Weg. Als Privatmann konnte Maximilian daher seinen Sympathien für die Reformation anhängen, als Habsburger, Kaiser und Verteidiger der römisch-katholischen Kirche hatte er keine Wahl. Maximilian ging einen lebenslangen, „bösen Kompromiss" mit sich selbst ein.

Dieser Kaiser ist eine weitere tragische Gestalt der Geschichte – er ist Wenzel IV. von Luxemburg nicht unähnlich. Hin und her gerissen von politischen und religiösen Fraktionen, unter dem Druck einer allmächtigen und weiterhin aufstrebenden Familie, liefert Maximilian die tschechischen Länder der römisch-katholischen Kirchenführung in Rom aus. Es nutzt auch nichts, dass die tschechischen Stände ihrem neuen Landesherrn die Steuern verweigern, die Reformation hat Tschechien für Jahrhunderte verloren. Es folgt eine Zeit, die zwar wirtschaftlich und kulturell von Bedeutung ist – die Jahre als Maximilians Sohn, Rudolf als Kaiser Rudolf II. Prag zur Residenzstadt wählt, doch Rudolf ist mehr an Kunst, an Alchemie, an Magie, an Geheimlehren, an Frauen und an sich selbst interessiert – als dass ihn religiöse Themen fesseln würden. Die Person Rudolfs geniesst eine gewisse, gutmütige Popularität in Tschechien, vielleicht wegen des traurigen und unwürdigen Endes seines Lebens, als er geistig verwirrt und hilflos von seinem eigenen Bruder abgesetzt wurde. Die Geschichte wiederholte sich. Wieder verdrängte ein jüngerer den älteren Bruder mit Gewalt. Danach erhoben sich die tschechischen Stände noch einmal, jedoch nur um unter der unbesiegbaren Panzerfaust des Hauses Habsburg in der Schlacht am Weissen Berg, 1621, zermalmt zu werden.

Die tschechische Geschichtsschreibung kennt einige interessante Bezeichnungen für Epochen, die den verschiedenen Zeitabschnitten der Traumatisierung oder der Hoffnung entsprechen: So spricht man von der vor-hussitischen und der hussitischen Periode, von der vor-weissenbergischen und der nach-weissenbergischen Zeit, von der Zeit der nationalen Erweckung, von der Ersten Republik und zuletzt von der Zeit „unter den Kommunisten" und von der „post-kommunistischen" Ära. Die Zukunft wird zeigen, wann die „post-kommunistische Ära" ihr Ende erreicht haben wird, und welche Bezeichnung nachfolgen wird.

Das Kuttenberger Dekret – Kutnohorský Dekret
Der Konflikt um die Prager Universität

Wer sich auf Jan Hus einlässt, kommt an der „tschechischen Frage" nicht vorbei. So sehr scheint Hus mit der tschechischen Frage verknüpft zu sein, dass man ihn oft ausserhalb dieses Kontexts nicht wahrnehmen will. Der „patriotische" Hus. So ganz von der Hand weisen, kann man diesen Teil seines Lebens nicht. Dennoch – der Beweggrund war damals nicht ein Patriotismus im Sinne der nationalen Wiedererweckung des 19. Jahrhunderts, sondern es ging um die Universität Prag, um das Ansehen der tschechischen Professoren und um das Ansehen der Lehranstalt als einer Einrichtung des tschechischen Königreichs. Es ist einzigartig in der Geschichte, dass eine Universität und ein Staat eine derart enge Schicksalsgemeinschaft aufweisen. Deshalb kommt man am „Kuttenberger Dekret" nicht vorbei, wenn man sich mit Jan Hus befasst. Der Streit darüber geht bis heute weiter, obwohl doch im Jahr 1409 ein Entscheid gefallen war. König Wenzel IV. hatte entschieden – der Entscheid gefiel nicht allen Betroffenen.

Die Universität Prag war anders. Prag war neu. Prag war dynamisch. Prag verfügte über eine junge Generation von Lehrern, die eine praktisch anwendbare Bildung wollten. Prag wollte nicht am Althergebrachten kleben, sondern auch öffentlich Stellung beziehen und politisch seine Meinung kundtun. Die Prager Universität wurde zum kulturellen Schmelztiegel, in dem zum ersten Mal das slawische Momentum eine bedeutende Rolle spielte. Vor allem: Prag hatte sich als Bildungsanstalt endlich aus der Tradition der religiösen, klösterlichen Orden gelöst. In Prag waren nicht länger Ordensangehörige mit der Leitung der Geschäfte betraut. Auch wenn Magister und Professoren immer noch im

Zölibat zu leben hatten, auch wenn sie zum Theologiestudium Priesterweihen benötigten – Prag hatte sich endgültig vom Erbe der klösterlichen Bildungsstätten losgesagt. Die Neuartigkeit der Prager Universitätsneuschöpfung wurde jedoch nicht von allen als solche wahrgenommen. Althergebrachte Traditionsmuster standen plötzlich im Gegensatz zu einem grösseren Raum für Entfaltung und intellektuelle Entwicklung. Der sprichwörtliche „neue Wein in alten Schläuchen"....
In Prag kam es zu einem Generationenkonflikt zwischen neuen, energischen, weiterstrebenden Intellektuellen - meist tschechischer Herkunft und den eher traditionellen Anhängern der Systeme Paris und Bologna – meist deutscher Herkunft.

Die Prager Universität wollte nicht „am deutschen Wesen genesen", sondern ihre eigene Dynamik entfalten. Dies wurde in den späten achtziger und den neunziger Jahren des 14. Jahrhunderts offensichtlich und gipfelte schliesslich im Jahr 1409 im Dekret von Kuttenberg.

Was war geschehen? – Einige Daten:

Der Streit geht bis heute weiter. Was zuerst ein deutsch-tschechisches Gezänk unter Professoren zu sein schien, wurde zur reformatorisch-katholischer Auseinandersetzung der nachfolgenden Jahrhunderte. Lehrer und Studierende der Karls-Universität galten als rebellisch, ketzerisch und uneinsichtig. Trotzdem lief der Betrieb der Universität immer weiter – wenn auch manchmal nur eingeschränkt oder im Untergrund. Man hielt durch. Nach dem gewaltsamen Tod von Jan Hus bekannte sich die Universität offen zum „Hussitentum", dadurch hatte die Tätigkeit offiziell einen zweijährigen Unterbruch erlitten, und danach wurde als einzige die Artistische Fakultät belassen. Dies war die Fakultät der „Sieben Freien Künste", der „artes" oder später die philosophische Fakultät. Unterrichtet wurden die grundlegenden Fächer, eingeteilt in ein

„Trivium" den „Dreiweg" mit Grammatik, Rhetorik, Dialektik, bezogen natürlich auf die Universalsprache Latein und das „Quadrivium" den „Vierweg" mit Arithmetik, Geometrie, Astronomie inklusive Astrologie, Musik. An diesen allgemeinen Fächern war nichts Verdächtiges und sie durften weiterhin unterrichtet werden und mit Prüfungen abgeschlossen werden. Die Disziplinen Theologie, Recht und Medizin wurden aus naheliegenden Gründen an der „hussitischen" Universität verboten. Wie ging es ab dann weiter?

Im 16. Jahrhundert errichtete der Orden der Jesuiten in Prag eine „politisch korrekte" Universität, das Klementinum. Von da an gab es zwei Universitäten: das ursprüngliche Karolinum, die Gründung Karls IV. und das Klementinum der Jesuiten. Im 17. Jahrhundert führten umwälzende Reformen in eine enge römisch-katholische Richtung. Die eher positiven Änderungen waren, dass man gänzlich weg vom Zölibat der Professoren kam, dass die Universität als Lehranstalt weltlicher wurde. Es gab wieder eine medizinische Fakultät, jedoch unter staatlicher Aufsicht. Es herrschten rigide römisch-katholische Werte. Im 18. Jahrhundert folgte dann die Zusammenlegung von Karolinum und Klementinum. Später erfolgte die Auflösung des Jesuitenordens. Als gegen Ende des 18. Jahrhunderts die französische Revolution bereits ihre langen Schatten vorauswarf, erfuhr die Prager Universität eine weitere Neuorientierung: Sie wurde staatlich und musste daher ihre eigene Jurisdiktion und Bewirtschaftung aufgeben, und es wurde Deutsch als Studiensprache eingeführt. – Das 19. Jahrhundert wurde Zeuge der tschechischen nationalen Wiedererweckung, die natürlich auch im universitären Leben stark vertreten war. Im Jahre 1848 war es endlich soweit: Tschechisch wurde neben Deutsch als gleichrangige Studiensprache anerkannt. Doch auch hier passte diese Entscheidung nicht allen. Im Jahre 1882 wurde die Prager Universität deshalb wieder geteilt: Kaiser Franz-Josef II. ordnete an, dass es fortan eine Deutsche und eine Tschechische Universität in Prag geben sollte. Im gleichen Jahr wurde ein Mann als ausserordentlicher Professor an die Tschechische Universität berufen, der etwa zwanzig Jahre später zu einer der wichtigsten Persönlichkeiten der tschechischen Geschichte werden sollte: Der spätere Mitbegründer und erste Präsident des demokratischen Staates Tschechoslowakei, Tomáš G. Masaryk. Doch auch die Deutsche Universität Prag hatte ihren grossen Namen: Von 1911-1912 unterrichtete dort Albert Einstein theoretische Physik.

Das 20. Jahrhundert brachte dramatische Umwälzungen in kurzen Abständen. Zuerst erhielt die Universität in den zwanziger Jahren die Bezeichnung „Karlsuniversität". Dann folgten die dreissiger Jahre und die Landesbesetzung durch Hitlers Nationalsozialistisches Regime und das unselige „Protektorat Böhmen und Mähren". 1939 wurde die „Deutsche Karlsuniversität Prag" ans Dritte Reich angebunden, und nach dem Studentenaufstand vom 17. November des gleichen Jahres komplett geschlossen – zusammen mit allen anderen tschechischen Hochschulen landesweit. Kurzer Prozess mit den impertinenten Tschechen, in Prag und in der „Rest-Tschechei" - und Maul halten...!

Erst nach dem Ende des Krieges 1945 wurde die Tätigkeit der Karlsuniversität wieder erneuert. Doch die politischen Unruhen gingen weiter, die Lehrer und Studenten der Universität Prag waren zumeist nicht mit der kommunistischen Regierungsübernahme einverstanden und protestierten dagegen. Die Folge davon war, dass sie von der Hochschule ausgeschlossen wurden. Der Kampf setzte sich fort, nur mit anderen Bezeichnungen der jeweiligen Parteien und Gruppierungen. Als sich zwanzig Jahre später, 1968, die Professoren und Studenten erneut zur Wehr setzten – dieses Mal gegen die Restriktionen, die auf den „Prager Frühling" erfolgt waren, wurden auch sie – wieder ausgeschlossen. Und wieder dauert es weitere zwanzig Jahre, und wieder gingen Studenten auf die Strasse – bewusst an einem 17. November, in Erinnerung an die Ereignisse von 1939. Doch die Zeit war vorangeschritten und dieses Mal, 1989 waren sie stärker, dieses Mal war auch die gesamte Bevölkerung stärker. Das kommunistische Regime hatte sich überlebt – der Weg in die Freiheit stand offen. Man hatte damals viel von einem Weg „zurück nach Europa" gesprochen und geschrieben, und dass Tschechien nun an die Zeit vor dem Zweiten Weltkrieg anknüpfen würde – doch vierzig Jahre Kommunismus liessen sich nicht einfach aus dem Bewusstsein der Menschen streichen. Das Aufarbeiten der kommunistischen Enttäuschung und die neue Position in Europa, stellen das Land immer wieder vor Probleme. Die Frage bleibt, ob der Eintritt in die EU, so wie sich die Union heute präsentiert, tatsächlich ein Schritt in die ersehnte Freiheit war...

Neu, dynamisch, lebendig und engagiert – die Prager Universität im späten Mittelalter

Anders als übrige universitäre Lehranstalten des späten Mittelalters, stand die Prager Universität immer auch im Mittelpunkt des politischen Geschehens. Sie war eine Neugründung in einer neu organisierten Umgebung gewesen. Die Universität bildete das i-Tüpfelchen auf der Selbstdarstellung der Luxemburger-Dynastie als tschechische Könige. Die neue Hochschule war auch attraktiv, da neue geistliche und intellektuelle Karrieren winkten. Nun bot sich auch Söhnen aus finanziell schlecht gestellten Familien die Gelegenheit eines gesellschaftlichen Aufstiegs. Es brauchte nur genügend Intelligenz, Denkpotenzial und Fleiss – dies alles war landesweit reichlich vorhanden. Diese Eigenschaften bildeten später jahrhundertelang sogar das hauptsächliche Kapital des Landes, und sie waren oft das einzige Mittel, um in einer Welt von Fremdherrschaft und Besatzungsmächten vorwärtszukommen. Vom Bauernsohn zum Staatspräsidenten – die Karriere des Tomáš G. Masaryk führte über Grundschule, Gymnasium, Universität. Doch trotz aller Aussichten auf Karriere und eine gut gesicherte Existenz, der Intellekt stand immer im Vordergrund.

Mit der Gründung der Prager Hochschule hatte Karl IV. verschiedene Absichten verfolgt. Ausser der Festigung seiner eigenen Hausmacht, sollte sich das gesamte Land – mit Adel und Bürgertum – entfalten und eine bedeutende Rolle in der Machtverteilung spielen. Dazu gehörte auch eine entsprechende Kaderschmiede für Intellektuelle – und eine, dem Königtum ebenbürtige, kirchliche Verwaltungsinstanz. Die Universität war bereits 1346 beantragt worden, und schon Jahre davor war Karl ein politisches Glanzstück gelungen: Er hatte noch als junger Mann an der Seite seines Vaters durchgesetzt, dass das Prager Bistum zu einer Erzdiözese aufgewertet wurde. Damit hatte er das gesamte tschechische Königreich aus der geistlichen Vormundschaft des Mainzer Metropolitansverbandes herausgelöst. Ob man in Mainz von diesem Schritt sonderlich begeistert war? Vielleicht gab es ja eine grosszügige Abgeltung... Zu jener Zeit war Prag allerdings noch nicht die Goldene Stadt mit der St. Veitskathedrale auf dem Burghügel. St. Veit war Baustelle und nicht einmal die Burg erhob sich stolz über der Stadt. Die Burg war heruntergekommen, einer Ruine gleich, und musste erst restauriert werden. Damals spannte sich noch nicht die steinerne „Karlsbrücke" über die Moldau, gab es noch nicht die vielen Kirchen, die der Stadt den Namen „Hunderttürmige" verliehen. Die Neustadt war gerade erst im Bau inbegriffen, und viele Gebäude der Stadt mussten erneuert oder neu erstellt werden.

Als offizielles Datum des Entstehens gilt der 7. April 1348, der Tag des Inkrafttretens der Gründungurkunde. Seit jenem Jahr der Gründung bis zum Beginn der Lehrtätigkeit des Magisters Jan Hus 1398 vergingen fünfzig Jahre. Ein halbes Jahrhundert. Man muss sich diesen Zeitraum bewusst machen und die Entwicklung, die damit verbunden war. Selbst als Jan Hus noch junger Student war, hatte die Universität bereits mehrere Änderungen und Anpassungen ihrer Organisation erfahren. Eine erste und zweite Generation von tschechischen Magistern war ausgebildet worden und lehrte nun nachfolgende Landsleute. Man sagt, dass nur während der Regierungszeit Wenzels IV., ca. 1378 -1419 – d. h. während dreissig Jahren – an die zehntausend Studenten durch die Universität geschleust wurden. Das wären im Durchschnitt mehr als dreihundert Studenten jährlich. Die Universität bildete auch einen starken Anziehungspunkt für Studenten aus den umliegenden Ländern, wobei die Deutschen einige Vorteile genossen. In Prag gab es eine deutschsprechende Bevölkerungs-Minderheit die aus reichen Geschäftsleuten, Hofbeamten und Geistlichen bestand, es gab den Königshof und den Erzbischofsitz als karrierengenerierende Mittelpunkte – und man erhoffte sich natürlich das eine und andere einträgliche Amt an der Universität selbst, denn die war gut dotiert.

Die Organisation der Prager Universität war nach dem Modell der Pariser Sorbonne erfolgt. In einem geringeren Masse orientiere man sich auch an der Universität Bologna. Prag war von Anfang an als eine universelle Lehranstalt konzipiert, ein „Studium generale", und verfügte über die volle Anzahl an Fakultäten: Theologie, Recht, Medizin, Freie Künste (später die Philosophische Fakultät). In den ersten Jahrzehnten mussten in der Organisation Neustrukturierungen vorgenommen werden, da Prag einen völlig neuartigen Universitäts-Verband darstellte, in dem sich das „Modell Paris" und das „Modell Bologna" gegenseitig widersprachen. Es mussten Positionen angepasst werden, dabei ersetzte man oft geistliche Führungskräfte durch weltliche Kleriker. Im Laufe der Jahre erhielt auch die Artistische (philosophische) Fakultät in Prag ein grösseres Gewicht. Auf der anderen Seite verlagerte sich der Schwerpunkt zu den Magistern. Waren andere europäische Universitäten immer eine gleichberechtigte Gemeinschaft der Lehrer und Schüler gewesen, so entwickelten sich in Prag die Magister zu den eigentlichen Entscheidungsträgern. Dies war ein langer Entwicklungsprozess gewesen, der sich für Aussenstehende und neu Dazugekommene nicht offen zeigte. Das heisst, neue Professoren, egal welcher Sprachgruppe und Nationalität, gingen davon aus, dass sie in Prag dieselben Organisationen, Positionen und Strukturen vorfinden würden, wie an den alten Universitäten – vor allem in Paris oder Bologna. Weit gefehlt.

Mischt man zwei Farben, so erhält man eine dritte – aus Blau und Gelb wird Grün. Blau und Gelb bestehen nicht nebeneinander, sondern verschmelzen zu einer neuen Farbqualität. Nach diesem Beispiel wurden in Prag zwei Systeme gemischt und man war sehr erstaunt, als sich daraus etwas Neues und Unerwartetes herausgebildet hatte. Prag war die erste europäische Universität, an der das slawische Element eine grössere und bedeutendere Rolle zu spielen begann. Prag war auch die erste Universität überhaupt im slawischen Raum im Einflussbereich der römisch-katholischen Kirche. Slawen der südlichen und östlichen Gebiete, die den orthodoxen Ostkirchen anhingen, orientierten sich im griechisch-byzantinischen Raum, wo das Bildungssystem dem westeuropäischen nachhinkte. Ausser Juristenschulen und der Möglichkeit eines Grammatik und Rhetorikstudiums an Kirchenschulen, bestand im griechisch-byzantinischen Raum immer noch die Tradition eines weitgehend antiken Modells des philosophischen Selbststudiums und einer engen Lehrer-Schüler Verbindung. Im Mittelalter gab deshalb Westeuropa den Ton in der Bildung und den Wissenschaften an. Die Universitäten hatten sich aus ehemaligen Klosterschulen herausgebildet und waren, durch wohldurchdachte Organisation, zu bedeutenden Mittelpunkten des Wissens geworden, das in einem ebenso durchdachten System weitervermittelt werden konnte.

Neuer Wein in alten Schläuchen?
Der Prager Universitätsstreit als kultureller Konflikt?

Die westeuropäischen Universitäten waren Errungenschaft und Erbe des Mittelalters an nachfolgende Generationen. Darunter die Prager Hochschule mit einer völlig neuen Durchmischung an kulturellen, sprachlichen und nationalen Einflüssen, die versuchten, sich auf einem gemeinsamen, lateinisch-römisch-katholischem Nenner zu finden. Eine explosive Mischung.

In der ersten Zeit der Prager Universität unterrichteten dort auch bedeutende deutsche Gelehrte. Doch bald schon hatte die erste Generation der nach Bildung und Wissen drängenden tschechischen Studenten ihre Prüfungen abgelegt und war in der Lage selbst zu unterrichten. Man muss sich ein mittelalterliches Studium als eine lebenslange Aufgabe vorstellen. Auch bereits bestandene und ältere Magister absolvierten je nach Interessengebiet weitere Studien und hatten sich Abschlussprüfungen zu stellen. Das Publikum der Vorlesungen konnte altermässig sehr unterschiedlich sein. Man konnte unterschiedliche Studien auch an verschiedenen Universitäten absolviert haben. Die Universitäten waren deshalb Vereinigungen von „Scholaren" d.h. Angehörigen der „Gelehrtenzunft", Studenten und Lehrer zugleich, oft auch in Personalunion. Die Universitäten hatten ihre eigene Jurisdiktion, fehlbare Scholaren kamen vor die Gerichtsbarkeit der Universität. Im Fall der Universität Prag, stand die Lehranstalt fachlich und wirtschaftlich auf solidem Grund dank der Sorge der Luxemburger, Vater Karl und Sohn Wenzel wussten wohl um das Potenzial der Universität für den Staat. Selbst Wenzel lag das Wohlergehen der Hochschule am Herzen, obwohl man ihm alle möglichen Regierungsfehler und eine lockere Lebenshaltung immer wieder vorwirft. Es war letztendlich Wenzel, der 1392 den Mitgliedern der Prager Universität weitreichende existenzsichernde Massnahmen gewährte, wie zum Beispiel die „Doktorfreiheiten": Alle Magister, Doktoren, Studenten als auch deren Bedienstete waren von Steuern und Abgaben befreit. Diese königliche Anordnung wurde 1397 von päpstlicher Stelle bestätigt.

Da das europäische Bildungssystem zu Lebzeiten von Jan Hus bereits seit Jahrhunderten universitären Lebens gut funktioniere, dachten bestandene, ausländische Professoren, dass sie in Prag die gleichen Gepflogenheiten vorfinden würden, die sie schon kannten. Sie vergassen, dass eine Neugründung eben etwas Neues ist und keine alten Strukturen in neuen Kleidern. So kam es in Prag vor allem deshalb zu vielen Missverständnissen und Reibereien.

In den achtziger Jahren des 14. Jahrhunderts erhielt Prag Zustrom mehrerer deutscher Professoren, die man von der Sorbonne gewiesen hatte. Der Grund: Die Minderheit der deutschen Professoren in Paris hatte an der französischen Prestigeuniversität, mitten in der französischen Hauptstadt, mitten in Frankreich, vehement Partei ergriffen für den Papst in Rom – just in dem Augenblick, als sich die Sorbonne zusammen mit dem französischen Königshaus mit dem Gegenpapst in Avignon solidarisierte. Die Deutschen hatten sich vielleicht ein wenig überschätzt – falsches politisches Bekenntnis, am falschen Ort, zur falschen Zeit, das darüber hinaus in Frankreich niemanden interessierte. Die Leitung der Pariser Sorbonne fackelte nicht lange – die Deutschen mussten weg. Schnell.

Die deutschen Professoren schnürten ihr Gepäck und verliessen Frankreich, das sie so schnöde behandelt hatte. Sie vergassen dabei, dass sie als politisch konträr denkende Minderheit von der Überzahl der Franzosen nur schwer geduldet werden konnten. Sie mochten zwar heldenhaft an ihrer Überzeugung festgehalten haben, doch es wäre abzusehen gewesen, dass eine solche Haltung an der führenden Lehranstalt eines nach Macht greifenden Landes unerwünscht war. Die herausgeworfenen Magister wanderten – in Richtung Prag. Zumindest die meisten von ihnen. Während dieses Exodus der Deutschen aus Paris, begaben sich einzelne Professoren in ihre Heimatländer, wo sie versuchten Fürsten oder Reichsstädte zu Universitätsgründungen zu bewegen. In einigen Fällen gelang dies und es entstanden Deutschlandweit Universitäten wie z. B. Köln oder Heidelberg. Doch die meisten der vertriebenen Magister landeten im noch romtreuen Prag, fest entschlossen ihr gutes Pariser Leben und das damit verbundene Ansehen weiterzuführen. Der Clash mit der neuen, intellektuellen Generation der Tschechen war unvermeidlich und er würde lange dauern. .... Als unterhaltsames Detail dabei, hatte sich die Leitung der Pariser Sorbonne sogar dazu verstiegen, den abwandernden Professoren den kirchlichen Bannstrahl nachzuschleudern, dessen Blitze bis nach Prag trafen – die Sorbonne verbot allen romtreuen Universitätslehrern in Prag den Unterricht! Im Klartext: Der Gegenpapst in Avignon forderte die Auflösung der Prager Hochschule... Nicht, dass er dazu berechtigt gewesen wäre, es hat ihn deshalb auch niemand ernst genommen – doch das Selbstbewusstsein, das hier aus der Provence nach Prag herüberwehte war schon beachtlich...

Das Konfliktpotenzial all dieser verschiedenen Anordnungen, Meinungen und Forderungen wurde durch die reformatorischen Ansichten der tschechischen Magister, allen voran des Magisters Jan Hus, nur noch verschärft. Dazu kam, dass sich die Prager Universität im Laufe der Zeit vermehrt unter den Schutz des Königs gestellt hatte, und sich von jeglicher päpstlicher Aufsicht befreien wollte. Die „jungen Wilden aus Prag" wollten sich bewusst unter die Kuratel des Königshauses stellen, da im Streit des kirchlichen Schismas die damit verbundenen, ständig wechselnden Parteinahmen dem Lehrbetrieb nicht förderlich waren. Die tschechischen Magister verlangten deshalb den König als letzte Entscheidungsinstanz in Belangen der Universität, als der deutsch-tschechische Konflikt 1408 eskaliert war. Der Erzbischof von Prag kam nicht in Frage als Entscheidungsträger, da seit 1402 ein inkompetenter und unerfahrener, knapp dreissigjähriger Mann das Amt innehatte. Dieser Erzbischof, Zbyněk Zajíc, hatte sich selbst an Jan Hus gewandt, damit ihm jener, „Recht und Ordnung" erklären möge. Dies geht aus einem Brief hervor, den Zbyněk an Hus gerichtet hatte. Ein erstaunlicher Umstand, der wohl für das Ansehen und die Kompetenz von Hus spricht. – Ein kleiner Abstecher an dieser Stelle: Derselbe Erzbischof wird allerdings 1410 anordnen, dass Schriften von John Wycleff und Jan Hus verbrannt werden sollen und er wird von den Pragern mit dem Spottnamen „Bischof Abeceda" bedacht – die Prager Bürger hielten ihrem Erzbischof seine mangelnde Bildung vor. Derselbe Erzbischof wird über Jan Hus den Kirchenbann verhängen und wird sich deshalb vor dem wütenden Aufstand der Prager Bürger durch Flucht retten müssen. Er wird einen Streit mit König Wenzel anzetteln. Der unglückliche junge Mann wird sich schliesslich 1411 in Richtung Ungarn davon machen, wobei er bereits in Pressburg, dem heutigen Bratislava, schwer erkranken und bald darauf, mit erst fünfunddreissig Jahren, sterben wird.

In den Jahren 1408-1409 blieb demnach, laut Ansicht der tschechischen Magister, nur König Wenzel als ein kontinuierlicher, letzter Entscheidungsträger. Dem König war an der Universität aus Gründen seiner eigenen Machterhaltung gelegen – sein eigener Kampf mit einigen deutschen Reichsfürsten und seinem Halbbruder Sigismund lief unterschwellig weiter – weshalb sich eine pragmatische Interessengemeinschaft des Königs mit den tschechischen Magistern ergab. Dies sah die deutsche Fraktion an der Universität entschieden anders, da sie als letzte Instanz in Sachen Universität nur den römischen Papst akzeptierte.

Wenn man sich auf den schwankenden Grund eigener Spekulation begibt, könnte man einen Teil der königlichen Sympathie für die tschechischen Magister und ihr neues Gedankengut in Wenzels Psyche finden. Wenzel, der Erstgeborene seines Vaters. Der zum Nachfolger bestimmte, ausgebildete, behütete Sohn, der sich ein Leben lang seiner Unzulänglichkeit gegenüber der starken Vaterfigur bewusst war und deshalb Gelegenheiten zur Auflehnung suchte. Bloss weg – aus der Vormundschaft derer, die aus selbstgerechten Höhen auf seine Pflicht wiesen. Bloss weg – von irgendwelchen autoritären Papstgestalten. Bloss weg – vom „du musst dies" und „du musst das". Vielleicht mag auch der Einfluss seiner Gattin, Sophie von Bayern, eine Rolle gespielt haben, die von Jan Hus nur Gutes zu berichten hatte. Wenzel nahm Partei für Hus. Er schrieb Briefe an den römischen Papst, in denen er Jan Hus verteidigte. In diesen Briefen gewährte er seiner Frau Platz, damit auch sie ihren Standpunkt und ihre Bitten an den Papst richten konnte. Beweis genug, dass sich das königliche Ehepaar in der Sache Hus einig war.

Allerdings – Wenzel war sich auch bewusst, dass die Situation für die tschechischen Magister gefährlich werden könnte, sollten sie sich zu weit aus dem Fenster lehnen. Die Universität bildete das Zünglein an der Waage – wenn den tschechischen Magistern die Rechtgläubigkeit abgestritten werden sollte, weil man zu sehr den Ideen des Engländers John Wycleff anhing, und wenn sogar ein kirchlicher Bannstrahl die Universität treffen sollte – dann wäre das gesamte Königreich betroffen. An John Wycleff aus Oxford schieden sich die Geister der Prager Universität. Waren die Tschechen, wenn auch gemässigt, so doch Befürworter von Wycleffs Thesen, so waren es die Deutschen sicher nicht.

Der Konflikt eskalierte aber nicht nur an Wycleff, sondern auch an den Abstimmungsmodalitäten in administrativen Belangen der Prager Universität – das Problem war ein rechnerisches. Mit dem Anwachsen der ausländischen Studenten und Lehrer in Prag war es zu einem

Ungleichgewicht zwischen den Universitätsnationen gekommen. Die Nationen sind in einem anderen Kapitel dieses Buches ausführlicher beschrieben (*Teil 2/„Zentrale Themen des Schauspiels"*), deshalb hier nur eine Zusammenfassung. Nach dem Beispiel Sorbonne, war Prag in vier „nationes" unterteilt, deren Mitglieder je eine Stimme bei Wahlen und Abstimmungen im Rahmen der Universität hatten. Die „nationes" nannten sich, die Sächsische, die Bayerische, die Polnische und die Tschechische. Mitglieder der tschechischen Universitätsnation waren ausser den Tschechen auch noch (heutige) Polen, Slowaken, Ungarn und Rumänen – diese waren jedoch nicht sehr zahlreich. Die drei anderen „nationes" umfassten Mitglieder aus dem gesamten deutschsprachigen Raum, aus dem Baltikum, aus den Ländern der polnischen Fürsten und aus Skandinavien – es ist daher klar, dass diese „nationes" den Tschechen rein zahlenmässig überlegen waren, wobei die deutschsprachige Mehrheit auch die meinungsbildende war.

Man kann sich nun winden, man kann sämtliche Internationalität und globale Gültigkeit des europäischen, lateinischen Bildungswesens ins Feld führen, man kann auch immer wieder auf das „Nichtvorhandensein" von Nationalstaaten hinweisen – die Tatsache bleibt, dass Tschechen sich in ihrer angestammten Heimat nicht ernst genommen fühlten und sie sogar den Eindruck hatten, sie würden aus ihrem Land und ihrer Hauptstadt hinaus gedrängt werden. Ein klein wenig erinnert diese Situation an die heutige Problematik, wie sie sich in der Schweiz mit Einwanderern aus dem EU-Raum zeigt. Wenn sogenannte „Expats" die Schlüsselpositionen in Bildung, Wissenschaft und Wirtschaft belegen, wenn es für eigene Fachkräfte im eigenen Land auf dem Stellenmarkt schwierig wird, wenn man ernsthaft über eine politische Beteiligung von nicht-Schweizern in Schweizer Angelegenheiten plädiert, so mag man viele Ähnlichkeiten zum tschechisch-deutschen Konflikt der Universitätsmitglieder im spätmittelalterlichem Prag entdecken.

Die Auseinandersetzungen, das Tauziehen zwischen der tschechischen Partei, die sich in der Minderheit fühlte und ihre Stimmenanzahl bei Wahlen und Abstimmungen erhöhen wollte – und der deutschsprachigen Partei, die ihre Felle davon schwimmen sah, währte lange und eine Einigung schien am Ende unmöglich. Beide Parteien hatten im Voraus Druck auf den König ausgeübt. Die Deutschen hatten allerdings immer wieder die Gültigkeit einer königlichen Entscheidung bestritten, da sie nur den Papst als oberste Instanz akzeptierten. Vielleicht war das selbstherrliche Verhalten der Deutschen dem König zu viel geworden, vielleicht hatten die Tschechen auch nur geschickter gehandelt, da sie dem König einen bereits ausgefertigten Entwurf des Dekrets vorlegten, vielleicht spielten auch andere Faktoren eine Rolle, vielleicht hatte Wenzel dabei einen seiner weitsichtigen Momente, zu denen er durchaus fähig war. Der Entscheid fiel zu Gunsten der tschechischen Universitätsnation, der mit dem Kuttenberger Dekret von 1409 je drei Stimmen pro Magister zugestanden wurden, die bei Wahlen und Abstimmungen in Universitätsangelegenheiten anzuwenden waren. So wurde eine zahlenmässig gerechte Ordnung geschaffen.

Das Dekret, welches Wenzel in der Silberbergwerkstadt Kutná Hora am 18. Januar 1409 unterschrieb, ging in die Geschichte ein. Zu Deutsch als das „Kuttenberger Dekret" bezeichnet, wurde es von den Deutschen Professoren in Prag vorerst einmal nicht beachtet. Sie machten, trotz Androhung von Sanktionen, weiter wie bisher. Man beschuldigte lauthals natürlich Jan Hus aller möglichen Machenschaften. Aber Jan Hus war, zumindest an der letzten Phase des Konflikts, gar nicht beteiligt. Er kämpfte mit einer ernsthaften Krankheit, lag mit Fieber im Bett und vertraute auf seine Berufskollegen und die Vernunft des Königs – und vor allem auf die Hilfe des Himmels...

Unterdessen liessen die deutschen Magister nicht locker. Zähneknirschend hatten sie den königlichen Entscheid zu akzeptieren, auch wenn sie ihn ignorierten – es musste also eine andere Lösung her. Die deutschen Professoren verlangen deshalb beim König eine Teilung der Universität in eine deutsche und eine tschechische Hälfte. So würden alle zufrieden sein, die Tschechen könnten dann in ihrer eigenen Lehranstalt nach Belieben schalten und walten – und die Deutschen würden nun endlich die eigene Autonomie auch auf der Ebene der Universität wahren können.

Es scheint im Nachhinein unverständlich, wie die deutschen Magister König Wenzel einen solchen Vorschlag unterbreiten konnten. Alles lief auf eine Spaltung, auf eine Zweiteilung der Stadt Prag, des ganzen Landes hinaus. Die deutsche Minderheit hatte bereits, ihre Kirchen, Pfarreien und Geistliche, sie hatte ihre Berufsgilden, ihre öffentlichen Notare, deutscher Adel hatte seine Besitzungen in Stadt und Land – nun sollte auch noch eine eigene Universität der Deutschen entstehen. Eine Stadt in der Stadt. Ein Staat im Staat – gestützt auf Macht, Wirtschaft, Grundbesitz und Bildungswesen. Eine deutsche Blase mitten im tschechischen Hoheitsgebiet, abgeschottet gegen neu aufkommendes, reformistisches Gedankengut, das nach Ketzerei roch… Derart gefeit und geschützt würde die deutsche Fraktion den herauf ziehenden Sturm überstehen, der Unterstützung der aufkommenden starken Hand im Politgeschehen gewiss, der Hand Sigismunds, des „Realpolitikers"…

War es politische Verblendung? War es ein eng beschränkter Blickwinkel auf den Mikrokosmos der Universität ohne Einbezug er Lage des regierenden Landesherrn – oder gar versuchte Sabotage gegen König Wenzel? Oder war es schlicht und einfach Überschätzung der eigenen Wichtigkeit? Wie konnte man in den Zeiten der Zweiteilung, des ungelösten Schismas, einen Vorschlag zur Zweiteilung einer aufstrebenden Lehranstalt vorbringen? Wie wäre es weiter gegangen? Wäre dann auch eine kulturell und sprachlich geteilte Stadt entstanden? Auf einer Seite Deutsche, auf der anderen Seite Tschechen? Die deutschen Magister beriefen sich hier auf das Jahr 1372, als sich die juristische Fakultät von der Gesamtuniversität abgespalten und selbständig gemacht hatte. Sie beriefen sich sogar auf einen früheren Abzug deutscher Magister aus Prag, als 1385 schon einmal der nationale Streit aufgeflammt war, und als das überhebliche Verhalten des deutschen Rektors Konrad von Soltow für Aufruhr gesorgt hatte, nach dem schliesslich mehrere Theologen mitsamt ihrem Rektor an die neugegründete Universität Heidelberg auswanderten. Doch mit diesem Abgang der Gelehrten von 1385 wurde nur Tür und Tor den Tschechen geöffnet, welche sich für die vakanten Positionen qualifiziert hatten und sie besetzten.

In der neuen Situation der Jahre 1408-1409, munkelte man allerdings auch von Agenten des Rheinischen Pfalzgrafen, Ruprechts II. und seines Sohnes, Ruprechts III., welche die deutschen Professoren bezahlt haben sollten, um den Einfluss des Königs, Wenzels IV. allgemein zu schwächen und Wenzels Einflussnahme insbesondere an der Universität als einer wichtigen gesellschaftspolitischen Einrichtung zu untergraben.

Im Jahre1409 hatte sich jedoch die deutsche Magister- Lobby in ihrem Widerstand gegen König Wenzel und sein Kuttenberger Dekret zu weit vorgewagt. Dies äusserste sich als bei den Wahlen der Examinatoren für die Abschlussprüfungen an der Universität die Deutschen bewusst die Anordnungen des Kuttenberger Dekrets übergingen. Sie missachteten vorsätzlich das im Dekret angeordnete, neue Stimmrecht. Man liess auch selbstbewusst verlauten, dass die deutsche Fraktion die Universität Prag verlassen würde, sollte der König das Dekret nicht zurück nehmen – Erpressung ist hierbei das richtige Wort – und dass sich ein König wie Wenzel IV. nicht erpressen liess lag auch auf der Hand. Wenzel galt als impulsiv, unberechenbar und zu Wutausbrüchen neigend. Dachten die deutschen Magister im Ernst, dass sich jemand, der mit solchen Eigenschaften ausgestattet war, erpressen liess? Es gab einen Augenblick der Unsicherheit, als unter diesen Umständen die tschechische Fraktion noch einmal energisch um Gehör bat. Ein Augenblick der Unsicherheit, in dem Wenzel von dem komplizierten und unüberblickbaren Streit schon derart angewidert war, dass er am liebsten die ganze Universität mitsamt allen Magistern und Studenten, mit einem Schlag der Faust hinweggefegt hätte. Wenzel liess sich damals sogar zu einer gehässigen Drohung gegen Jan Hus und Hieronymus von Prag verleiten, dass „…er sie beide bei lebendigem Leib verbrennen liesse, wenn sie nicht endlich aufhörten ihm Ungemach zu bereiten …." Zeuge dieses Vorwurfs war ein Prager Kanoniker, der darüber später am Konstanzer Konzil aussagte… Doch letztendlich geschah nichts dergleichen – zumindest nicht auf Wenzels Betreiben.

Die ganze Angelegenheit war äusserst verwickelt und problematisch. Das Gezänk ist in seiner gesamten Länge abstossend. Alle möglichen Gruppierungen und Parteien versuchten aus dem Streit einen eigenen Vorteil zu ziehen. Die Einmischung seitens des deutschen Hochadels, die Stellungnahmen aus Rom, Avignon und auch Paris, lassen die Tragweite erkennen. Zuletzt hatten die Deutschen jedoch ihren Widerstand übertrieben und mussten die Konsequenzen des königlichen Zorns tragen. Der König beauftragte im Mai 1409 einen seiner Hofbeamten mit der Entlassung des Rektors, Henning von Baltenhagen. Diesem wurden seine Universitäts-Insignien abgenommen und als neuer Rektor wurde der Tscheche Zdeněk von Labouň bestimmt. – Jan Hus folgte erst später. Doch die deutschen Professoren, waren selbst nach der Absetzung des Rektors nicht bereit das Dekret anzuerkennen und verliessen die Stadt Prag ohne rechtliche Grundlage, was König Wenzel als Widerstand gegen die königliche Autorität und als Verschwörung gegen die Staatsgewalt betrachtete. Die Professoren und ihre Schüler waren politisch untragbar geworden und wurden offiziell zu Verbannten erklärt. Während der Auseinandersetzungen waren denn auch tatsächlich Machenschaften der Gelehrten gegen das tschechische Königreich und gegen den König zutage getreten. Es hatte Konspirationen mit feindlich gesinnten Adligen gegeben – alles sehr unschöne Ansätze, die nichts mit Lehrtätigkeit und Wissenschaft zu tun hatten. Trotz allem berichtete man über das Jammern der deutschen Professoren über die nun verlorenen, schönen Einnahmequellen und Freiheiten...

Es gab also wieder einmal in der Universitäts-Geschichte des 14./15. Jahrhunderts eine Gruppe deutscher Gelehrten, die sich andere Betätigungsgebiete suchen musste. Sie wandten sich nach Leipzig. Dort war eine Universität im Entstehen begriffen, die sie mitbegründeten, und man kann annehmen, dass es schon zu Zeiten des Prager Streites Kontakte gegeben hatte, im Fall dass in Prag etwas schief laufen sollte. Geschichtliche Daten sind immer schnell aufgezählt, man vergisst dabei leicht, dass es Übergänge gibt, dass vorher schon verhandelt wird und Dinge in gewisse Bahnen gelenkt werden. – Die deutsche Gruppe aus Prag leckte also ihre Wunden und wandte sich, in ihrer Ehre beleidigt, zielstrebig nach Leipzig. Das hatte auch seinen Vorteil – man blieb zusammen, man kannte sich, man wusste, worauf man sich einliess.

Es ist unrichtig, dass nach Inkrafttreten des Kuttenberger Dekrets ein Massenexodus deutscher Magister samt Studenten aus Prag eingesetzt hätte. Es ist unrichtig zu behaupten, dass die Universität Prag wegen dieses Auszugs der deutschen Professoren an Bedeutung verloren hätte. Es ist auch unrichtig zu behaupten, dass es keine Deutschen mehr an der Prager Universität gegeben hätte. Es waren längst nicht alle deutschen Lehrer und Studenten Parteigänger der nach Leipzig ausgewanderten Gruppe. Man hat sehr viel geschrieben über die Ereignisse des Jahres 1409. Die vorangegangenen Geschehnisse der achtziger Jahre jedoch, und ebenso der Auszug aus Paris werden nicht immer wahrgenommen. Stattdessen hört man den beleidigten Unterton von Aussagen, die der Universität Prag nach 1409 einen Niedergang als Folge der Vertreibung der deutschen Gelehrten andichten. Doch zwischen dem Kuttenberger

Dekret von 1409 und Hus' Hinrichtung 1415 lagen sechs unruhige Jahre und die Studentenzahlen stagnierten. Danach gab es Aufstände und Krieg. Die Universität bekannte sich offen zu den Hussiten, der Lehrbetrieb wurde für kurze Zeit eingestellt, um danach nur an der artistischen Fakultät weiter geführt zu werden. Dies alles sind völlig andere Ursachen der Veränderung an der Prager Universität zu Beginn des 15. Jahrhunderts, und sie haben nichts mit dem Weggang einiger unzufriedener Lehrer und Studenten gemeinsam.

Der vollständige Wortlaut des Kuttenberger Dekrets steht an anderer Stelle dieses Buchs – er ist Bestandteil des Schauspiels „Jan Hus – der Wahrheit Willen" und ich habe mich bemüht den Wortlaut auf Deutsch objektiv wiederzugeben – eine objektive Übersetzung in einem sonst subjektiven Buch.

Zwei Flüsse

Bohemia – das Land mit dem aufgezwungenen Namen durchzieht ein Fluss, auf dessen Grund die Natur seltene Schätze entstehen liess. Naturkräfte formten vor urdenklichen Zeiten Elemente der Erde zu grünlich durchscheinenden Glasstückchen. Natürliches Glas, von der Farbe der Wellen, in denen Undinen sich mit Schmuckstücken zieren, angefertigt aus dem schimmernden Geschenk des wilden Wassers, der vlt-awa.

Längst vergessen sind die Wassergeister des Schwesterflusses, der seinen Namen dem Land verlieh. Die dunklen Fluten der mor-awa werden nicht von Dichtern besungen, nicht von Sängern gerühmt. Der Name blieb – doch was ist ein Name, wenn in Vergessenheit geriet, wofür er einst stand?

Die Kelten nannten die beiden Flüsse: „vlt-awa" – wildes Wasser und „mor-awa" – dunkles Wasser. Die Wörter für Fluss und Wasser sind im Tschechischen weiblich, und Wassergeister spielen in den Sagen und Erzählungen des Landes eine grosse Rolle.

Die Namen haben sich erhalten. Die versöhnliche Vltava lässt sich gerne auch unter ihrem deutschen Namen Moldau huldigen. Der Name ihrer dunklen Schwester Morava ist im Zwielicht der Geschichte versunken. Der Name des Landes, das die Morava durchzieht ist geblieben. Nur manchmal, wenn die Sehnsucht ihre Flügel ausbreitet, dann steigt aus den dunklen Fluten der Glanz der „hé megalá Moravia", des Grossen Reiches der Mährer, und Lichter tanzen auf den Wellen.

Das Naturglas, welches nur auf dem Grund der Vltava gefunden wird, heisst in der Fachsprache „vltavín" (tschechisch) oder „Moldavit" (deutsch).

Zwischen Dualismus und Polarität...

…..liegen viele Stufen der Erkenntnis. „Divide et impera" – trenne und herrsche, zieht sich als Motto durch die gesamte bekannte Menschheitsgeschichte, und trifft in der abendländischen Überlieferung besonders auf das 14. Jahrhundert zu. Wer in dieser Situation einen Neuanfang in Einheit predigt, ist unerwünscht, da sich an der Teilung und Zerrissenheit viel verdienen lässt. Einheit kann gefährlich sein, wenn sie freiwillig ist und wenn sie konsequenterweise mit Ethik verbunden gelebt wird.

Schisma, Zerrissenheit, Trennung, Abspaltung – Worte und Begriffe, die sich allesamt auf die Gesellschaft im späten Mittelalter anwenden lassen – zumindest auf die europäische Gesellschaft und christliche Glaubensgemeinschaft. Das Abendländische Schisma bestimmt den Ausklang des 14. und den Beginn des 15.Jahrhundert. Vierzig lange Jahre, ein Menschenleben. Jan Hus ist ein sieben- oder achtjähriges Kind, als 1378 diese Kirchenspaltung mit einer Papstwahl beginnt. Hus wächst mit dieser schizophrenen Haltung der Kirchenführung auf, und mit dem Unvermögen der Führungsschicht, die innere Zerrissenheit zu beenden.

Rom, Avignon, Konstantinopel
Abendländisches und Morgenländisches Schisma

In einer Kirche mit zwei Päpsten entstehen zwei höfische Mittelpunkte geistlicher Obrigkeit, einer in Rom einer in Avignon. Es entstehen zwei Kardinalskollegien, die jeweils nach dem Tod eines Papstes dessen Nachfolger wählen und so das Schisma verlängern.

Nicht zu vergessen ist die weitaus folgenreichere, frühere Spaltung der christlichen Kirche im Jahre 1054, als sich die Christenheit in eine Lateinische Kirche des Westens mit Rom als Mittelpunkt, und eine Griechisch-Orthodoxe Kirche des Ostens mit Konstantinopel als Mittelpunkt, aufteilte. Nach vorangegangener, langer Entfremdung zwischen Rom und Konstantinopel kam es zum Eklat in der Kirchenführung. Kurioserweise wurde der endgültige Bruch erst im 18. Jahrhundert besiegelt und erst 1965 fanden eine Annäherung und die zeremonielle Lösung des gegenseitigen Banns statt.

Dieses Morgenländische Schisma, lag zu Hus Lebzeiten gute dreihundert Jahre in der Vergangenheit. Wie lange fühlte sich dieser Zeitraum im Bewusstsein der spätmittelalterlichen Menschen an? Hatte es für sie überhaupt eine Bedeutung? Dazwischen lagen Jahrhunderte der Kreuzzüge und der Verfolgung aller Menschen, welche Änderungen und Reformen forderten und dabei als Abtrünnige oder Ketzer gebrandmarkt wurden.

Krise, Kritik und Kirche

Soziale und wirtschaftliche Krisen, Krisen des Glaubens und der allgemeinen ethischen Werte erschütterten das späte Mittelalter. Zweifel an der Rechtmässigkeit von erzwungenen Ordnungen, Zweifel an vielem, was früher als gottgegeben galt, riefen umfangreiche Kritik der Zeitgenossen an ihrer Gesellschaft hervor. Kritik wurde ebenfalls laut an jenen Mächten, welche diese Gesellschaft ordnen sollten und ihr ein solides Gerüst aus moralischen und ethischen Gesetzen verleihen sollten – den Kirchen. Kritik wurde laut sowohl am weltlichen als auch am geistlichen Herrschertum. Nach den Umwälzungen der Pestjahre in der Mitte des 14. Jahrhunderts konnte der überbordende Egoismus und die Gier nach Macht und Mitteln der herrschenden Klassen weder übersehen noch mit Schweigen übergangen werden. Es lag auf der Hand, dass Zeitgenossen, die sich um ein ehrliches Glaubensleben bemühten, und die sich eine verantwortungsvolle Anleitung durch Theologieexperten, Priesterschaft und Bischöfe wünschten, an dieser Spaltung entweder verzweifeln oder lautstark Reformen fordern mussten. Diese ethisch denkenden Zeitgenossen – und Hus gehörte dazu – wurden manchmal von ihren Landesfürsten unterstützt, doch die weltlichen Machthaber nutzten die Energien ihrer reformwilligen Untertanen aus anderen Gründen: Es ging um Machtkampf - Fürstenmacht gegen Kirchenmacht.

Endlich, nach mehr als dreissig Jahren, wurden auch die Mächtigen der Kirche der unproduktiven Situation müde, und man berief im Jahre 1409 ein Konzil nach Pisa, das dem Spuk der Kirchenspaltung ein Ende bereiten sollte. Wohlgemerkt, gegen den Willen der beiden amtierenden Päpste! Doch es sollte noch bis 1417 dauern, bis eine Einigung erzielt wurde. Eine zähneknirschende Einigung und auf Kosten der tschechischen Länder und deren Bevölkerung. Eine Einigung, die eine Tragödie von europäischem Ausmass hinter sich liess. Die Urheber dieser Tragödie werden gegenwärtig, im zweiten Jahrzehnt des 21. Jahrhunderts, auf einmal als fähige und talentierte Realpolitiker hochgelobt. Ein Zeichen der Zeit? Oder Zeichen aus einer vergangenen Zeit, die der gegenwärtigen als Bespiel und Entschuldigung dient?

Rom und Avignon zeigen mit dem Finger auf Prag

Inmitten dieser Umwälzung steht der Prager Universitätsmagister, Denker, begabter Pädagoge und Geistlicher, Jan Hus. Seine Aussagen – mündliche und schriftliche – bilden einen Brennpunkt der damaligen Stimmungsströmungen, Meinungen, Wünsche und Forderungen nach einer wieder gesundeten Welt.

Schauen wir ein wenig zurück, in die Jahre um die Mitte des 14. Jahrhunderts. Die Welt im tschechischen Königreich war gesund damals, zur Zeit Kaiser Karls IV. Als sich das übrige Europa in den Klauen der Grossen Pest wand, blieben Prag und seine Umgebung praktisch frei von der Krankheit. Erst nach dem Tod Karls, und beim Herrschaftsantritt seines Sohnes als tschechischer König Wenzel (Václav) IV. im Jahre 1376, brach im Land eine Seuche aus. Ein Omen für die damaligen Menschen? Gewiss. Nur zwei Jahre später erfolgte der Riss durch die römisch-katholische Kirche, dem Wenzel IV. nichts entgegen zu setzen hatte. Wenzel verfügte nicht über die Autorität seines Vaters, um entscheidend eingreifen zu können. Wenzel kämpfte seinen eigenen Kampf gegen aufmüpfige Erzbischöfe, die Prag und das reiche tschechische Land als sprudelnde Quelle ihres Einkommens betrachteten.

Der tschechische König Wenzel IV. ist eine tragische Person in eigener Weise. Wenzel erweckt den Eindruck, als wäre auch er innerlich zerrissen – ein Spiegel seiner Zeit – als wäre er sich des Zwiespalts zwischen seiner Erkenntnis der Lage und der Erkenntnis seiner Unfähigkeit jene Lage zu ändern, sehr wohl bewusst gewesen. Wenzel scheint einer jener gegensatzreichen Menschen zu sein, die sich ihrer Schwächen bewusst sind und dies als schmerzlich empfinden. Alleine können sie gar nichts dagegen tun. Wenzel war intelligent, gebildet, mit Gespür für Ironie und leise Zwischentöne. Feinnervig verfügte er über ein instinktives Gespür für Menschen. Er ahnte, wer ihm freundlich oder feindlich gesinnt war. Die Tragödie bestand darin, dass er sein Gespür nicht immer in Taten umwandeln konnte. Dazu war er zu ungeduldig, es mangelte ihm an innerer Disziplin und er mag eine kurze Aufmerksamkeitsspanne gehabt haben. Er war sich jedoch seiner hohen hierarchischen Position sehr wohl bewusst, und in einer kindlich anmutenden Denkweise, verlangte er Gehorsam aufgrund seines königlichen Machtwortes. Sein „Ich, der König, will es" galt mehr als politische Abwägung. Es heisst, dass König Wenzel die laute und gesellschaftlich anspruchsvolle Umgebung seines Hofes oft unerträglich fand. Er war seinen inneren Eindrücken und Emotionen ausgeliefert und er litt darunter, deshalb zog er sich immer wieder in die Einsamkeit zurück. In den Jagdschlössern und Burgen inmitten tiefer, tschechischer Wälder fühlte er sich wohl und ganz. Die beruhigende Natur hatte einen wohltätigen Einfluss auf die empfindliche Psyche des Königs. Nach solchen Aufenthalten folgten oft Perioden konstruktiver Herrschertätigkeit. Doch nach diesen kamen unweigerlich Zeiten in denen er müde, traurig und gleichgültig wurde. Anzeichen einer manischen Depression, eines Borderline-Syndroms? Oder einfach die Folgen der ständigen psychischen Überforderung? Vielleicht waren dies auch Nachwirkungen ganz anderer Ursachen oder Ereignisse. Es heisst, dass mindestens drei Giftanschläge auf den König verübt wurden. Es heisst weiterhin, dass sein Halbbruder Sigismund von den Attentaten zumindest Kenntnis hatte. Wenzel selbst führte seinen hohen Weinkonsum auf die Folgen der Giftmordversuche zurück. Der Wein sollte die von Zeit zu Zeit auftretenden und unerträglichen Schmerzen gemildert haben.

Über die Persönlichkeit Wenzels IV. von Luxemburg ist viel geschrieben worden. Das Beste hierzu ist sicher immer noch die Biographie von 1986 des tschechischen Historikers Jiří Spěváček, „Václav IV.". Das Werk ist äusserst umfangreich dokumentiert, der Autor zeigt detailreich die Verbindungen der Epoche auf. Es war das erste, dermassen ergiebige und objektive Werk zum Leben eines Mannes, der nie aus dem Schatten seines mächtigen Vaters treten konnte – nicht einmal für Historiker. Doch bot dieser König, der als ein „schwacher Herrscher" in die Geschichte einging, die entscheidende Unterstützung der Universität Prag und deren Magister Jan Hus. Es war Wenzel, der die politische Wichtigkeit der Universität für „sein" tschechisches Königreich richtig erkannte und aus diesem Grund die Prager Intellektuellen unterstützte.

Wenzels Halbbruder Sigismund, der später die entscheidende Rolle beim Konstanzer Konzil spielen sollte, hätte Hus und seinen Reformfreunden niemals auch nur die Gelegenheit zu ihren Äusserungen gegeben. Doch die Geschichtsschreibung kennt keinen Konjunktiv, und es ist Wenzel, der im Gedächtnis der Tschechen als der zwar impulsive aber volksnahe Herrscher weiter lebt – und es war Sigismund, den man mit dem unehrenhaften Titel „falscher Fuchs" bedachte.

Sophia – Weisheit und königliche Güte

Eine Gestalt, die wahrhaftig bemüht war ihre Unterstützung der Reformbewegung zu bieten, war die Wittelsbacherin Sophie von Bayern, die zweite Ehefrau König Wenzels. Sophies Person verschwindet ein wenig im Tumult der damaligen Geschehnisse, obwohl sie durch ihre eigenen Briefe und durch Zusätze auf den Briefen ihres Gemahls an den Papst, offen und mutig Stellung für Jan Hus bezog. Ein schwankender Boden, den die Königin Sophie da betrat, denn sehr schnell hätte auch sie derselben ketzerischen Gedanken angeklagt werden können. Ihre Nähe zu Hus hätte ihr zum Verhängnis werden können, denn eine kinderlose Königin war nach Begriffen der Staatsräson unnütz. Eine kinderlose Königin konnte man schnell und einfach loswerden. Doch nichts dergleichen geschah. Waren die mächtigen Männer so sehr mit sich selbst beschäftigt? Es gab bereits genug Beispiele für geschiedene, vertriebene, verbannte und sogar ermordete Königinnen. Man weiss, dass die Ehe von Sophie und Wenzel trotz allen politischen Kalküls eine Liebesbeziehung war. Sophie übte ihr Leben lang einen besänftigenden Einfluss auf ihren Ehemann aus.

Es scheint eher, als wäre die freundliche und liebenswürdige Königin nicht wahrgenommen worden, obwohl sie klar, und für alle verständlich, Hus' Partei ergriff. Es ist gesichert, dass sie zwischendurch an seinen

Predigten in der Prager Bethlehemskapelle teilgenommen hatte. Man behauptet auch, dass Sophie bei Jan Hus gebeichtet hätte, doch er hatte niemals das Amt des Beichtvaters der Königin inne. Hier könnte man vielleicht „beichten" im Sinne eines tiefgründigen Gesprächs verstehen – wir wissen es nicht. Mit Sicherheit ist aber bekannt, dass Königin Sophie die Schriften des Magisters Hus aufmerksam las. Sie war gewiss eine geistig gefestigte und charakterstarke Persönlichkeit mit Tiefgang, die ihre Verpflichtungen ernst nahm. Sie war niemals an irgendwelchen Hofintrigen beteiligt, sie war nie in Verschwörungen oder Kabalen gegen ihren Ehemann, König Wenzel, verwickelt. Sophie war sowohl ihrem Amt als Königin als auch ihrem Mann als Ehefrau unerschütterlich treu. Das Volk liebte seine Herrin, die sich mit allen ihr zur Verfügung stehenden Mitteln um Einheit bemühte. Trotz all dem bleibt ihre Person ungewöhnlich blass. Königin Sophie bot den Anhängern des Magisters Hus jede erdenkliche Hilfe – bis auch sie, nach Hus' Hinrichtung vom Blitzstrahl des päpstlichen Zorns getroffen wurde. Der neue Papst, Oddo Colonna, der in Konstanz 1417, mehr oder weniger einstimmig, gewählt wurde und der den Papstnamen Martin V. angenommen hatte, rügte Sophies Parteinahme für die Sympathisanten des Hingerichteten, des „ böhmischen Ketzers". Sophie musste sich fügen. Sie war schutzlos. Ihr Ehemann war nur ein Schatten seiner selbst. Er lebte im Abseits, vegetierte in Depression und Apathie, ein ausgelaugtes menschliches Wrack. Das Feld war endlich frei für den Halbbruder Sigismund. Doch Sigismund war nicht beliebt im tschechischen Königreich – man wusste sehr wohl, dass er Hus unter falschen Versprechungen nach Konstanz gelockt hatte. Sigismund war in Prag unwillkommen. So kam es, als Wenzel 1419 endlich Erlösung im Tod fand, dass Sigismund Sophie zur Regentin des Reiches bestimmte. Was nach aussen als eine grosszügige, sogar galante, Tat erscheint, war kalte Berechnung. Sigismund wusste genau, dass Sophie die ausbrechenden Unruhen, und die gefährlich angespannte Lage nicht beruhigen konnte – nicht einmal er, der „listige

Fuchs", konnte das. Prag und das gesamte Land des tschechischen Reichs bis nach Mähren und Schlesien befand sich in Aufruhr. Keine Vernunft, keine Argumente, kein Verhandeln war bei dieser Gefühlslage möglich. Es brachen wüste Revolten aus und eine entfesselte Meute schändete sogar die Leiche des Königs Wenzel. Sophie bot alle ihre Kräfte auf, wurde politisch tätig, bemühte sich redlich um Einigung und um einen Landfrieden. Schliesslich musste sie fliehen, musste sogar den Schwager Sigismund um Asyl bitten. Der Schwager gewährte wiederum grosszügig scheinend Hilfe. Nun war Prag für ihn offen, der tschechische Thron gehörte ihm. Es galt nur noch am Pöbel ein Exempel zu statuieren und sich den Weg zur Kaiserkrönung frei zu bahnen. Er ahnte nicht, dass noch so viele und so mühsame Jahre zu seiner Kaiserkrönung 1433 vergehen würden. Danach waren ihm nur noch vier Lebensjahre beschieden....

Als Sigismund Sophie, die glücklose Königinwitwe, nicht mehr benötigte, vergass er ihre Existenz. Nachdem sie bereits am Ende des Jahres 1419 nach Pressburg/Bratislava in Sicherheit geflohen war, versuchte Sigismund seine Schwägerin gewinnbringend zu verschachern, indem er sie dem Polenkönig Wladyslaw II. Jagiello als Ehefrau anbot. Die Pläne scheiterten – wohl an Sophies Widerstand. Was folgte, waren für Sophie erniedrigende Bitten an den Schwager Sigismund, ihr endlich zu ihrem Erbe zu verhelfen. Das Erbe und der Witwenbesitz, die einzigen Mittel ihrer Existenz. Sigismund hätte die Mittel gern selbst behalten. Er fand es nicht einmal nötig – als Sophies Schwager und König – ihren letzten Wunsch zu erfüllen und sie nach ihrem Tod 1425 in Prag beisetzen zu lassen. So wurde sie schliesslich in einer Seitenkapelle der Martinskathedrale von Pressburg/Bratislava in der heutigen Slowakei zur letzten Ruhe gelegt – weitab von Prag, das sie so sehr lieben gelernt hatte.

Macht der Gewalt – Macht des Geistes – Macht der Dynastien

Der Abgrund zwischen dem Charakter des Universitätsmagisters Hus und jenem des Territorialherrn Sigismund von Luxemburg, könnte nicht tiefer klaffen. Hier der Lehrer, dem die Entwicklung seiner Schüler und Zuhörer am Herzen lag, dort der kalt effiziente Machtmensch, der zwar in der Lage war seinen Charme zu nutzen – doch nur wenn der Nutzen ihm selbst galt. Die Herrscherdynastie der Luxemburger als Könige, tschechische, römisch-deutsche Könige und ungarische Könige, aber auch als römisch-deutsche Kaiser, ging mit Sigismund zu Ende. Mit Kaiser Karl IV. hatte die Familie den Höhepunkt ihres Aufstiegs und Glanzes erreicht. Mit dem tschechischen Königreich hatte Karl seinen Musterstaat verwirklicht – sein Sohn Wenzel war nicht in der Lage diesen Musterstaat aufrechtzuerhalten, und sein Sohn Sigismund war nur an Einnahmen interessiert, die dieser Staat generieren konnte. Das letzte, schwache Aufleuchten, der Abschied der Luxemburger von der Weltbühne fand mit Sigismunds Enkel statt. Ladislaus, mit dem Beinamen „Posthumus", da er kurz nach dem Tod seines Vaters geboren wurde – war ein unerfahrener Jüngling, der mit siebzehn Jahren an einer unerklärlichen Krankheit starb, war der letzte Abkömmling Luxemburgs auf dem tschechischen Thron. Ladislaus, Sohn von Sigismunds Tochter Elisabeth und ihres habsburgischen Ehemannes – ein Spielball der Gewalten, ein lästiges Hindernis auf dem Weg zur Macht des aufstrebenden, hungrigen Clans derer von Habsburg.

Habsburg versus Luxemburg. Dabei waren die Luxemburger einst ebenso hungrig und voller Tatendrang gewesen. Die ehemaligen Herren von „Lützelburg oder Letzeburg" träumten von höheren Weihen und grösserem Einflussbereich als jenem, der sich ihnen mit dem kleinen Lehen zwischen deutschen, flämisch/niederländischen und französischen Sprachgruppen bot. „Lützel" bedeutet „klein". Klein war das ehemalige Lehen damals, klein ist das heutige „Gross-Herzogtum" immer noch. Man macht keine Machtkarriere als „Herren der kleinen Burg", auch wenn es eine Wehrburg, eine „Letzeburg" gewesen sein mag. Es musste Glanz her, das am Horizont aufgehende Licht einer künftigen Dynastie von Königen und Kaisern – Herrschern über die christliche Welt! Das Licht erstrahlte von den Wehrmauern der Lützelburg – Licht, Lux ex tenebris ... Der wegweisende Leuchtturm für alle Völker der Christenheit... Der Mythos war geboren.

Entzweiende Gegenpole

Menschen, die sich im gespaltenen 14. Jahrhundert um die Wiederherstellung der Einheit bemühten, wurden von der zerrissenen Gesellschaft bitter benötigt. Jegliche Einheit war in Gefahr. Einheit des Kaiserreiches, Einheit der Königreiche, Einheit der römisch-katholischen Kirche, Einheit des Lebens, Einheit des Glaubens. Die europäische Welt war gespalten. Zum Schisma der geistlichen Führung kam die Spaltung der weltlichen Mächte. Nach dem Tod Karls IV. gab es keine vereinigende kaiserliche Führung mehr. Derjenige, der sich für den Kaiserthron hätte bewerben müssen, derjenige, der dazu von Karl ausersehen war – sein Sohn Wenzel – zeigte keine Lust sich der Wahl zu stellen. Keine Lust auf das Weben des politischen Spinnennetzes, in dem sich Fürsten, Bischöfe und deren Parteigänger zu Gunsten Wenzels IV. verfangen liessen – sofern der Köder innerhalb des Netzes genug verführerisch schien. Doch Wenzel hatte kein Interesse am Kaisertum, in den tschechischen Ländern herrschte er schwankend im Gemüt und rivalisiert von seinem Halbbruder, Sigismund.

In anderen europäischen Ländern sah die Lage ebenfalls bedenklich aus. Frankreich hatte einen psychisch kranken König und wurde an seiner statt von zwei Männern beherrscht, die sich selbst erbitterte Rivalen waren. Ausserdem befand sich Frankreich seit 1337 mit England im

Krieg, welcher erst nach hundert Jahren beendet sein würde, und der ein weiteres Opfer auf einem brennenden Scheiterhaufen fordern würde: Jeanne d'Arc. Dazu befand sich England, gemeinsam mit dem verbündeten Portugal, im Krieg gegen Spanien. England, selbst von inneren Kämpfen zerrissen, hoffte, nach einen Sieg über die Spanier auch über das verbündete Portugal herrschen zu können – den Verbündeten also zuerst benutzen und dann regieren wollen, keine sehr Gentleman-like Strategie. In Portugal verlief derweil ein Bürgerkrieg zwischen den Anhängern des als schwach geltenden Königs und den Anhängern einer Reformpartei. Auf der spanischen Halbinsel war man währenddessen bemüht die Araber zu verjagen, was die jeweiligen Könige von Kastilien, Aragon und Navarra nicht davon abhielt untereinander zerstritten zu sein. Im Norden und Osten Europas ging es ähnlich zu: Polen schielte nach Frankreich, der Herzog Louis d'Orléans wäre gerne polnischer König geworden, denn seine Chancen in Frankreich standen schlecht. Durch die Heirat mit der Tochter des ungarisch-polnischen Königs hätte das möglich werden sollen, doch die Braut starb plötzlich mit siebzehn Jahren, und Louis wandte sich nach Mailand, um Valentina Visconti ins Haus zu holen, mit der er zwar keine Königskrone jedoch ein äusserst benötigtes Vermögen erhielt. ….und aller Augen schielten einmal nach Rom und einmal nach Avignon.

Es scheint als herrschten überall zwei sich bekriegende Lager oder zwei verfeindete Parteien. Die Gegenpole kämpften gegeneinander sowohl auf der weltlichen als auch auf der geistlichen Seite der Macht. Ganz besonders innerhalb der Gotteslehre offenbarten sich im 14. Jahrhundert zwei sich widersprechende Strömungen, die unserem heutigen Verständnis sehr fremd sind. Den Streit um die sogenannten „Realien", die „Universalien" oder den Zwist um die „Transsubstantiation", können wir heute nur bedingt nachvollziehen. Bei der „Transsubstantiation" ging es um das Altarsakrament, d.h. um die Wesenswandlung des Brotes und Weins in den tatsächlichen Leib und das tatsächliche Blut Christi während der Wandlungszeremonie der heiligen Messe. Diese Auffassung wurde bereits von den Kirchenvätern im 4. Jahrhundert formuliert, im 12. Jahrhundert wurde der lateinische Fachbegriff „transsubstantatio" definiert und an Begriff und Lehre wurde seither nicht gerüttelt, obwohl der Diskussionen viele waren. Noch in den sechziger Jahren des 20. Jahrhunderts bestätigte Papst Paul VI. sogar zweimal diese Lehre – und Benedikt XVI., „Papst Ratzinger". fühlte sich bemüssigt noch 2010 die Entscheidung seiner Vorgänger ein weiteres Mal zu untermauern. Nun hatte es aber im Lauf der Jahrhunderte immer wieder Menschen gegeben, welche diese Wandlung des Brotes und Weins im Messopfer als Symbole erklärten. Über die Gründe dazu kann man nur rätseln – vielleicht fanden sie die Vorstellung, Körper und Blut zu verspeisen als abstossend und kannibalisch und sahen darin lediglich das Gleichnis. Auf alle Fälle wurden konsequent alle, die das Dogma von der tatsächlichen Wandlung ablehnten, als Ketzer verurteilt.

Es war John Wycleff gewesen, der Oxforder Theologe, Gelehrte und Vielschreiber, welcher durch einen lebenslangen gedanklichen Prozess hindurch gegangen war und schliesslich Ansichten veröffentlichte, die im völligen Gegensatz zur festgesetzten kirchlichen Lehrmeinung standen. Wycleff wurde deshalb auch als Ketzer verurteilt, seine Traktate wurden am 17. Mai 1382 in Bausch und Bogen verworfen. Nicht einmal die Protektion des mächtigen John of Gaunt, Herzog von Lancaster, konnte Wycleff retten. John of Gaunt hatte den Oxforder Gelehrten unterstützt, da er ihn als Instrument seiner eigenen, antipäpstlichen Politik einsetzte – der theologische Inhalt war dabei für John of Gaunt ohne grosse Bedeutung. Nach dem Urteil hatte sich John Wycleff mit einer flammenden Gegendarstellung zur Wehr gesetzt, doch er musste Oxford verlassen, für die Universität war er untragbar geworden. Allerdings war er nicht so untragbar, dass man ein härteres Exempel hätte statuieren wollen. Wycleff durfte sich, unbehelligt und unverfolgt, nach

Lutterworth zurückziehen, wo er sich weitere zwei Jahre einer reichen literarischen Tätigkeit widmete, bevor er 1384 im Lutterworther Pfarrhaus starb. In jenem Jahr vollendete Jan Hus im fernen, tschechischen Königreich sein wahrscheinlich dreizehntes Lebensjahr. – Es mag oft erhellend wirken, wenn man sich die jeweiligen Altersabschnitte bekannter historischer Persönlichkeiten und ihre Einbindung in die Zeit vergegenwärtigt. Auch Altersunterschiede mehrerer Personen, Generationenwechsel und vor allem individuelle Entwicklungsstufen müssen berücksichtigt werden, will man ein möglichst genaues Bild erhalten. Gerade die Person von John Wycleff ist ein gutes Beispiel an persönlicher und individueller Entwicklung im Denken und Handeln. Mit seinen ersten Schriften war Wycleff zuallererst als christlicher Mystiker aufgetreten, felsenfest überzeugt, dass nur gnadenvoll gewährte mystische Erkenntnis die Offenbarung göttlicher Wahrheit ermöglicht. Doch im Verlauf seines Lebens, und nach vielem Hinterfragen seiner aufgeschriebenen Meinung, kam er zu völlig gegensätzlichem Schlüssen. Wycleff hatte auch Übersetzungen der Bibel ins Englische angefertigt. Dabei betrat er einen philosophisch-spekulativen Weg, der ihn schliesslich zu Rückschlüssen führte, welche aus römisch-katholischer Kirchensicht als ketzerisch zu verdammen waren.

Unversöhnlicher Parteiengeist

Die Stadt Prag war gespalten in zwei Sprachgruppen und in die Parteien des Königs und des Erzbischofs. Diese Zerrissenheit setzte sich fort sowohl am Hof als auch an der Universität. Dazu kam, dass man sich auch noch in Anhängerschaft des römischen oder des avignonesischen Papstes aufteilte. Ein tiefer Graben trennte ebenfalls das Volk von seinen Geistlichen, die das Volk anleiten und lehren sollten, dazu jedoch meist nicht imstande waren. Als nach dem Regierungsantritt Wenzels

IV., zu Beginn des letzten Viertels des 14. Jahrhunderts Seuchen im Land auftraten, wurde dies als schlechtes Zeichen bewertet und als trauriges Ende einer goldenen Ära unter Wenzels Vater, Karl IV. Viele Menschen fielen den Krankheiten zum Opfer. Nicht nur das Volk, auch Adlige und der Klerus starben. Als die Seuchen verebbten, herrschte ein Mangel an Geistlichen und es mussten schnell neue Priester her. Doch woher hätten sie kommen sollen bei einem besorgniserregenden Stand der Unterbevölkerung? Man war daher nicht wählerisch und nahm, was sich bot. Man weihte reihenweise neue Priester, ohne sie auszubilden. Dabei wurden auch Männer aus den untersten Gesellschaftsschichten geweiht, die weder Bildung noch Sprachkenntnisse noch Manieren besassen. Man erteilte ihnen schnell Weihen, Ämter und Insignien und liess sie auf die Leute los. Es blieb keine Zeit für Studium und Ausbildung – Gott musste selber zusehen, wie er seine Vertreter auf Erden inspirierte und lenkte. Das „Priesterproletariat" war entstanden. Als 1403 Zbyněk Zajíc von Hasenburg ins Amt des Erzbischofs von Prag befördert wurde, war er 27 Jahre alt. Restlos überfordert, wurde er von seiner ehrgeizigen Familie in eine Position gehievt, wo er sich nur durch kopflosen Trotz auszeichnete. Ursprünglich war Zbyněk ein Höfling Wenzels IV. gewesen. Er war auch an militärischen Zügen gegen Bayern beteiligt gewesen, bei denen er sicher mehr Spass herausholte als aus seinen geistlichen Ämtern. Nicht einmal zur Marionette in Händen weit skrupelloserer Politiker taugte er, da er ständig die Seiten wechselte. Eine Weile hatte Zbyněk Jan Hus unterstützt, war ihm freundlich gesinnt – vielleicht hatte er instinktiv die natürliche Autorität des älteren Magisters erkannt, er war jedoch nicht imstande irgendwelche Lehren daraus zu ziehen. Mit jedermann zerstrittenen, schleuderte er seinen erzbischöflichen Bannstrahl gegen alle, die nicht seiner Meinung waren. Als er zuletzt die Bücher von John Wycleff und Jan Hus öffentlich verbrennen liess, dichteten die Prager Spottlieder, liessen die Texte in der ganzen Stadt kursieren und nannten ihren Erzbischof „Abeceda", darauf hinweisend, dass er keine Ahnung hatte, was in jenen Schriften stand, die er wütend ins Feuer werfen liess. Nach und nach eskalierte der Streit, den Zbyněk mit König Wenzel begonnen hatte und schliesslich floh der Bischof Abeceda in Panik aus der Stadt in Richtung Ungarn, wo er sich von Sigismund Hilfe erhoffte. Es gab keine Hilfe mehr für den kopflosen „Erzbischof", den man im Nachhinein nur noch als „dummen Jungen" betiteln kann. Auf der Flucht nach Ungarn erkrankte Zbyněk und starb 1411 im slowakischen, damals ober-ungarischen, Pressburg/Bratislava.

Die Spottverse und Lieder fanden schnell den Weg aus Prag hinaus aufs Land. Freiwillige kopierten sie von Hand und verteilten die Zettel unter die Leute. Hier schien eine Handlung des Widerstands zu beginnen, der sich während aller nachfolgenden Epochen der Verbote und Unterdrückung durchsetzte, und der vor allem in der kommunistischen Ära seinen Höhepunkt erreichte. „Samizdat", das russische Wort für Selbstverlag oder Eigenauflage, fand in den von Kommunisten beherrschten Ländern des ehemaligen Ostblocks rasche Verbreitung. In „Samizdat" schrieb man nächtelang von Hand oder mit der Schreibmaschine Bücher, Gedichte, Liedtexte oder Aufsätze ab – alles nichtkonforme, verbotene, und politisch unkorrekte Texte, die unter der Hand reissenden Absatz fanden. Was mit den tschechischen Spottversen des 14. Jahrhunderts begann, setzte sich fort in der Zeit der jesuitischen Gegenreformation, als der Besitz protestantischer Texte strafbar war. Diese Untergrundtätigkeit wurde wieder aufgenommen in der Zeit der Spitzelära des österreichischen Ministers Alexander von Bach im 19. Jahrhundert, als sich Anhänger tschechischer Patriotenkreise mitunter durch Briefe verständigten, die sie auf Tschechisch doch mit den Buchstaben des russischen Alphabets geschrieben hatten, um die Schnüffelei der österreichischen Behörden wenigstens ein bisschen zu erschweren. Bis zur Wende im Jahr 1989 kannte der tschechische Erfindungsgeist keine Grenzen, wie man sich trotz Verbote, Schikanen und Strafandrohungen miteinander verständigen und austauschen konnte.

Adlerflug

Im Jahre 1417 unterlagen die Konzilherren zu Konstanz der Illusion, mit der Papstwahl des Kardinals Colonna die europäische Spaltung wieder gekittet zu haben. Doch die Zerrissenheit einer ganzen Epoche, gipfelte in einem anderen und eigentlich unscheinbaren Ereignis, lange nach dem Ende der vier Jahre währenden Konstanzer Party. Als Sigismund von Luxemburg im Jahre 1433 nach langem Hin und Her endlich zum Kaiser des römisch-deutschen Reiches gewählt und gekrönt wurde, änderte er kurzerhand das bisher geltende Staatssymbol. Der einstig stolze, schwarze Adler auf goldenem Grund erhielt plötzlich per Dekret zwei Köpfe. Die Zerrissenheit, das Gespaltensein, erhielt auf einmal ein äusseres Sinnbild und eine staatliche Beglaubigung. Was hatte Sigismund zu dieser Änderung bewogen? Darüber lässt sich nur spekulieren. Der Flug des Adlers mit zwei Köpfen begann im Babylonischen Reich des 23. Jahrhunderts vor Christus. Danach liess sich der leicht schizophrene Vogel an manchen Orten des alten Orients nieder. Schliesslich wurde er im Byzantinischen Reich christlich, nur um sich später mit dem Islam anzufreunden und in Stein gehauen türkische Moscheenwände des Osmanischen Reiches zu zieren. Nicht nur dort landete er, sondern auch auf heraldischen Zeichen türkischer Städte. Gleichzeitig trat er seinen Siegesflug über ganz Europa an: Ländersymbole, Stadtwappen, heraldische Zeichen von Adelsfamilien, Sinnbild von Freimaurergemeinschaften, insbesondere des „Alten und Angenommenen Schottischen Ritus" als Abzeichen des 33. Grades – überall baute sich der zweiköpfige Adler seine Horste. [Um eventuellen Vorwürfen in Bezug auf „Verschwörungstheorien" vorzubeugen - hier die Quelle, die auch im Internet für alle einsehbar ist: *Internationales*

Freimaurer-Lexikon; Eugen Lennhoff / Oskar Posner (1932)] Machtanspruch auf West und Ost, sollte das janusköpfige Wappentier symbolisieren – das scheint bestens zu einer Politik zu passen, die Sigismund mit seiner Kaiserkrönung übernahm, und welche von den ihm anverwandten Habsburgern so erfolgreich fortgesetzt wurde. Machtanspruch auf West und Ost – bis Kaiser Karl V. ein Weltreich beherrschte „in dem die Sonne nie unterging".

Doch schon Karl V. von Habsburg, Sohn einer bemitleidenswerten, an wirklicher und quälender Schizophrenie leidenden Mutter, musste sein Weltreich aufteilen und die „Weltherrschaft" aufgeben. Seine beiden Söhne, und deren Nachfolger, herrschten fortan über eine spanische und eine österreichische Hälfte – wahrhaftig verbunden mit der schwerwiegenden Symbolik eines Adlers mit gespaltener Persönlichkeit. Sinnbilder des Grauens? Geheimsymbole oder Arkana verborgen hinter unverständlichen Verschlüsselungen einer abwegigen Pseudoalchemie? Oder alles nur abergläubischer Hokuspokus? Man mag darüber geteilten Sinnes sein – nach dem Beispiel des zweiköpfigen Adlers – doch darüber nachzudenken lohnt sich.

Weibliche Kraft und Löwenstärke

Nun sind aber die Adler in der tschechischen Heraldik seit je her weiblich. Die Wappentiere Mährens und Schlesiens sind „Adlerinnen", auch im heutigen Sprachgebrauch: Orel – Adler / Orlice – Adlerin. Der Kopf dieser Vogeldamen sitzt allein und solide auf dem Körper. Viele Inhalte bieten sich hier zum Nachdenken an. Wurden diese Wappenadlerinnen letztendlich besiegt und beherrscht vom eindeutig männlichen Doppeladler der usurpatorischen Herrscherdynastie der Habsburger, welcher von den Luxemburgern, einer ebenfalls landesfremden Dynastie, der Weg zur Macht gebahnt wurde? ..... und mittendrin der tschechische Löwe, der mit seinem gespaltenen Doppelschwanz anzeigt, dass auch er seine mährische Herkunft verleugnet und verdrängt?

Im Mittelalter flatterte die Adlerin hin und her zwischen Ost und West, d.h. zwischen dem Land der Mährer im Osten und dem der Tschechen im Westen. Schliesslich führte sie eine Weile ein friedliches Zusammenleben mit dem – damals noch einschwänzigen – Löwen, den der ehrgeizige Přemysl Otakar I. im Wappen führte. Doch kaum König geworden (gekrönt 1203), änderte Přemysl Otakar I. das „Logo" oder „Corporate Design" seines neuen Reiches: Fortan brüllte der silberne Löwe auf dem roten Wappenschild der tschechischen Könige; die mährische Adlerin entschied sich für ein modisches, rot-weiss kariertes Gewand auf blauem Grund, und ihre schlesische Schwester trägt einen silbernen Halbmond zwischen den aufgespannten Flügeln. Ansonsten kann der schlesische Wappenvogel die nahe Verwandtschaft mit dem ehemaligen Adler des römisch-deutschen Reiches nicht verleugnen. Doch dies alles ist eine ganz andere Geschichte – die Geschichte der Machtverschiebung von Ost nach West, von Byzanz nach Rom – vom Grossmährischen Reich, das im 10. Jahrhundert seine Macht, allmählich und nicht ganz freiwillig, an die ehrgeizigen, nach der Königskrone strebenden tschechischen Herzöge mit ihrem „Hausheiligen" Wenzel abgab – , und der Verschiebung von der mährischen, sagenhaften Stadt Veligrad zur der bald schon aufstrebenden Stadt Prag.

Hundert Türme im Sternenglanz

Prag. Die magische, geheimnisumwitterte Stadt. Prag, die „Stadt der hundert Türme", die von der sagenumwobenen slawischen Seherin Libuše in einer Vision angekündigt wurde: „…….eine Stadt, deren Ruhm die Sterne berühren wird…" so lautet die wörtliche Übersetzung. Allerdings – wessen Übersetzung, und von welchem Text? Im Laufe der

Zeit hatte man die mythologische Weissagung immer wieder den geltenden Sprachgewohnheiten angeglichen. War zuerst in einer alten Chronik die Rede von einer Burg gewesen, so hatte sich diese Burg in eine Stadt verwandelt. Das altslawische / alttschechische Wort „Grad" (heute „hrad") ist Burg und Stadt zugleich. Eine Stadt ohne Verteidigungsanlagen, ohne die Wehr einer Burg, machte keinen Sinn – also ist die Gleichsetzung verständlich. Heute beziehen sich die meisten Tschechen, die Libušes angebliche Prophezeiung mit glänzenden Augen zitieren, auf ein Werk der fiktiven Literatur nach Motiven aus Mythologie und Geschichte – das Werk aus einer Zeit, in der die tschechische Nation ihre slawischen Wurzeln suchte und fand. Zumindest schrieb es so der Schriftsteller Alois Jirásek in seinem Buch der „Alten tschechischen Sagen". Aus diesen Motiven schöpfte der Komponist Bedřich Smetana als er der mythischen Fürstin zu Ehren eine Oper schrieb. Die Oper selbst grub sich nicht allzu tief in das Bewusstsein der Nation – doch ihre Ouvertüre mutierte zur untermalenden Musik der Wende von 1989.

Alois Jirásek hatte grossen Erfolg mit seinen Büchern. Sie sind immer noch Pflichtlektüre, und ihre Titel sind schon geistiges Allgemeingut geworden und manchmal geht vergessen, dass es sich um Romantitel handelt und nicht um offizielle Bezeichnungen von geschichtlichen Epochen. Es ist immer noch eine spannende Lektüre, unterhaltsam und gekonnt mit der richtigen Dosis an Fakten und Fantasie in Szene gesetzt. Alois Jirásek war eine Art tschechischer Ken Follet des ausgehenden 19. Jahrhunderts, ein Meister der Dramaturgie und der Spannung erzeugenden offenen Kapitelenden, die den Leser bis zum Schluss bei der Lektüre halten. Jirásek inspiriere sich an allen wichtigen und auch schmerzlichen Themen tschechischer Geschichte: Die alten Legenden, die Hussitischen Kriege, die gewaltsame Wieder-Katholisierung des Landes und die Nationale Wiedererweckung. Er war daneben auch Dramatiker, schrieb Bühnenstücke und gilt als der Begründer des tschechischen, historisch realistischen Romans. Jirásek ist mit vielen anderen seiner Geistesart auch ein Beispiel für den intellektuellen Ehrgeiz eines Bildungsbürgertums, welches in der Lage war ungünstige finanzielle Startbedingungen durch Fleiss und Lernbereitschaft auszugleichen. Der Erfolg gab ihnen Recht. Viele akademische Karrieren begannen damals aus der Armut und dem Willen dieser Armut durch Lernen und Wissen zu entfliehen. Eine solide Ausbildung zum Historiker nach den Massstäben seiner Zeit und ein ungewöhnliches literarisches Talent liessen Alois Jirásek Werke schreiben, die lange Zeit das geschichtliche Bewusstsein der Tschechen beeinflussten. Auf diese Art erweckte der Schriftsteller auch die legendäre slawische Fürstin und Seherin Libuše zum Leben – und mit ihr ihren erwählten Gatten Přemysl, den Pflüger, den sich schon im frühen Mittelalter die tschechischen Herzöge und späteren Könige als Stammvater angeeignet hatten – die Dynastie der „Přemysliden" war entstanden. Fiktion und Fantasie, welche erst dem fürstlichen Machtanspruch als Beweis diente, um tausend Jahre später, im selben Land, das nationale Bewusstseins der Bürger zu festigen. Der Satz mit der Stadt im Sternenglanz ist auch viel zu schön …. Vielleicht hatten sie beide den „Seherblick", der Geschichtslehrer und Autor des 19. Jahrhunderts und die mythische Seherin und Slawenfürstin der Völkerwanderungszeit. Vielleicht hatte Libuše also doch Recht. Vielleicht hatte sie jene Zeit vorausgesehen, als im Prag des 16. Jahrhunderts die beiden Astronomen Tycho Brahe und Johannes Keppler zu Ruhm kamen. Wie auch immer – gegenwärtig berühren nur die Sterne der EU-Flagge die Stadt und das eher ruhmlos.

Zwei Brüder und die Krone des Vaters

Doch zurück nach Prag des 14. Jahrhunderts, der Hauptstadt des Römisch-Deutschen Kaiserreichs seit Kaiser Karl IV. Karl war väterlicherseits ein Luxemburger und mütterlicherseits ein Přemyslide, dazu kam eine grosse Bewunderung für den französischen Hof. Karl hätte jede andere Stadt oder Kaiserpfalz des Reiches wählen können, als er sich entschied mit dem ewigen Umherziehen aufzuhören und sich eine Hauptstadt aufzubauen. Die deutschen Kaiser waren bislang im Reich herum gereist, von Residenz zu Residenz, von Pfalz zu Pfalz, von Reichstag zu Reichstag. Alle – ausser dem Staufer Friedrich II., der sich in Unteritalien, in der Stadt Foggia, eine märchenhafte Stadt nach sizilisch-sarazenischen Vorbildern erbaut hatte, und der das Königreich beider Sizilien zu einen Musterstaat gestaltete, der dem gesamten Reich zur Vorbild dienen sollte. Beschäftigt man sich nun mit Karl IV., so wird man den Eindruck nicht los, dass er mit seinem tschechischen Erbe Ähnliches im Schilde führte.

Es war Prag und das Umland, das ihm als Gebiet am meisten zusagte. Die Stadt Karlsbad ist ebenfalls seine Gründung – und allen voran sein Lieblingsprojekt: Die Burg Karlstein. Auf Karlstein liess Karls Sohn Wenzel IV. die Kronjuwelen, und vor allem die sakrosankte Königskrone, die dem Landespatron, dem Hl. Wenzel geweiht war, aufbewahren, trotz der Bestimmung des Vaters, die sakralen Gegenstände nie aus Prag hinauszuführen. Doch hierbei hatte Wenzel richtig gehandelt. Der Karlstein galt, mit seiner zuverlässigen und gut trainierten Mannschaft, als sicher. Die „Wenzelskrone" umgab seither ein Mythos. Um diese Krone stritten sich ihr Leben lang die beiden Halbbrüder Wenzel und Sigismund. Dreimal liess Sigismund den älteren Wenzel entführen und einkerkern, um selbst die Herrschaft über die tschechischen Länder zu übernehmen und sich anschliessend den Weg ins römisch-deutschen Kaiserreich frei zu bahnen. Zweimal gelang Wenzel die Rückkehr, mit der Unterstützung ihm ergebener und treuer Menschen. Ein drittes Mal war Wenzel bereits zu krank an Körper und Seele, um je wieder Interesse an äusseren Dingen zu zeigen. 1419 starb er qualvoll, wahrscheinlich an den Folgen eines Herzinfarkts. 1420, als die Hussitenkriege ausbrachen, liess Sigismund die Wenzelskrone ausserhalb des Landes bringen – angeblich um sie vor in den Kriegswirren zu schützen. Daraufhin wurde er sofort von den tschechischen Ständen als König für abgesetzt erklärt. Erst 1436, drei Jahre nach seiner Krönung zum Kaiser, rückte Sigismund die tschechische Wenzelskrone wieder heraus und liess sie nach Prag bringen. Dort blieb sie, bis man sie im 17. Jahrhundert nach Wien brachte, damit sie den marodierenden Schweden nicht in die Hände fiel.

Die tschechische Königskrone – die sogenannte Wenzelskrone – war im Auftrag und zur Krönung von Kaiser Karl IV. angefertigt worden und hatte ein bewegtes Schicksal gehabt, genauso bewegt, wie das Land, welches sie repräsentierte. Heutzutage kann man eine Kopie besichtigen. Als eine hochglanzpolierte, absolut faltenfreie Version, ohne auch den kleinsten Kratzer, ist diese Kopie mit Steinen besetzt, die in sattem Blau und Rot einen kitschigen Eindruck erwecken. Man wird bei der Betrachtung dieser Krone das Gefühl nicht los, dass diese Königsinsignie eher auf das hübsche Köpfchen des unvergesslichen „Aschenputtels" aus dem Fernseh-Märchen passt, als die unruhige und oft tragische Geschichte ihres Landes zu repräsentieren – aber eben, es ist nur eine Kopie... Die ursprüngliche Krone konnte in einer besonderen Ausstellung der Prager Burg in Jahr 2008 besichtigt werden. Besucher nahmen bis zu vierstündige, anstrengende Wartezeiten in Kauf, um die Gelegenheit nicht zu verpassen, ein einziges Mal diese besondere Königskrone zu sehen. Nur einige Minuten lang dem Sinnbild der vergangenen Glorie zu nachzuspüren, die immer noch mit dem Namen Karls IV. verbunden ist. Symbole können manchmal eine Wirkung entfalten, die Jahrhunderte überdauert...

Der Fischerkönig

Die Rede ist hier nicht vom Fischerkönig aus den Artus-Sagen, den der Ritter Parzival auf seiner Suche nach der Gralsburg trifft. Der Fischerkönig der Grals-Erzählungen ist verwundet und handlungsunfähig. Dagegen sehr energisch, willig und befähigt zum Handeln war jener Mann, der als Jiří von Kunštát und Poděbrady in die Geschichte einging – Georg von Podiëbrady.

Ein Mann der Tat, ein lösungsorientierter Praktiker mit Weitsicht und dem Mut eines Menschen, der weiss, dass seine Vorschläge Ordnung und Gewinn für alle brächten – wenn diese „alle" nur ein bisschen weniger egoistisch wären. Georg war alles andere als ein Träumer. Unter seiner Regierung erreichte ein zuvor von Kriegen zerrüttetes Land einen wirtschaftlichen Aufschwung, wie seit den Tagen Karls IV. nicht mehr. Eine Bemerkung über seine Person in der deutschsprachigen Wikipedia-Publikation kann jedoch durchaus ein tschechisches Kopfschütteln auslösen: *„……die Position Georgs (war) von vornherein nicht haltbar. Dennoch wird er von den Tschechen als identitätsstiftende Figur verehrt; …"* Das unscheinbare Wörtchen „dennoch" stört hier ungemein. Was der Autor des Wikipedia-Eintrags wohl nie verstehen wird, ist eben dieses „dennoch". Georg war eigentlich ein Gegenkönig, doch trotz aller gekünstelter Erbansprüche und juristischer Haarspaltereien, im Bewusstsein der Tschechen wird er immer der rechtmässige, tschechische König des tschechischen Königreiches bleiben. Leider auch der letzte. Mit Georgs Wahl sollte ein Schlussstrich gezogen werden unter die Zeit der Kriege und Wirren. Mit Georgs Wahl sollte ein goldenes Zeitalter unter einem erneuerten und wahrhaft christlichen Glauben beginnen. Mit Georgs Wahl sollten die tschechischen Länder wieder zu einem selbständigen Königreich werden. Bodenständig, und endlich in Ruhe gelassen, von allen machthungrigen Hyänen. Georg hatte sich entschlossen und überzeugt zur Lehre der Hussiten bekannt, war „Kalixtiner" – ein Mann des Kelchs – geworden. War die Feindschaft des damaligen Papstes, Pius II. Piccolomini gegenüber Georg schon vorher gross gewesen, so steigerte sie sich noch als 1462 Pius II. die Vereinbarungen der Kompaktaten einseitig abzuschaffen versuchte, was Georg noch abwehren konnte. Er konnte allerdings nicht die theoretische Verdammung der Kompaktaten seitens Pius II. und dessen Nachfolgers Pauls II. abwehren. Ebenfalls machtlos war er gegenüber der Exkommunizierung, die Paul II. über ihn gesprochen hatte. Doch das erschütterte Georg und seine Anhänger keineswegs.

Georg versuchte zu erhalten, zu festigen und auszubauen. Er war es, der das Land vor Hungersnöten bewahrte, indem er grosse Fischzuchtanlagen bauen liess. Er erkannte, dass sich das Land dazu sehr gut eignete, obwohl ihm die späteren wissenschaftlichen Grundlagen und technischen Hilfsmittel fehlten, mit deren Hilfe die geographische Besonderheit des Landes festgestellt werden konnte. Der westliche Teil Tschechiens ist umgeben von Bergzügen und im Binnenland ziemlich flach. Das Land weist die flachsten Gefälle der Flüsse innerhalb Europas auf. Ein flaches Flussgefälle ergibt langsame Flussgeschwindigkeiten des Wassers und begünstigt einige Tierarten. In einer solchen Landschaft können aber auch künstliche Gewässer – grosse, seenartige Teiche – angelegt werden, in denen Fischzucht möglich ist, und die bewirtschaftet werden können. Die ältesten dieser Teiche, die Georg von Podiebrady anlegen liess sind mittlerweile mit der Landschaft verwachsen und zu einer Einheit verschmolzen Die Teiche lieferten Fische als Nahrung für die Menschen. - *„Gib einem Mann einen Fisch, und du ernährst ihn einen Tag lang. Lehre ihn jedoch zu fischen, und du ernährst ihn ein Leben lang."* – Georg von Podiebrady wandte im praktischen Leben an, was als chinesische Weisheit nach Europa gelangte, die Georg von Podiebrady sicher nicht kannte. Doch Georg – der Fischerkönig – handelte Hoffnung bringend und auf eine praktische und bodenständige Weise Leben erhaltend. Ob das nun im Sinn von Konfuzius oder Jan Hus geschah – wen würde das kümmern?

Auch im europäischen Politspiel versuchte Georg regelnd zu wirken und Lösungen anzubieten. Sein Entwurf einer vereinigten Christenheit gilt als erster solcher Entwurf zu einem europäischen Staatenbund – und wurde natürlich in den Wind geschlagen, weil nicht sein kann, was nicht sein darf. Nicht sein durfte an dieser Stelle ein vernünftiger Vorschlag zum Frieden, der von einem „Ketzer" kam. Es wäre auch viel zu schön gewesen: Kein Machtüberschuss, kein Machtprivileg, sondern ein sich gegenseitig unterstützendes Staatsgebilde…. Georg hatte einen "… *Föderations-Plan mit 21 Artikeln erstellt, wobei verschiedene gemeinsame europäische Einrichtungen vorgesehen waren, darunter Heer, Haushalt, Gericht, Volksvertretung, Asyle, Verwaltung und ein Wappen."* (Quelle: Wikipedia). Eine äusserst utopische Vorstellung – wobei die Utopie hierbei einer allgemeinen Vernunft gilt – auch fünf Jahrhunderte später. Wäre diese Utopie Wirklichkeit geworden, so müssten wir im Geschichtsunterricht all die langweiligen Jahreszahlen von Kriegen und Schlachten nicht auswendig lernen – und es wäre sehr viel Leid und sehr viel schreckliches Menschenschicksal erspart geblieben. Doch der Vorschlag kam von einem „Unwürdigen", einem „Unberechtigten", einem, der das Spiel von Macht, Gier und Hass nicht mitspielen wollte. Die Tragik dabei ist, dass es eine bedeutende Partei tschechischer Adliger gab, die ihre Felle davon schwimmen sah, und die mit Georgs Gegnern paktierte. Nach deren Ansicht sollte der alte Status Quo so schnell wie möglich wieder hergestellt werden – lasst nur die Vernunft nicht regieren… Wie weit dies auch noch nach Kräften und mit überzeugenden Zahlungen von Rom aus unterstützt wurde, sei dahin gestellt.

Georg von Podiebrady starb überraschend im Jahre 1471. Der kriegserprobte und nimmermüde Organisator, der sich keine Ruhe gegönnt hatte, war 51 Jahre alt geworden, sehr korpulent und an Folgekrankheiten dieser Leibesfülle leidend. Er war zweimal verheiratet gewesen und neun von seinen zehn Kindern erreichten das Erwachsenenalter – die meisten heirateten trotz aller Ketzerverdamnis, Exkommunizierung und Verteufelung, gut und einflussreich. Eine Tochter Georgs heiratete sogar den früheren Verbündeten und letztlichen Rivalen Georgs, Matthias Corvinus, König von Ungarn.

Bei seiner Wahl zum tschechischen König hatte Georg von Podiebrady festgesetzt, dass das Königtum nicht vererbbar sein durfte. König sollte werden, der dazu die beste Befähigung aufwies. Eine gerechte Wahl sollte dies ermöglichen. Schliesslich hatte man gesehen, zu welchem Chaos jeweils Erbansprüche führen konnten, und man hatte auch genug erbberechtigte jedoch regierungsunfähige Könige erlebt. Ein richtiger Ansatz – jedoch ein frommer Wunsch zu einer Zeit, in der sämtliche machtgierigen Familien Heiratspolitik betrieben, um sich eben jene Erbansprüche zu sichern, koste es was es wolle. Bereits Georgs unmittelbarer Nachfolger, der Pole Wladyslaw Jagiello – wohlgemerkt durch Wahl tschechischer König Vladislav II. geworden – setzte sich eigenmächtig über diese Bestimmung hinweg. Seine Tochter Anna „erbte" das tschechische Königreich und durch ihre Heirat mit Ferdinand von Habsburg machte sie den Weg frei für drei weitere Jahrhunderte habsburgischer Erb- und Machtansprüche in den tschechischen Ländern.

Man kann immer wieder lesen, dass Georg von Podiebrady seiner Zeit weit voraus war, dass seine politischen Ideen zu weit vorgriffen, um verstanden zu werden – und dergleichen mehr. Ich bin nicht ganz einverstanden mit diesen Aussagen. Georgs Ideen wurden sehr wohl verstanden – und von seinen politischen Gegnern gefürchtet. Für meine Begriffe hatte Georg von Podiebrady genau das in Tat umgesetzt, was Jahrzehnte zuvor Jan Hus ein Anliegen war. Zu den Lehren und

Aussagen von Jan Hus hatte sich Georg von Podiebrady bekannt, indem er sich von der römisch-katholischen Kirche lossagte und den utraquistischen Reformern anhing. Man kann diesen Schritt nicht genug betonen – und wertschätzen. Einige Jahrzehnte später hätte hier Maximilian II. ein wunderbares Beispiel gehabt, doch – wie schon öfter in diesem Buch erwähnt – die Geschichtsschreibung kennt keinen Konjunktiv. Als König war das die mutigste Tat, die Georg vollbringen konnte. Hus hatte die geistige Basis geliefert und Georg hatte in Praxis umgesetzt, was auch als Grundsatz in den Evangelien stand: Ein gerechter König sorgt dafür, dass es seinen Untergebenen an nichts mangelt, weder materiell noch geistig. So gesehen war Georg von Podiebrady der erste „reformierte" oder „reformatorische" Herrscher Europas, gekrönt mit der tschechischen Wenzelskrone zum König am 2. April 1458. Für einmal eine „Achter-Jahreszahl", die Hoffnung barg. Man kann den Mut und die Energie dieses im Westen oft übergangenen Königs nicht genug würdigen. Wie hätte die Welt sich wohl entwickelt, wenn Georg der König zu Hus' Lebzeiten gewesen wäre? Die Geschichte kennt kein „was wäre wenn" – doch ein bisschen Spekulation sei jedem erlaubt. Vielleicht beruhen gerade die tschechischen Wunschträume über Retter und Erlöser auf den geschichtlichen Tatsachen um tatkräftige Menschen mit Visionen einer besseren Welt. In der tschechischen Geschichte gab es erstaunlich viele solcher herausragenden Geister und Praktiker politischer Themen. Erstaunlich viele Leute mit vernünftigen Vorschlägen für ein menschenwürdiges Zusammenleben, waren seit je her von erstaunlich vielen Gegnern umgeben. Vernunft und Toleranz versus Egoismus und Gier – als würden diese Paarungen die tschechische Geschichte immer wieder unheilvoll durchziehen, als stünden sich Tschechen selbst im Weg zu jener Freiheit des Geistes, die Hus und seine Nachfolger so innig herbeisehnten.

Der 6. Juli 1415 in Konstanz
„Tu es Petrus ...." Petr z Mladoňovic / Peter von Mladoňovice

Widersprüchliches wurde aus Konstanz berichtet. Es scheinen Berichte zu fehlen, Rapporte und Zeugnisse – was nicht verwunderlich wäre, im Laufe der Jahrhunderte können schon einige Papiere verloren gehen. So beklagt am Ende des 19. Jahrhunderts Heinrich Finke in seinem Buch „Forschungen und Quellen zur Geschichte des Konstanzer Konzils", dass „...*die Zahl der Akten, welche so als officielle vor allem zu bezeichnen sind, scheint eine geringe gegenüber der Masse minder beglaubigter und von einander häufig stark abweichender Darstellungen.*"

Seither scheint sich nicht allzu viel geändert zu haben. Was immer wieder verwundert, ist die Hartnäckigkeit, mit der die Chronik des Ulrich von Richental in den Vordergrund gespielt wird. In jeder Publikation über das Konzil stösst man zuerst auf Richental. Zugegeben, das Büchlein enthält hübsche Bilder – doch manchmal gewinnt man den Eindruck, als sollten die Bilder den geschriebenen Inhalt übertönen. Ebenfalls verwunderlich ist die Tatsache, dass zwar 16 Buchausgaben sowohl in Handschriften als auch in frühen Druckausgaben erst ab ca. 1450-60 auftauchen, obwohl man allgemein anführt, Richental hätte ab 1420 seine „Erlebnisse in einem tagebuchartigen Werk verarbeitet" ... dies behauptet zumindest ein Wikipedia-Artikel. Nun gut – für uns, heutige Menschen, macht eine „Verarbeitung" einiger Erlebnisse, die traumatisch gewesen sein könnten, einen Sinn. Es heisst, Richental wäre bei der Hinrichtung von Jan Hus zugegen gewesen – wenn das kein traumatisches Erlebnis war, was dann? Doch war eine „Verarbeitung von Erlebnissen" in Tagebuchform üblich für Menschen des späten Mittelalters – besonders wenn dieses Werk so offensichtlich für ein breites Publikum, und somit für eine Veröffentlichung gedacht war? Nein. Es macht keinen Sinn. Eine Handschrift kostet Geld, ziemlich viel

Geld. Um eine Handschrift über solch ein heikles Thema zu erstellen – das heisst zu publizieren – brauchte man zusätzlich die Genehmigung durch kirchliche Stellen. Richental betont auffällig oft, er hätte die Bilder aus eigener Tasche bezahlt – dies mag wohl so sein. Aber war er der Schreiber des Textes? Und wer hat seinen Text als öffentlichkeitstauglich beglaubigt? Und ist nicht die Angabe, er hätte die Bilder aus eigenen Mitteln gekauft, ein indirekter Wink zu sagen, der Text wäre im Auftrag einer anderen Person entstanden? Soviel bekannt ist, gibt es das ursprüngliche Originalwerk aus den Zwanzigerjahren des 15. Jahrhunderts nicht mehr – es gibt nur die späteren Ausgaben. Ulrich von Richental starb 1437 – im selben Jahr wie der Kaiser Sigismund von Luxemburg. Dies mag Zufall sein – oder auch nicht. Auf alle Fälle ist der damalige König des deutschen Reiches und spätere Kaiser sehr oft Gegenstand der Abbildungen in der Chronik. Wenn also das ursprüngliche Originalwerk fehlt, wie kann man dann sicher sein, dass die Kopien – die nota bene in viel späterer Zeit und erst nach dem Tod des Autors, entstanden sind – auch dem Ur-Werk entsprechen? Wir wissen es nicht. Doch wir sollten gewissen Angaben Richentals mit Vorsicht begegnen.

Welche anderen Quellen gibt es denn, wenn man nicht wie Dr. Heinrich Finke selig selbst in den Archiven des Vatikans recherchieren kann? Die Chronik des Ulrich von Richental ist in deutscher Sprache geschrieben – zumindest die Kopien, die es noch gibt. Die offiziellen Akten sind natürlich in Latein verfasst und der Inhalt bezieht sich, ziemlich trocken, auf Beschlüsse des Konzils mit beigelegten Dokumenten. Es existieren Schriftstücke mit den Anklagepunkten gegen Jan Hus und das Urteil. Für den Rest muss man sich auf persönliche Korrespondenz, auf wirkliche Tagebucheinträge oder ähnliche Dokumente verlassen. Dass solche Schriftstücke sehr persönlich und sehr von Abhängigkeiten belastet sein können, versteht sich von selbst.

Welche Quellen gibt es vor allem aus tschechischer Sicht? Da sind zuerst einmal die Briefe von Jan Hus selbst. Er hat fleissig korrespondiert – und anscheinend hat man dies auch zugelassen. Wie schon an anderer Stelle in diesem Buch erwähnt: Vielleicht wollten alle möglichen Spionagedienste Verschwörungen und chiffrierte Mitteilungen aufdecken – doch es scheint, als hätte es solches aus der Hand von Hus schlicht nicht gegeben. ...und wenn es solches gegeben hätte, so kann es sein, dass solche Schriftstücke auch noch gefälscht worden sind. Wir bewegen uns im Mittelalter – und auch in der Renaissance - in einer besonders anfälligen Zeit für gut begründete Fälschungen. Apropos: In jener Zeit wächst ein besonderes Früchtchen heran, das im Erwachsenenalter durch dreiste Fälschungen den Besitz seiner Vorfahren bedeutend vergrössern wird. Als in Konstanz Jan Hus verurteilt wird, ist das Früchtchen gerade dreizehn Jahre alt – es ist Ulrich II. von Rosenberg in Tschechien bekannt als Oldřich II. z Rožmberka, an dem die Hoffnungen des Adelsgeschlechts der Herren von der Rose hängen...

Eine wichtige Quelle für die Hus-Forschung ist die Sammlung von Hus' Schüler und treuem Freund, Petr z Mladoňovic. Nennen wir ihn eingedeutscht: Peter von Mladoniowitze. Peter war ein Student von Jan Hus und hatte 1409 die Prüfung als Baccalaureus der Freien Künste abgelegt. Den Magistertitel erwarb er 1416. Ab 1420 findet man ihn als Prediger an der St. Michaelskirche in Prag – dort, wo auch Hus seine Predigerlaufbahn begonnen hatte. Peter war wirklich eine treue Seele, selbst Jan Hus bezeichnete ihn als den besten und treuesten Freund. Der junge, etwa fünfundzwanzigjährige Peter begleitete Hus nach Konstanz und blieb die ganze Zeit über dort – bis zum Tod des Meisters in den Flammen. Peter beobachtete, schrieb, fertigte Kopien von Akten und Urkunden an, machte Botendienste für Hus, verfasste diverse Dokumente und Protokolle und er lieferte sich selbst dem traumatisierenden Erlebnis aus, seinen Meister und Lehrer den brutalen Tod im Feuer sterben zu sehen – dies, um einen wahrheitsgetreuen

Bericht an Hus' Anhänger in Prag schreiben zu können. Es scheint, als wollte Peter die Stafette der Hoffnung, die Hus ihm gegeben hatte, weiter reichen. Peters Berichte gelten im Allgemeinen als wahrheitsgetreu, als real wiedergegeben und authentisch. Welch ein Unterschied zur Motivation eines Ulrich von Richental, der sich gezwungen fühlt zu betonen, dass er die Illustrationen seiner Handschrift selbst bezahlte! Peter sammelte weiter – und es ist ihm zu verdanken, dass wir heute Jan Hus im Original lesen können, dass die Schriften des Magisters Hus die Zeiten überdauert haben, und dass wir einen glaubwürdigen Bericht von den Konstanzer Ereignissen haben.

Man kann, und darf, annehmen, dass die Aufzeichnungen des Petr von Mladoňovice aus der Sicht der traumatisierten Tschechen eingefärbt sind – doch wer würde ihm das verübeln? Dies ändert nichts daran, dass wir gerade Peter die umfangreichste Sammlung von Dokumenten mit Bezug auf Jan Hus verdanken. Peter erstellt ein umfangreiches Werk, das er mehrmals überarbeitet und korrigiert. Es entstehen zwei Sammlungen: *„Relatio de magistri Joannis Hus causa in Constantiensi consilio acta"* – Bericht über den Prozess des Magisters Jan Hus in Konstanz – und *„Narratio de magistro Hieronymo Pragensi pro Christi nomine Constantiae exusto"* – eine Erzählung über Hieronymus von Prag, der für Christi Namen zu Konstanz in den Flammen starb. Schon bald beginnen hussitische Gruppen den letzten Teil der *Relatio* zu kopieren und Teile daraus während ihrer Zusammenkünfte vorzulesen. Wenn sich dann jeweils der Gedenktag des Todes jährt, werden in hussitischen Gottesdiensten die Worte Peters feierlich vorgetragen und mit Betroffenheit aufgenommen.

Peters Lebensweg nach dem Konzil ist ein religiöser und ein universitärer. Als Prediger und Universitätslehrer tritt er in die Fusstapfen seines Meisters Jan Hus. Peter befürwortet die gemässigte Haltung der Utraquisten und stellt sich energisch gegen den Aufwiegler Jan Želivský und gegen die unversöhnliche Lebensart des harten

Hussitenkerns, der Taboriten. Diese Lebenshaltung geht ihm zu weit, Kampf und Krieg geht ihm zu weit – nach all den schrecklichen Erlebnissen in Konstanz möchte Peter nur Eines: Frieden. Im Jahr 1448 findet man Peters Namen unter den Teilnehmern der Delegation ans Basler Konzil – am 7. Februar 1451 legt der etwa Sechzigjährige die Schreibfeder für immer aus der Hand.

Nachdem der tatsächliche Chronist, mit aller Wahrscheinlichkeit in der Person des jungen Peter von Mladoňovice zu finden ist, folgen wir einigen Stationen seiner Erzählung:

Es ging alles sehr schnell, an jenem Morgen des damaligen 6. Juli 1415. Eigentlich war das Urteil schon vorgefasst, es lag sogar in schriftlicher Form vor, wie man heute weiss, man veranstaltete lediglich noch ein Spektakel, um dem aufmüpfigen Prager Gelehrten die letzte Chance zum Widerruf zu bieten. Als wären sich die Konzilherren der letzte Konsequenz bewusst geworden, als hätten sie sich gefürchtet vor dem, was diesem Urteilsspruch folgen sollte. Mit Recht. Hus widerrief nichts, er wollte eine professionelle Diskussion – das Konzil scherte sich nicht darum, und auch König Sigismund hatte sich in eine ausweglose Situation manövriert. Als hätte niemand damit gerechnet, dass Jan Hus – der bescheidene Prager Gelehrte, in letzter Konsequenz, den Tod einem Leben in Lüge vorziehen würde. Die meisten der Konzilherren waren Meister der Lüge, Meister der politischen „Anpassung", Meister der Macht und der Winkelzüge, welche mit der Macht einhergehen. Als hätten sie nicht geglaubt, dass jemand, ein Priester sogar noch, es mit den christlichen Werten ernst meinen könnte. Es muss Schrecken ausgelöst haben, als sie erkannten, dass Hus lieber sterben würde, als seine Ideale zu verraten, und dass dieser Mensch auch noch Anhänger hatte, die ebenso konsequent dachten.

Wie starb also Jan Hus? Hat er gesungen oder kurz aufgeschrien, als die Flammen seinen Körper ergriffen? War der Gesang ein Versuch Schmerzensschreie zu kaschieren? Allein diese Tatsache ringt Bewunderung ab für eine derartige Selbstbeherrschung. Wie dem auch war – durch starke Rauchentwicklung verlor Hus das Bewusstsein und scheint erstickt zu sein. Man weiss heute, dass bei Bränden drei bis vier Atemzüge im Rauch einer Feuersbrunst schon lebensgefährlich sein können. Vielleicht gab es auch einen erfolgreich bestochenen Henker, oder einen Helferhelfer, der einen Gnadenstoss hätte führen können. Der getreue Schüler berichtet, dass die Henker Hus an eine Art Brett fesselten, damit der Körper aufrecht stehen blieb, und dass Hus auf einem Schemel stand – als hätte er es noch schön bequem haben sollen... Dies alles lässt immer wieder viel Raum für Fantasie frei: In dem Brett oder im Schemel hätten vergiftete Spitzen stecken können, lähmendes Gift, das den Tod erleichtert hätte. Peter beschreibt in seinem Bericht, dass Holz mit Stroh vermischt aufgeschichtet wurde, und dass Pech über den Scheiterhaufen geschüttet wurde, damit er schneller Feuer fing und besser brannte. Niemand weiss, ob dies so immer gehandhabt wurde, niemand weiss, was die Pechmischung tatsächlich enthielt – man hatte so seine Rezepturen im Mittelalter. Niemand weiss, ob jemand die Rauchentwicklung beeinflusste. Es ist auch zu bedenken, dass Hus nach all den Entbehrungen in seinen Gefängnissen wahrscheinlich erschöpft, abgemagert und ausgetrocknet war – gutes Material für ein schnelles Feuer.

Doch bevor es soweit war, hatte Hus noch die letzte Gelegenheit ergriffen, um seinen Tod den Menschen bewusst zu machen. Er inszenierte seinen letzten Gang gekonnt und mit viel Selbstdisziplin. Früh morgens um sechs hatte man ihn ein drittes Mal vors Gericht geführt, um die Mittagszeit war alles vorbei und die Henkersknechte schütteten die vom Körper des Magisters übriggebliebene Asche in den Rhein. Doch Hus liess sich die letzte Ermahnung an die Menschen nicht nehmen. All die Rituale der Degradierung und der Verdammnis ertrug er mit Würde. Es war notwendig ihn als Priester zu degradieren, ihn zu entweihen. Bei diesem schauerlichen Ritual wurden den Verurteilten die Kleider abgenommen und der Kopf rasiert, damit auch die priesterliche Tonsur verschwand. Somit war der angebliche Ketzer aus dem geistlichen Amt entlassen, und alle anderen Geistlichen überliessen ihn nun der weltlichen Richtergewalt. Sie hatten mit seinem physischen Tod nichts mehr zu tun. In unserer gegenwärtigen Auffassung ist dies eine himmelschreiende Heuchelei - sie war es auch damals schon, und lediglich durch juristische Spitzfindigkeiten erklärbar. Nun übernahm also der weltliche Arm. Man setzte Hus den berühmten Papierhut mit den aufgemalten Teufeln auf und führte ihn in Fesseln aus dem Münster, wo das Gericht getagt hatte. An einer Stelle, wo der Zug vorbeigehen musste, war in zeitlich abgestimmter Regie ein Scheiterhaufen vorbereitet worden, auf dem Hus' Bücher und Schriften brannten. Ein Marterschauspiel, das den Verurteilten zermürben sollte und ihn vielleicht zum Widerruf bewegen würde? Doch es wird berichtet, dass Hus nur ein Lächeln dafür übrig hatte. Ein müdes, trauriges und wissendes Lächeln muss es gewesen sein, ein Lächeln in der Art: „Denn sie wissen nicht was sie tun".

Weiter heisst es im Bericht, dass während des Ganges zur Richtstätte Jan Hus dreimal auf die Knie gefallen wäre, um laut zu beten. Der Querkopf aus Prag inszenierte wahrhaftig seinen letzten Gang als Kreuzweg, als seine eigene Passion nach dem Beispiel Jesu. Dabei war der Papierhut heruntergefallen und man musste ihn Hus wieder aufsetzen. Man liess Hus gewähren, man liess ihn auch gewähren, dass er den umstehenden Leuten immer wieder etwas zurief und Worte an sie richtete. Wahrscheinlich fehlten Instruktionen, wie darauf zu reagieren war, wahrscheinlich hatte niemand mit solchem Verhalten gerechnet. Aus der zuschauenden Bevölkerung soll es Antworten gegeben haben, die Umstehenden und Gaffenden sollten sich sogar positiv Hus gegenüber geäussert haben und ihm Mut zugesprochen haben. Wenn dem wirklich so war, so mögen dies vielleicht Tschechen gewesen sein, die keiner verstand, denn Deutsch sprechende Personen hätten aller Wahrscheinlichkeit nach viel riskiert – man zeigt sich nicht in aller Öffentlichkeit einverstanden mit einem Ketzer, der gerade zur Hinrichtung geführt wird...

Bald war der Zug am Ziel angekommen und man versuchte ein letztes Mal Hus zu einem Widerruf umzustimmen. Wieder vergeblich. Man bot ihm eine Beichtgelegenheit an, er bejahte, doch die Beichte wurde ihm nur unter der Bedingung gestattet, dass er seine angeblichen Irrtümer widerrufe. Hus verneinte – immer noch höflich. Daraufhin wurde ihm die Beichte verweigert, mit dem Argument, dass ein Exkommunizierter kein Anrecht auf ein heiliges Sakrament habe. Hus erwiderte nichts, doch aus dem Bericht des Peter von Mladoňovice wissen wir, dass Hus am Abend zuvor angeblich bei einem Universitätslehrer und Priester die Beichte abgelegt hatte. Wahrscheinlich verstand keiner der Anwesenden, ausser einigen Tschechen, woher Jan Hus, der als Ketzer Verurteilte, seine Ruhe und Gelassenheit nahm. Er begann sogar auf Deutsch zu predigen und wandte sich an die Bürger von Konstanz. Er, der hätte vor Angst zittern müssen!

Auf Befehl des Königs, schritt nun Herzog Ludwig III. von der Pfalz ein. Gott bewahre, dass der Hus noch eine deutsche Rede hielt und sich vielleicht noch in den letzten Augenblicken seines Lebens Anhänger in Konstanz schuf! Vielleicht war beim Herzog eine aggressive, knurrige Ungeduld im Spiel– man sollte vorwärts machen, die Sache zu Ende bringen. Der Herzog gab den Befehl weiter an Hans Hagen, den Stadtvogt von Konstanz, und der Stadtvogt wies den Henker an seines Amtes zu walten – eine inszenierte Kette von Befehlsweitergabe, ein Ritual. Der Rest ist eine oft wiederholte Geschichte, wie sie in hussitischen Gottesdiensten jeweils am Gedenktag, dem 6. Juli, anstelle der Evangelienlesung vorgetragen wurde.

Peter, der nichts auslassen will, berichtet akribisch zu Ende. Er erspart sich nichts. Die körperlichen Überreste des Magisters Jan Hus, seine restlichen Kleider, Schuhe, alles Holz des Scheiterhaufens, inklusive des Pfahls, an dem er angebunden war, werden so lange im Feuer behalten, bis alles zu feiner Asche verbrannt ist. Es hiess, man wollte einen Märtyrerkult verhindern – doch vielleicht wollte man auch alle Spuren verwischen...? Die Menge zerstreue sich. Wohin wandten sich wohl Hus Begleiter als es niemanden mehr zu begleiten gab? Von Peter weiss man, dass er ein Protestschreiben verfasste, dem sich fünfzehn tschechische und polnische Adelige anschlossen.

Von den am Konzil anwesenden hohen Geistlichen und Prälaten wird übrigens berichtet, sie hätten den Todeszug des Meisters Jan Hus weder begleitet, noch waren sie Zeugen seines körperlichen Todes gewesen...

Hus und die Medien

Was die Massenmedien heutzutage sind – und dazu zählen auch die sogenannten „social media", waren zu Jan Hus' Zeiten die Kanzeln. Von der Kanzel wurde gepredigt. Von der Kanzel wurde die Meinung gebildet – das heisst, den Zuhörern wurde mit Bestimmtheit gesagt, was sie zu denken und zu „meinen" hatten. Die Kanzel wurde gutgeheissen oder verdammt. Die Kanzel das Sprachrohr und Bühne. Für die Kanzel musste entsprechend geschultes und beglaubigtes Personal zur Verfügung stehen, das nicht von der festgesetzten Nomenklatur abwich.

Die Kanzel war nach aussen gerichtet. Die Kanzel diente der Informationsstreuung und Informationsverbreitung unter den Gläubigen. Eine Kanzel war entweder erhöht und als eine Art Balkon an der Kirchenwand angebracht, oder über Treppenstufen erreichbar und schien über den Köpfen der andächtig Lauschenden zu schweben – oder sie bestand aus einem einfachen Holzgerüst, das dem Redner einen gewissen Schutz seiner Konzentration erlaubte und ihn leicht erhöhte, um für die Anwesenden sichtbar zu sein. Ungleich den heutigen Nachrichtensprechern, gehörte zur mittelalterlichen Redekunst der Gebrauch von Gesten. Gesten unterstrichen den gesprochenen Inhalt oder halfen aufzählen. Gesten, Körpersprache und Mienenspiel wurden von geschulten Rednern überall angewandt – die Redekunst gehörte zur Grundausbildung und viele Priester waren gleichzeitig Universitätslehrer, die ihrerseits Redekunst lehrten. Der sprachliche Ausdruck, das Behandeln eines Themas wollte mündlich und schriftlich gelernt sein – dieser Anspruch besteht bis heute. Wenn heutige Schüler in Vortrag, Präsentieren und Argumentieren geschult werden, wenn sie Aufsätze und Berichte zu vorgegebenen Themen schreiben müssen, so war das im

Mittelalter nicht viel anders – die Thematik war restriktiver auf religiöse Themen beschränkt, denn auch wissenschaftliche oder politische Motive sollten immer einen Bezug auf Gott aufweisen, auch wenn dieser Bezug in religiöse und theologische Spitzfindigkeiten ausartete. Fassen wir zusammen: Die „Medienleute" des Mittelalters waren geschult und geübt im Ausdruck und im Erreichen ihrer „Zielgruppen". Die Informationsverteilung nach aussen war gesichert.

Was nach aussen gehen soll muss irgendwie herein gekommen sein, vor allem ist es notwendig zu wissen, welche Themen die Zuhörerschaft bewegen, wo der Schuh drückt, welche Problemstellungen im Raum stehen. Die sogenannte Seelsorge ist dazu ein wunderbares Mittel – allem voran die Beichte. Die Beichte zum heiligen Sakrament erhoben, unantastbar gemacht und durch kompromisslos eingeforderte Einhaltung zu einem bestens funktionierenden Mittel der Manipulation durch Gewissensbisse gemacht. Am Ende der Beichte steht die Erlösung, das Gewähren der Absolution, die Lossprechung von allen begangenen Sünden – die Reinigung an Leib und Seele. Um die lästigen Gewissensbisse loszuwerden, nimmt man gerne Bussübungen in Kauf, man spricht Gebete, man fastet, man spendet Geld, man pilgert sogar an weit entfernte Orte oder wirft Bücher und Kunstgegenstände auf brennende Scheiterhaufen. Natürlich wahrt der Beichtvater das Beichtgeheimnis – sonst würde er sich selbst ans Messer liefern – doch wer hört die Beichten der Beichtväter?

In dieses sowohl institutionalisierte als auch pervertierte System des sehr einseitigen Informationsaustausches tritt nun Jan Hus und fegt es beiseite. Was Hus fordert, gefährdet das kirchliche Informationssystem, welches nur bedingt zum Wohl der Gläubigen beitrug. Trotz jahrhundertelanger Praxis von Messe, Predigt und Beichte wurde nicht weniger gesündigt, sondern nur der Sündenkatalog nahm an Umfang zu. Wie in juristischer Praxis üblich, wurde auch noch die Schwere der sündhaften Vergehen bestimmt und die Härte der Bussen, mit welchen man seine Sünden berichtigen konnte. Die Zehn Gebote reichten nicht mehr aus. Vor allem – hatte Gott nicht vergessen, als er Moses die Tafeln mit den Geboten gab, die Strafe bei deren Verstössen anzugeben? Gott war anscheinend kein Jurist, und seine Vertreter auf Erden bemühten sich nach Kräften diesen Makel der göttlichen Offenbarung auszugleichen. Sie errechneten eine genaue Bussenverordnung in Geld. Als Statut dieser Verordnung wurde dann Gottgefälliges gelistet, das mit den eingenommenen Beträgen gemacht werden sollte: Unterstützung von Armen und Kranken, Witwen und Waisen, Bedürftigen aller Art – etcetera pp …. Und die Gläubigen standen offenen Mundes vor solch hehrer Barmherzigkeit. In der heutigen Zeit lesen andere Arten von „Gläubigen" ehrfürchtig staunend die Spendenaufrufe angeblich nicht gewinnorientierter Organisationen und spenden und spenden …. um das Bewusstsein rein und leicht zu erhalten (das Wort Gewissen ist etwas aus der Mode gekommen).

Die schlichte Forderung des Jan Hus nach der eigenen Gewissensfreiheit, zu der weder Beichte noch Beichtväter und vor allem keine Geldbussen benötigt wurden, jagte den oberen Kirchenherren in Rom Angst ein. Sie waren sich bewusst, dass die bezahlten Sündenablässe keinerlei Berechtigung in den heiligen Schriften hatten. Die einzige, eher wackelige Begründung wäre der Hinweis auf die im Tempel zu Jerusalem Opfer darbietenden Juden gewesen – und vielleicht die Aussage Jesu: „Gebt Gott was Gottes ist, und dem Kaiser, was des Kaisers ist." Doch diese Worte hatte Jesus zu den Pharisäern und den Herodianern gesprochen, und mit solchen Gruppierungen wollte sich das christliche Kirchenestablishment gewiss nicht identifizieren. Ausserdem war in jenem Gleichnis von einer Münze die Rede, die das Bild des Kaisers trug, und Jesu Aussage bezog sich eben auf diesen Steuerpfennig, der dem Kaiser geschuldet war – und DAS war nun gar nicht im Interesse der ach so barmherzigen Kirchenväter in Rom. Die Begründung der Zahlung mit irdischem Geld, um sich einen Sündenablass im Himmelreich zu erwirken, stand auf tönernen Füssen. Deshalb konnten die Sündenablässe auch nicht unverblümt zur Pflicht eines guten Christen erklärt werden – man musste demnach die Information darüber den Leuten von der Kanzel herab in die Gehirne trommeln. Der Effekt der wiederholten Werbung – beste PR-Strategien der Moderne, angewandt im Mittelalter. Manipulationstechniken sind so alt wie die Menschheit selbst. Es ist schwierig, sich einer ständig wiederholten Aussage zu entziehen, und es ist noch schwieriger bei seiner Überzeugung zu bleiben, wenn die Mehrheit der Umgebung das Gegenteil glaubt.

Der Moment, in dem Jan Hus ansetzt, ist ebenfalls gut gewählt. Die Stimmung im Volk, in der Stadt Prag, und im ganzen Europa war unruhig. Man merkte, dass die tatsächliche Lebensführung der meisten Geistlichen nicht mit dem übereinstimmte, was sie von ihren Kanzeln predigten. Die Diskrepanz zwischen dem alltäglich Erlebten und dem, was man durch die „Medien" der Zeit zu hören bekam, wurde immer grösser. Es brauchte nur jemanden, der darauf hinwies. Hus tat es. Dabei war er bei weitem nicht der Einzige und auch nicht der Erste. Möglicherweise waren seine Worte besser gewählt. Ganz sicher war es seine Lebensführung, die als beispielhaft angesehen werden konnte. Hus sprach alle Gesellschaftsschichten an. Er konnte sich sowohl den einfachen Bürgern, als auch den vermögenden Kaufleuten und Handwerkern, und ebenfalls Vertretern des Adels und der Inteligentsia der Universität verständlich machen.

Auch Jan Hus brauchte eine Plattform, um seine Gedanken zu äussern und unter die Leute zu bringen. Diese Plattform bot zu einem gewissen Grad die Universität und die Gespräche mit seinen Berufskollegen – vor allem aber, war seine Plattform die Kanzel der Bethlehems-Kapelle. Das Establishment in Rom begann sich schon bald zu wehren und verbot das Predigen in öffentlichen Räumen. Der Schlag sass, da die Bethlehems-

Kapelle zwar eine Kirche war, aber auch ein öffentlicher Raum. Rom erlaubte nun die Predigt in ausschliesslich von Rom dazu beglaubigten Kirchen. Jan Hus konterte darauf herausfordernd und richtig, indem er schriftlich die Frage formulierte, ob denn auch Jesus nach dem Dafürhalten der römischen Kirchenleitung gegen das Verbot des offenen Predigens verstossen hatte, denn zu seiner Zeit hätte es weder Kirchen noch Klöster gegeben. Ausserdem hätte Jesus auch die Apostel angewiesen öffentlich zu predigen, obwohl die Apostel keine geweihten Priester waren. Die römische Kirche reagierte, wie sie es in solchen Fällen zu tun pflegt, mit einem noch härteren Verbot und mit einem Kirchenbann. Der Kirchenbann ist eine hinterhältige Sache, denn er trifft nicht nur den vermeintlich Schuldigen, sondern auch alle Menschen in seiner Umgebung. Wo sich ein Gebannter aufhält, dürfen keine Gottesdienste abgehalten, dürfen keine Sakramente ausgeteilt werden. Dieses Instrument war umso perfider, als damit vor allem einfachere Gemüter und diejenigen, die sich ihren Glauben bewahrt hatten, hart getroffen wurden. Es bedeutete, dass keine Sterbesakramente erteilt werden durften, keine Kinder getauft werden durften – und da hörte die Solidarität mit dem Gebannten oft auf. Hier traf es die Wehrlosesten: diejenigen, die ins Leben eintraten und die, die es verliessen. Beide brauchten göttlichen Beistand, beide konnten sich nicht tätig darum bemühen.

So verliess denn Jan Hus das angegriffene Prag, um den Leuten ihre Glaubensausübung zu ermöglichen. Durch seinen Weggang konnte das Interdikt über der Stadt aufgehoben werden. Was allerdings als Niederlage gedacht war, sicherte ihm noch mehr Zulauf. Hus hielt sich, nachdem er Prag verlassen hatte, auf den Burgen verschiedener seiner adeligen Anhänger auf, die von keinen grossen Gewissensnöten geplagt wurden. Hier schrieb Hus noch viele seiner Traktate, hier ging er hinaus ins Land und redete mit den Leuten und zu den Leuten. Bis heute werden an mehreren Orten jener Gegenden Steinblöcke gezeigt, die angeblich seine „Kanzeln" bildeten, von denen aus er gepredigt hätte.

Die nachfolgende „hussitische Revolution" und die Konsolidierung der Ansichten innerhalb der Anhängerschaft der Ideen des Jan Hus, war sich der medialen Wirkung sehr wohl bewusst. Die freie Predigt wurde immer wieder gefordert. Die freie Predigt bildete auch einen Punkt der Vier Prager Kompaktaten von 1420, auf denen der spätere Basler Kompromiss basierte. Als hätte die tschechische Nation hier zum ersten Mal für die Freiheit des Wortes und die Freiheit der wahrhaften Nachrichtenverbreitung gekämpft. Weitere Ereignisse dieser Art folgten in den späteren Jahrhunderten, als Tschechen für das Recht auf Kultur in der eigenen Sprache einstanden. Damals – im 18. Jahrhundert, forderte man das Recht auf Theateraufführungen in tschechischer Sprache. Wir mögen heute diese Bemühungen belächeln, doch die Theaterbühne hatte zu jener Zeit dieselbe Bedeutung wie Film, Fernsehen und andere elektronische Medien heute. Von der Theaterbühne konnte man den Zuschauern nicht nur Schauspielkunst und Dramatik vermitteln, sondern auch handfeste politische Inhalte in Schauspiel oder Oper verpackt. Dass Prager Bürger sich in langwierigen Auseinandersetzungen ihr Recht auf tschechischsprachige Inhalte und Aufführungen bei den kaiserlichen Behörden erstreiten mussten, ist an sich tragisch. Es zeigt aber auch, dass das Kaiserreich, zusammen mit der Führung der römisch-katholischen Kirche, immer noch befürchtete, die mediale Wirkung einer tschechischen Theaterbühne könnte Unruhen, Revolten und ein Scheitern der Rekatholisierung der tschechischen Länder bedeuten. Mit Recht. Der Kampf um freie öffentliche Äusserung währte das gesamte 19. Jahrhunderte, erfuhr nach der Gründung der Tschechoslowakei 1918 eine gnädige Pause, um in der Zeit des deutschen Nationalsozialismus unter Hitler wieder aktuell zu werden. Die Versorgung der Bevölkerung mit Nachrichten, die auf Wahrheit beruhen – seit dem Zweiten Weltkrieg ist dieses Thema nicht mehr abgeklungen. Wahre Nachrichten, durch unabhängige Medien sind lebenswichtig. Wahre Information - keine Lügen, keine Manipulation, sondern Inhalte, auf deren Basis eine freie Meinungsbildung erfolgen kann. Dies ist die Forderung heute, die in Tschechien durch verschiedene Bürgergruppierungen wieder laut wird. Dies ist eine Forderung, die weltweit laut wird. Wahre Information hatte Jan Hus gefordert und selbst angeboten, als Begriffe wie „freie Meinungsbildung" und „freie Meinungsäusserung" noch lange keinen Platz im Bewusstsein der Menschen hatten.

Es war immer wieder diese Konsequenz, die Hus weiter machen liess. Die Konsequenz dem äusseren Druck nicht nachzugeben. Obwohl er mit Sicherheit viele müde und verzweifelte Momente hatte, spürt man davon auch in seinen letzten Briefen nichts. Im Gegenteil: noch in der Verbannung, noch in Konstanz – und selbst noch auf dem Gang in den Tod – Jan Hus ist bestrebt Hoffnung zu verbreiten. Hoffnung auf Gerechtigkeit und Menschenwürde.

Gedankensplitter – Die Rose und der Name

Rosen

Der Weg zwischen den Zeitaltern
scheint von Rosenblüten bestreut,
die vom dichten Dornenhag zu beiden Seiten des Weges fielen,
als ein Jahrhundert sich vollendete und das neue begann.

Als wäre sie allgegenwärtig – die Rose.
Als wären jene Zeitalter,
in denen Kriege tobten teils hundert Jahre lang,
vom zarten Duft der Rosenblätter umweht.

Vielfältig wie die Blüte selbst sind die Bedeutungen.
Ihre Ranken und Blüten winden sich um die Pergamentseiten illuminierter Handschriften. Die Blüten zieren Wappenschilde, Mobiliar und Gebetbücher.

Maria im Rosenhag - Weisse Rose ohne Dornen - Muttergottes des Rosenkranzes - Rote Rose, die Christi Blut beweint.
An den Holzwänden der Beichtstühle, in denen geflüsterte Bekenntnisse nach Vergebung streben, klettern geschnitzte Rosenranken empor – so bleibt die Verschwiegenheit, das Beichtgeheimnis „sub rosa" – unter der Rose – gewahrt.

Als „Flos sapientiae", die Blume der Weisheit, gilt die Rose den Alchemisten als ein Sinnbild des klaren Geistes. Siebenfältig ist das All – siebenfältig ist die Blüte der Rose – sieben an der Zahl sind die Planeten

– siebenfältig sind die Arkana, das geheime Wissen. Rose und Kreuz werden zum mysteriösen Erkennungsmerkmal, zum Attribut der Eingeweihten. Rosen weisen als sprechende Sinnbilder auf die Entfaltung der menschlichen Seele.

Leuchtend rote Rosen weisen allerdings auch den Weg in die Häuser der Lust am Rande der Städte –, ins Rosental und Rosenfeld, auf den Rosenberg, in den Rosengarten.

Ach Mutter, ich bin im Rosengarten gewesen,
da hab ich mir einen Dorn in den Fuß getreten.
So, so - wohl einen Dorn in den linken Fuß,
davon du dreiviertel Jahr lang hinken musst.
Da weinte das Mädchen sehre.

Das unvorsichtige Mädchen aus dem volkstümlichen Gedicht hat der Besuch im „Rosengarten" tatsächlich „auf dem linken Fuss erwischt" – nach einem Dreivierteljahr wird aus der Rosenknospe die Frucht reifen ... Die Gedichtzeile aus Sebastian Brandts „Narrenschiff" hatte wohl nur für die Verführung gesorgt: „*Was wir hier kosen, das bleibt unter Rosen...*"

Diesen niederen Sinn des Rosensymbols versucht eine Frau des 14. Jahrhunderts wieder anzuheben und ihn den richtigen, den geistigen und seelischen Sphären wieder zuzuführen. Christine de Pizan ergreift Partei für den ursprünglichen „Roman de la Rose", der die Wanderung der Seele ins Licht veranschaulicht. Die Verteidigung der Rose gelingt erfolgreich. In Paris feiert man das Fest der Rosen und nimmt adelige Damen der Gesellschaft in den „Rosenorden" auf.

Doch während Paris im Duft zarter Rosenblätter schwelgt, werden sich schon bald in England die fünfblättrigen Rosen ihre Vorherrschaft streitig machen. Das Haus der Roten Rose und das Haus der Weissen

Rose werden einen Krieg entfesseln, werden andere in diesen Kampf hineinziehen, bis sich schliesslich die beiden Rosen im Zeichen des Hauses Tudor vereinen, und dieses Geschlecht siegreich aus dem dornigen Zwist hervorgeht.

Auch auf tschechischen Wappenschildern blühen Rosen – fünf an der Zahl sind sie, so wie die Blütenblätter des edlen Zeichens. Rot, weiss und grün; blau und golden, verkünden sie, dass die fünf Zweige dieses Rosenstrauchs nach der Macht greifen. Rožmberk, Rosenberg – Die Herren von der Rose strecken die dornbewehrten Kletterranken nach Besitz und Herrschaft aus, dabei sind sie in der Wahl der Mittel nicht wählerisch. Fälschend und betrügend windet sich das Geäst der rosenbergischen Hausmacht, und wer auf die stachligen Triebe nicht achtgibt, der könnte verloren gehen im Dornenhag. Herr Ulrich, vom Stamm der roten Rose lässt Ländereien, Klöster und Paläste hinter blühendem Rankenwerk seiner Wappenblume verschwinden. Herr Ulrich lässt auch Gerüchte in Umlauf setzen, dass seine Ahnen würdig waren, in den ebenfalls rosenbewehrten Familienverband der römischen Orsini aufgenommen zu werden. Der Beweis sei die rote Rose, die fünfblättrig und klar auf dem silbernen Wappengrund erstrahlt. So viele Adelsgeschlechter führten die Rose im Wappen – warum hatten es den tschechischen Herren der Rose gerade die Orsini angetan?

Die Rose beschäftigt auch die Philosophen. Den Theologen und Scholastikern dient sie als Anschauungsbeispiel ihrer Thesen. Es ist die Rose, aus der im unverständlichen „Universalienstreit" die Erkenntnis erblühen soll.

Eine einzelne Rose hat eine reale Existenz. „Die Rose" an sich, als Begriff, hat hingegen nur eine rein gedankliche Existenz.

Der Satz „Die Rose ist rot" kann auf Wahrheit überprüft werden, der Satz ist sinnvoll. Sowohl „Rose" als auch „ist rot" sind dabei sogenannte Prädikatsausdrücke, und können auf mehrere Gegenstände bezogen werden.

…und während asketische, graugesichtige Gelehrte mit Tintenfluten Berge von Papier bedecken, von deren steilen Hängen Lawinen der Worte ins Tal der Vergessenheit stürzen – erstrahlen über allem die Rosettenfenster mächtiger Kathedralen. Edelsteingefärbtes Glas lässt seine Kinder, die buntgefärbten Lichtreflexe, übermütig auf Bodenfliesen und Wänden der ehrfurchtgebietenden Dome spielen…

„L'important c'est la Rose…."

Namen
Zeichen, Symbole - Die Martinsgans

„Die Beziehungen zwischen den Dingen bestehen durch die Dinge selbst" - *„Allgemeinbegriffe werden allein im Geist gebildet und dienen als Zeichen, die auf mehrere Dinge verweisen können".* Hüte dich, einfacher Mensch – was auch immer du in den Streit der Philosophen und Gelehrten einwerfen magst – es könnte deinen Verstand verwirren, es könnte häretische Gedanken in dir keimen lassen, es könnte dich erstarren lassen vor Furcht – würdest du die Zeichen erkennen, die sich offenbaren im doppelten Sinn.

Namen sind nie nur Schal und Rauch. Ein Name weist den Weg, ein Name ist Plan, ist vorgelegte Ordnung und Ziel. Ein Name zeigt dir, was der Träger, der ihn freiwillig wählte in seinem Sinne führt.

Jan von Husinec hatte in Prag angefangen sich Jan Hus zu nennen – eine individuelle Idee und ein einprägsamer Name anstelle der üblichen Variante, welche die Herkunft aus einem bestimmten Ort bezeichnete.

„Hus" nannte man damals / „Husa" nennt man heute – die Gans. Zeitlebens machte ihr Namensträger – ein Mann des Wortes und ein Mann der Feder – Wortspiele auf seinen Namen und die Gans. Der wachsame Vogel ist nützlich und genügsam. Ein bürgerliches Tier, das sein Leben den Menschen zu ihrem Wohlergehen spendet, das auch vieles von ihnen erduldet. Es nährt die Menschen mit seinem Körper, es wärmt sie mit seinem Gefieder, und auf seinen weissen Federschwingen fliegen die Worte der Erbauung aufs Papier. Der Name „Jan Hus" ist deshalb würdevoller als Jan aus Husinec. Woran dachte man wohl bei der Namensgebung der Stadt, die jenen Namen trägt: an den Gänsestall oder den Dünger, der die Wiesenkräuter wachsen lässt?

Namen, Begriffe und Symbole – Zeichen, die auf mehrere Dinge verweisen ... können ...

Im Mittelalter hat alles mehrere Bedeutungen – eine äussere und eine innere. Die Bedeutungen können in verschiedenen Zusammenhängen wechseln. Wir haben verlernt, auf diese Bedeutungen zu achten – das heisst jedoch nicht, dass sie aufhörten zu sein ...

Am 11. November 1417 wurde Kardinal Oddo Colonna in Konstanz zum neuen Papst gewählt. Die ausgefuchsten Konzilherren hatten ihren obersten Fuchs gewählt. Danach wurde den Gläubigen verkündet, dass die Einheit der Kirche wieder hergestellt war, und dass kein Gegenpapst jemals wieder Ansprüche erheben konnte. Es war der Tag des Heiligen Martin. Die Geschichtsschreibung mag darin einen Zufall sehen. Doch die Konzils-Füchse waren schlau. Sie hatten eine schnatternde Gans gebraten und hatten ein Jahr später nochmals ein Mahnfeuer entzündet, um zu bestätigen, dass sie keine weitere Einmischung in ihre Pläne dulden würden – dass sie kein weiteres Geschnatter tschechischer Gänse unbestraft lassen würden.

Am Tag des Heiligen Martin wurden Steuern und Abgaben geschuldet. Der Stichtag im Kalender für die Bezahlung, die man der „Obrigkeit" schuldete. Die Menschen brachten am Martinstag, was sie hatten, um ihren Zehnten den Kirchenherren und die Steuern den Landesherren abzugeben. Darunter waren auch gemästete Gänse, die rechtzeitig vor dem Winter geschlachtet wurden, und deren Bratenduft den hohen Herren appetitanregend in die Nasen stach. Die Martinsgans trägt seitdem ihren Namen. Sie ist das Opfer aus der Bevölkerung an die hohen Herren Räte und Regierenden. Die Gans ist die Kuh des kleinen Mannes.

Jedes Jahr zu St. Martin endet das Alte und beginnt das Neue. So will es der Brauch. Ende und der Beginn des Pachtjahres. Beginn einer reinigenden Fastenzeit vor der heiligen Weihnacht. Eigentlich findet in der irdischen Verwaltung Neujahr an St. Martin statt.

Die Geschichtsschreibung will darin immer noch einen Zufall sehen. Zufall, dass zwei unversöhnliche Lager ihre Wiedervereinigung ausgerechnet an St. Martin begehen. Nach dem „Braten der tschechischen Gans" im Sommer 1415, und nach dem zweiten Konstanzer Feuer von 1416, in dem der Magister Hieronymus von Prag starb, benötigten die Konzilherren noch ein weiteres Jahr, um sich zu konsolidieren. Dann – ausgerechnet am Martinstag erfolgt die Verkündung „habemus papam", die Kirche ist wieder vereint. Das alte System ist endlich zu Ende, der Schlussstrich ist gezogen unter das mörderische Schisma und ein neuer Beginn erstrahlt am Kirchenhimmel. Diese Tatsache bekräftigend, wählt der neue Papst des Neubeginns, und des neuen Bündnisses, den Namen des Heiligen Martin.

Magie, Spekulation
und ein unerschütterlicher Lebenswille

Das 14. Jahrhundert war eine hohe Zeit für sogenannte Magier und Zauberer aller Couleur. Sie tummelten sich zuhauf am Hof Sigismunds von Luxemburg, dessen eigene Frau als hochkarätige Alchemistin galt. Das diese Dame, Barbara von Celje, sich nicht nur mit den Rezepturen ihrer Kosmetik beschäftigte ist anzunehmen. Ihr Charakter und die Zeitzeugnisse sprechen eine klare Sprache. Es ist auch anzunehmen, dass Königin Barbara weitere Alchemisten, auch solche, die sich dafür ausgaben, um sich scharte. Erstaunlich, dass Barbara von Celje niemals in den Verdacht von Ketzerei oder gar Hexerei kam, obwohl andere schon wegen Kleinigkeiten sofort vor die fürchterliche Inquisition kamen. Unter den Zeitgenossen herrschte immer Angst vor böser Magie, vor Verwünschungen und Schädigung durch Zauberei. Für die Menschen des 14. Jahrhunderts stellte dies eine reale Bedrohung dar. Um wie vieles einfacher war es demnach, jemanden der Hexenkünste anzuklagen, wenn man selbst in der Klemme steckte?

Es ist die Rede von Baldassare Cossa, Papst Johannes XXIII. des Konstanzer Konzils. Cossa war Neapolitaner und ein abergläubischer Mensch mit krimineller Energie. Cossa fühlte sich von Jan Hus zu Recht angegriffen, als dieser verkündete, dass ein Papst, der unmoralisch lebe, nicht mit Unfehlbarkeit gesegnet sein könne. Hus ging sogar noch weiter, da er jedem Christen anriet, unethisch handelnden und korrupten Geistlichen den Gehorsam zu verweigern. Ein Geistlicher, der in Sünde lebe verliere die Berechtigung die heiligen Sakramente zu erteilen. Weiter verkündete Hus, dass in der Bibel an keiner Stelle von einem „Papst" die

Rede wäre – und Hus stellte sich ganz entschieden gegen die Praxis des Verkaufs von Sündenablässen. Gerade die Einnahmen daraus stellten eine sprudelnde Geldquelle eben jenes Herrn Baldassare Cossa im Papstamt dar. Der amerikanische Autor, Stephen Greenblatt, stellt sich in seinem Buch „Die Wende" auf den Standpunkt, dass Cossa auf dem Konstanzer Konzil von der eigenen Person ablenken wollte, und dass ihm deshalb die Verurteilung des Prager Magisters hoch willkommen kam. Greenblatt schreibt ebenfalls, dass Cossas Feinde in diesem Punkt mit Jan Hus übereinstimmten. Möglicherweise malte sich Cossas überhitztes Hirn schon aus, dass seine Gegner mit Hus gemeinsame Sache machen könnten, um ihn, Cossa, ins Verderben zu schicken. Es heisst, dass in Konstanz ein Gerücht umgegangen war, dass besagte: Jan Hus verfüge über grosse magische Kräfte und könne Gedanken lesen, deshalb dürfe man sich ihm nur bis auf einen Sicherheitsabstand nähern! Nun, der Urheber solcher Geschichten konnte wohl der verwirrte Baldassare Cossa sein, doch es kommen auch andere in Frage. Die Stadt Konstanz wimmelte von Agenten und zwielichtigen Gestalten in Diensten hoher Auftraggeber. Ein Umstand ist allerdings erwähnenswert: Jan Hus verfügte aus seiner Tätigkeit als Lehrer und Prediger über eine gut trainierte Menschenkenntnis, er war es gewohnt vor einer Zuhörerschaft zu sprechen und er liess sich nie zu rüden Bemerkungen provozieren. Er mag direkt und geradeheraus gesprochen haben, er mag den Konzilherren ins Wort gefallen sein, er mag dazwischen gerufen haben – doch dies alles vollzog immer innerhalb der Grenzen von Anstand und Höflichkeit. Dies ist umso bemerkenswerter, als das späte Mittelalter keinesfalls zimperlich im Umgang war. Ein Jahr nach Hus' Tod wird man seinen Berufskollegen Hieronymus von Prag verurteilen, doch vorher wird man ihn als wortgewaltigen Redner bewundern, obwohl Hieronymus während der Anhörungen die Konzilherren gleichsam wortgewaltig als Esel und Dummköpfe beschimpfte. Nichts dergleichen tat Jan Hus. Hus liess sich auch nicht einschüchtern, liess sich nicht unter Druck setzen, obgleich dieser gewaltig war. Eine solche Selbstbeherrschung kann schon unheimlich wirken. Ausserdem standen die Konzilherren selbst unter Druck, und vielleicht regten sich hie und da leise Zweifel – in jedem Fall konnte die Charakterfestigkeit des Jan Hus den emotional spontanen Menschen der Epoche durchaus „magisch" vorkommen. Es gibt noch eine andere Eigenschaft, die integren und erfahrenen Menschen eigen ist: Es ist ihr Blick – sie besitzen einen tiefen, geraden Blick, der mitten ins Herz zu sehen scheint. Fürchtete sich der abergläubische Neapolitaner Cossa vielleicht vor diesem Blick? Hatte er Angst, Hus würde ihn mit dem „malocchio" mit dem „bösen Blick" verhexen? Baldassare Cossa verfügte gewiss nicht über eine ausgeglichene psychische Verfassung...

Wir begeben uns nun auf ein rutschiges Terrain voll von Annahmen und Spekulationen. Viele „Was wäre wenn", und „vielleicht" säumen den Weg. Wie am Anfang erwähnt, war das 14. und 15. Jahrhundert die hohe Zeit der Alchemisten. Strömungen verschiedenster Geheimlehren und okkulter Praktiken verbreiten sich unter dem stets wachsamen Blick der Kirche, die unermüdlich nach Ketzern und Zauberern spürte. Daneben hatten sich in der Bevölkerung noch uralte, auf Naturbeobachtung und Naturgesetze zurückgehende Bräuche und Überlieferungen erhalten. Das Auffinden von Wasser mittels Wünschelrute oder Pendel ist nur ein Beispiel von vielen. Ohne Wasser keine Siedlungen. Wo keine sichtbaren Wasserläufe vorhanden waren, musste Wasser auch unter der Erdoberfläche gefunden werden. Welche technischen Hilfsmittel wurden angewandt, um Stellen zu bezeichnen, an denen Brunnen gebohrt werden sollten? Die Brunnen der Städte und Dörfer, die Brunnen der Burgen. Wie gelang es den Menschen Wasser zu finden, wenn keine oberirdischen Quellen zu sehen waren? Gerade bei den tiefen Brunnen der Burgen und Wehranlagen beweist vor allem die Tiefe, dass hier gezielt nach Wasser gegraben wurde – man gräbt und bohrt nicht mehrere Meter tiefe Löcher in felsiges Gestein, wenn die Stelle nicht von vornherein klar ist. Auch wenn Menschen aus ihren angestammten Gebieten auswanderten, um neue Siedlungen zu bauen und um Wälder zu roden, damit Land zum Bebauen und Wohnen entstand, musste man sich auf jemanden verlassen, der wusste, wo Wasser zu finden war.

Radiästheten und Wassersucher waren im Mittelalter geachtete Personen. Wassersucher, ausgerüstet mit Pendel oder Wünschelrute arbeiteten Hand in Hand mit Brunnenbauern. Verliefen Wasseradern unter bestehenden Gebäuden, so wurden sie mit eigens dazu bestimmten Zeichen an den Wänden der Gebäude markiert, auch in Kirchen. Eine Wasserader war wichtig, es war wichtig zu wissen in welche Richtung das Wasser fliesst – deshalb wurden in Kirchen, falls unumgänglich, solche Markierungen auch auf Grabmälern oder über Fresken angebracht. In mehreren vorarlbergischen Bergkirchlein in Österreich war die Anbringung der Wasseradermarkierung an der Kirchenwand sogar wichtiger als das Wappen der adligen Grundherrenfamilie. Mit der Markierung wurde das Wappen teilweise übermalt – Wasser ist wichtiger als die Ehre der Grundbesitzer, denn ohne Wasser wird es den Grundherrn bald nicht mehr geben.

Wie konnten die Rutengänger und Pendler mit ihren einfachen Geräten die Wasserläufe ermitteln? Die Kenntnis gewisser Vorgänge in der Natur scheint lange überliefert worden zu sein. Fliessendes Wasser erzeugt physikalische Kraftfelder, auf welche die Rute oder das Pendel in einer bestimmten Weise reagieren. Je nach Drehrichtung und Bewegung des Pendels – und mit einiger Geduld und Erfahrung – können so der Wasserlauf und die Fliessrichtung ermittelt werden. Daneben kommen in der Natur Kraftfelder vor, die von Erdverwerfungen, Steinformationen oder gar hohen Bäumen oder Sträuchern ausgehen. Hat man einmal die natürlichen Regeln dieser Kraftfelder verstanden, kann man sie auch künstlich und absichtlich erzeugen. Dass frühere Landvermesser, Architekten, Baumeister und Bauleute solche Praktiken beherrschten, beweisen alle Bauten aus dem Mittelalter, insbesondere die grossartigen gotischen Kathedralen. Die Kathedralen sind wahrhaftige „Lehrgebäude" aus Stein. In den Räumen der Kathedralen spielen andere physikalische Gesetze als draussen. Nicht nur die berühmten Kathedralen, sondern auch alle anderen Kirchenbauten, mitsamt den kleinsten Bergkapellen haben eines gemeinsam: Eine bestimmte und absichtlich herbeigeführte Anordnung von physikalischen Kraftfeldern. Die Ordnungsmuster sind immer nach denselben Prinzipien angelegt. Es gibt genügend wissenschaftliche Untersuchungen der Kathedralen – allen voran Chartres – mit erstaunlichen Ergebnissen. Heute wird allenthalben über Baubiologie und chinesisches Feng Shui gesprochen und geschrieben, und man vergisst dabei, dass auch Europa eine eigene Tradition des Wissens über das Errichten von Bauwerken hatte, die im Laufe der Zeit verloren ging. Es wird Zeit sie wieder zu entdecken.

Am Beispiel der Kathedrale von Chartres fand man heraus, wie die Kraftfeldlinien angelegt wurden. So dient ein kraftfeldloser Raum zur Verstärkung einer mystischen, religiösen Stimmung und zum konzentrierten Gebet ohne Ablenkung. Dies scheint einleuchtend, die Gläubigen sollen sich in die Gottesschau vertiefen, ihre Gedanken und Gefühle auf Gott ausrichten – ungestört und ausschliesslich. In einem beruhigten Raum ohne Störfeder wird das gut ermöglicht, und der Gläubige verlässt erfrischt an Geist und Körper den Gottesdienst.

Doch Wissen und anwendbare Kenntnisse sind immer zweischneidig. Wissen und Kenntnisse lassen sich sowohl für gute als auch für schlechte Ziele einsetzen, denn Wissen und Kenntnisse sind neutral. Es kommt darauf an, warum sie eingesetzt werden. Zum Beispiel Feuer oder Elektrizität: Mit den entsprechenden Kenntnissen über diese Energien kann man eine Mahlzeit kochen, behagliche Wärme in der kalten Jahreszeit erzeugen oder dunkle Räume ausleuchten. Beide Energien können aber jederzeit auch missbraucht werden, um Leben und Gut zu vernichten, um mit Entzug oder Übermass zu bedrohen. Beim Backofen oder beim elektrischen Stuhl – die Energie bleibt dieselbe. So ist es auch mit physikalischen Kraftfeldern. Mittels Verstärkung oder Entzug können sowohl wohltuende als auch bedrohende Umstände absichtlich herbeigeführt werden.

Eine Gruppe von Radiästheten entdeckte an Orten, wo früher Verliesse oder Kerker lagen, dass sich auch dort ein Schema willkürlich angelegter Kraftfelder wiederholte – allerdings Kraftfelder, die dazu angetan waren den Gefangenen Kraft zu entziehen. An solchen Orten wird man – zusätzlich zur ausgestandenen Angst, und einer kalten, verseuchten Umgebung – auch noch erschöpft und apathisch. Jeglicher noch verbleibende Widerstand eines Gefangenen wird auf diese Weise gebrochen, der Mensch wird zum willenlosen, kraftlosen Wrack, bereit zur Hinrichtung geführt zu werden. Nur sehr starke, oder sehr unempfindliche Naturen haben eine Chance dem Zusammenspiel der genannten Faktoren zu entkommen.

Jan Hus war eine sehr starke Natur, geistig und charakterlich. Doch auch er ist in einem seiner Konstanzer Gefängnisse krank geworden, so dass man ihn verlegen musste. Schliesslich ging es nicht darum den Prager Magister einfach verrecken zu lassen, um ihn loszuwerden, sondern man wollte ein Exempel statuieren und ihn als Ketzer überführen - dafür brauchte man ihn lebend. Ausserdem wäre der plötzliche Tod des angesehenen Prager Universitätsmagisters und geweihten Priesters, politisch ungeschickt gewesen. Die Stimmen, die laut Mord geschrien hätten, wären viele gewesen.

Doch Jan Hus kannte ein anderes Mittel, um seinen Geist vor Verzweiflung zu schützen. Es kann mit Sicherheit angenommen werden, dass er – in jener Zeit, als man ihm Schreibzeug und Papier verweigerte – seine Verteidigung im Geist durchging, dass er im Geiste Reden und

Texte formulierte – und dass er innig betete. Als man ihm wieder Schreibutensilien zugestand, begann er sofort Briefe und Traktate zu schreiben. Als Magister und Priester war Hus geübt in geistigen Praktiken, in Konzentration und Ausrichtung.

Das Gewähren der Schreibutensilien kann auch ein Kniff der Konzilherren gewesen sein. Glaubten sie vielleicht, dass sich in dieser Korrespondenz belastende Einzelheiten finden liessen? Die schlauen Konzilfüchse erreichten das Gegenteil. Anstatt zu jammern, anstatt zu verzweifeln und aufzugeben, anstatt zu beschuldigen und zu verraten bezog Jan Hus aus dem Schreiben Kraft. Die Briefe an seine Freunde, die Traktate, enthielten keine Aufforderung zu Verschwörung oder Hochverrat, sondern Anweisungen zu gegenseitigem Respekt und Ehrlichkeit.

Wie dem auch gewesen sein mag, trotz aller Mittel, die Hus mürbe machen sollten, die ihn zur Aufgabe seiner Ideale bringen sollten – trotz aller Kniffe, die Hus bewegen sollten alles zu verraten, woran er ein Leben lang geglaubt hatte, bewies er eine enorme Geistesstärke und ein unerschütterliches Vertrauen, welches wohl seinen wertvollsten Nachlass an sein Geburtsland darstellt.

Inter-Religiöser Dialog?

Wie stellt sich ein interreligiöser Dialog dar? Wer sollen die Parteien dieses Dialogs sein? Dialog heisst Zwiesprache, Gespräch zu zweit – demnach dürften nur je zwei Parteien daran teilnehmen? Wer wählt sie aus? Oder gibt es ein Ausscheidungsverfahren wie bei den Fussballmeisterschaften?

Geht es bei einem inter-religiösen Dialog um Gespräche und Verständnisbemühungen zwischen verschiedenen Religionen? Zwischen Konfessionen und Glaubensbekenntnissen? Oder geht es um den „inner-religiösen" Dialog innerhalb des Christentums, innerhalb des christlichen Rahmens aller seiner Strömungen, Auslegungen und Richtungen? Vielleicht müssten sich Christen erst mit diesen zahlreichen Verästelung befassen, die aus den Wurzeln der Lehre entstanden. Verästelungen, die auf Meinungen, Auslegungen und Interpretationen zurückgehen. Verästelungen, die dem individuellen Stand der Erkenntnis und des Bewusstseins Einzelner entsprungen waren. Die menschliche Erkenntnisfähigkeit entwickelt sich – zumindest ist sie dazu vorgesehen – warum also die verschiedenen „Glaubensrichtungen" nicht als solche akzeptieren und als das sehen, was sie zu sein scheinen ... Stufen auf dem Weg zur Erkenntnis.

Das Jahr 2015. Die Stadt Konstanz, vor 600 Jahren zum Austragungsort eines Kirchenkonzils bestimmt – einer „kirchenpolitischen Konferenz", die sowohl weltlich als auch geistig untragbare Zustände ordnen sollte. Die Stadt Konstanz begeht 2015 ein „Jahr der Versöhnung". In diesem Jahr, 2015, soll die Person des Jan Hus im Mittelpunkt stehen, eingebettet in weitere Gedenkjahre zur Erinnerung an das damalige Konzil. In der Stadt Konstanz ging es nicht um einen interreligiösen

Dialog – die Schlagworte waren damals andere, doch genauso einprägsam.

Das Jahr 2013. Das Land: Tschechien. Im Februar wird ein Artikel veröffentlicht unter dem Titel: „Jan Hus objektiv und ohne Beschönigung (*Jan Hus objektivně a bez příkras*). Der Autor nennt sich Historiker der Kirchengeschichte, trägt sogar einen akademischen Titel, das weckt Hoffnungen, doch die Hoffnung schmilzt bald nach Beginn der Lektüre dahin, der Inhalt des Artikels ist aggressiv, enttäuschend. Ein Beispiel:

„Wenn Hus heute leben würde, und wenn er sich für diese (seine) Ansichten vor der Kongregation der Glaubenslehre verantworten müsste, kann ohne Zweifel angenommen werden, dass diese Institution, sofern sie nicht vom Modernismus befallen wäre, genau gleich entscheiden würde wie das Konstanzer Konzil. Die katholische Lehre ist nämlich unfehlbar und zeitlos."

„Kdyby Hus žil dnes a musel se z těchto názorů zodpovídat před Kongregací pro nauku víry, není pochyb, že by tato instituce, pokud by nebyla zasažena modernismem, rozhodla přesně tak jako kostnický sněm. Katolická nauka je totiž neomylná a nadčasová."

Der Autor, Radomír Malý, verurteilt aufs Schärfste Jan Hus als Aufwiegler, Unruhestifter und Hetzer, den es nicht kümmerte, dass nachfolgend an seine Predigten im Prager Umland Kirchen geplündert und sogar Geistliche ermordet wurden, nur weil die aufgebrachten Leute sich von Hus dazu aufgestachelt fühlten. Indessen ist es der Autor, R. Malý, ein Mann mit öffentlicher und auch politischer Tätigkeit, der gegenwärtig, im 21. Jahrhundert, seine Mitmenschen zu einer „Katholischen Kontrarevolution" auffordert. In einem anderen Artikel ist er der Meinung:

(dass im äussersten Fall) „...*ein Aufstand oder ein militärischer Putsch zur Verteidigung der traditionellen Familie und der ungeborenen Kinder, keine unethische Tat wäre, sondern ein heldenhafter Ausdruck des Widerstandes gegen die heutige gottlose revolutionäre Totalität, und ein jeder Katholik, der dieser Bezeichnung würdig ist, hat die moralische Pflicht ein solches Vorgehen zu unterstützen.*"

„....povstání nebo vojenský převrat na obranu tradiční rodiny a nenarozených dětí by tady nejenže nebyl něčím eticky vadným, ale naopak hrdinným projevem odporu proti nynější bezbožné revoluční totalitě a každý katolík, hodný toho jména, by měl morální povinnost něco takového podpořit."

Aufwieglerische, gefährliche und unnütze Worte. Es bleibt zu hoffen, dass die Gruppierung tschechischer, traditionalistischer Katholiken, zu deren Sprachrohr sich Herr Malý macht, landesweit in der Minderheit ist – und es ist zu hoffen, dass auch alle anderen Katholiken vor solchen Worten entsetzt zurückweichen.

Die Gruppierung – wie soll man sie nennen: Traditionalisten? Fundamentalisten? – verbreitet ihre Ansichten in einer Zeitschrift und über eine dazugehörige Website. Die Zeitschrift erschien das erste Mal im Jahr 2006. Sie trägt den Titel „Te Deum" nach den Anfangsworten des christlichen, lateinisch verfassten Lobgesangs „Te deum laudamus" – „Dich, Herr, loben wir".... Doch im Gegensatz dazu ist die offizielle Vertretung der tschechischen katholischen Kirche gar nicht des Lobes voll über solche Aktivitäten. Die offizielle Kirchenführung distanzierte sich ausdrücklich sowohl von der Zeitschrift als auch von den Herausgebern. Die offizielle Kirchenführung in Tschechien, das war Kardinal Miloslav Vlk, der sich öffentlich und vor seinem Rücktritt als Prager Erzbischof im Jahr 2010, zur Zeitschrift äusserte. Der Kardinal sprach „Te Deum" auch den Untertitel einer „katholischen Publikation" ab, da die Bezeichnung „katholisch" gemäss kanonischem Recht nur nach Prüfung, Beglaubigung und Gewährung durch die offiziellen Stellen der römisch-katholischen Kirche gewährt wird. Kardinal Vlk fügte noch weitere Kritikpunkte an, und warf den Herausgebern Anhängerschaft zu Personen vor, welche für die Kirche untragbar geworden waren, wie z.B. der frühere französische Erzbischof Lefebvre und seinesgleichen.

Einen Kommentar zu „Te Deum" lieferte auch der Autor Tomáš Machula in einem Artikel der Publikation „Katolický týden" (Katholische Woche), die ihre Bezeichnung wohl beglaubigt gewährt bekommen hatte. Machulas Kommentar war allerdings in einem toleranten Ton geschrieben. In seinem Artikel vom April 2006 ging es um die Frage, ob man „Te Deum lesen oder nicht lesen" sollte. Der Autor formulierte, dass ...

„...traditionell orientierte Christen selbstverständlich das Recht haben, ihre Ansichten und Überzeugungen offenzulegen, und diejenigen Leser, die sich von solchen Meinungen verärgert fühlen, sollten nicht böse sein, dass es nun eine Zeitschrift wie „Te Deum" gäbe. Dies sei doch Teil des intensiv propagierten Dialogs und der Pluralität (wenn auch dies wahrscheinlich nicht diejenigen Werte seien, zu denen sich die Traditionalisten von „Te Deum" so begeistert bekennen)."

„Tradicionalisticky orientovaní křesťané mají samozřejmě právo jasně deklarovat své postoje a přesvědčení a ti, které jejich názory rozčilují, by se neměli zlobit, že časopis jako Te Deum existuje. Může být přece součástí tolik prosazovaného dialogu a plurality (i když to nejsou asi zrovna hodnoty, k nimž se tradicionalisté z Te Deum nadšeně hlásí)."

Am Ende seines Artikels kommt Tomáš Machula zum Schluss, dass er sich die Worte des Apostels Paulus aus dem 1. Thessalonicherbrief (5:21) zu Herzen genommen hätte: „*...prüfet aber alles und das Gute behaltet...*". In diesem Sinne hätte er die Zeitschrift „Te Deum" geprüft, doch abonnieren werde er sie mit Sicherheit nicht. So weit so gut. Das ist weise gehandelt. Anschauen – prüfen – entscheiden. Eine beispielhafte Vorgehensweise.

Nichtsdestotrotz finden die Herausgeber von „Te Deum" anscheinend genügend Unterstützung in der Bevölkerung, werden mit finanziellen Mitteln versorgt, und verfügen über eine treue Anhängerschaft. Pikanterweise berufen sie sich unter anderem auch auf Mitglieder katholischer Orden, die trotz des offiziellen „Bannes" (welch ein Wort im Zusammenhang mit Kirchenführung!) die Zeitschrift begeistert lesen und unterstützen würden – da sie die Autorität des Prager Erzbischofs in dieser Sache als nicht kompetent betrachten ...

... und schon fühlt man sich, wie mit einer Zeitmaschine, durch die Jahrhunderte zurückgeschleudert, ins gotische Prag des Jan Hus und der Kontroverse um Entscheidungsautorität zwischen König, Universität und Erzbischof.

Dialog oder Schisma? Tolerante Gesprächskultur oder verhärtete Standpunkte? Dazu das Pauluswort „... prüft alles, und wählt danach das Gute..." Das hört sich schön an, doch wo finde ich Entscheidungshilfen? Nach welchen Kriterien prüfe ich? Nach meinem inneren Gefühl? ... und wenn mich dieses Gefühl etwas ganz anderes als gut befinden lässt? Wer bestimmt, was gut und was nicht gut ist?

In meiner Jugend hatte man mir die Paulus-Episteln mindestens einmal pro Woche vorgesetzt. Als Internatsschülerinnen besuchten wir zweimal wöchentlich die Messe und nahmen zusätzlich dazu auch an saisonalen Andachten und Gebetsfeiern teil. In der Schule hatten wir natürlich Religionsunterricht und Bibelkunde. Paulus erschien mir damals als die absolute „Überautorität", Paulus hatte zu allem etwas zu sagen, Paulus war der energische Macher, der Vorwärtstreiber, der geistige Manager seiner Christengemeinden. Worüber man auch immer zweifeln mochte, bei Paulus fand man die Antwort. – Erst später lernte ich den Begriff einer „paulinischen Kirche" kennen, erst später wurde ich darauf aufmerksam gemacht, dass der organisatorisch so begabte Paulus gar nicht immer nach den Grundsätzen jenes Mannes handelte, dessen Botschaft er mit Feuereifer verkündete und den er selbst nie kennen gelernt hatte. Viel später hörte ich auch von Meinungsverschiedenheiten, die Paulus mit Jenen gehabt haben soll, die noch Zeitzeugen, Freunde und erste Nachfolger Jesu waren.

Paulus, der römische Bürger und gesetzestreue Jude, Angehöriger der Partei der Pharisäer, griechisch gebildet, ein wahrhafter „Weltbürger", der nach seiner Bekehrung unermüdlichen missionarischen Eifer zeigte. Einerseits faszinierte mich seine energische, bestimmte und bestimmende Art, anderseits fühlte ich mich stark bevormundet durch diesen „Gerechten", der alles so gut im Griff hatte und auf jede Frage die passende Antwort fand. Kaum selber bekehrt, schon legte Paulus eine ausgearbeitete Überzeugungsstrategie mit klaren Zielsetzungen vor. Ich studierte einige Paulus-Biographien, fühlte eine unfreiwillige Bewunderung für diesen Workaholic des Glaubens. Gleichwohl – den Satz „*...das Weib schweige in der Gemeinde...*" verzieh ich ihm nie. Da schimmerte zu sehr der männlich super-bewusste, griechisch-jüdische Doktor hindurch, der mit römisch-globalem Sendungsauftrag in die Welt hinaus fuhr. Das waren nicht die Worte, und nicht das Beispiel von Jesus. Das war weit entfernt von „liebet euren Nächsten wie euch selbst" und das lief wieder einmal auf eine Einteilung der Menschheit in Hierarchien, Klassen und Machtstrukturen. Denn wer das Wort hat, hat die Macht, wem zu schweigen geboten wird, dem wird das Recht auf Ausdruck und Äusserung genommen – dem wird letztendlich die Freiheit genommen.

Dass ich schweigen sollte zu allem, was eine ferne Kirchenleitung über mich beschloss, das fand ich nun ganz und gar nicht „gut" – dazu bedurfte es keiner langen „Prüfung". Die Stellen in den Episteln, wo Frauen Schweigen und Unterwürfigkeit ausdrücklich befohlen werden, sind auffallend zahlreich. Nach eingehender „Prüfung" wagte ich es die

Autorität des Apostels Paulus ins Pfefferland zu schicken.... doch ich hatte seine Ermahnung befolgt, und hatte „geprüft" ... an der erwähnten Aussage kann ich bis heute nichts „Gutes" finden. Natürlich hatte man mir zu erklären versucht, dass dieses Paulus-Wort wieder einmal nur „sinnbildlich" zu verstehen sei, und dass es zu seiner Zeit berechtigt war Frauen das Sprechen in einer religiösen Versammlung nicht zu erlauben, weil Frauen zu Paulus Zeiten nicht so gut gebildet waren wie die Männer und weil sie daher nicht kompetent an einer Diskussion teilnehmen konnten und so weiter und so fort. – Ich liess es nicht gelten. Ich fragte: Wäre es dann nicht besser gewesen, man hätte die Frauen unterrichtet, damit sie zu gleichberechtigten Gesprächsteilnehmerinnen würden, anstatt ihnen kategorisch den Mund zu verbieten? DAS hätte ich für gut befunden! Doch solche Ansichten fanden wiederum die erziehungsberechtigten Nonnen, in deren Obhut ich lebte, gar nicht „gut" – und das brauchten sie auch nicht lange zu „prüfen"... Der Dialog war beendet.

Auch Jan Hus hatte geprüft und hatte dabei Dinge für gut befunden und behalten, die den Ansichten seiner Vorgesetzten widersprachen. Ein „Dialog" kam zu Hus Zeiten nicht in Frage. Für Hus kein Grund, das Gespräch deshalb nicht trotzdem zu versuchen. Daher mutet der Vorwurf der Konstanzer Konzilherren absurd an, dass Hus keine Bereitschaft zur Einlenkung gezeigt hätte. Einlenkung! Das hätte bedeutet sich den juristisch-sophistischen Formulierungen der mit allen Wassern gewaschenen Kreuzverhörprofis zu beugen. Es gibt eine unfehlbare Methode jeden Angeklagten zu verwirren, ihn zu zwingen Fragen mit Ja oder Nein zu beantworten, auf die es keine solchen Antworten gibt; ihn mit falsch zitierten und aus dem Zusammenhang gerissenen Aussagen zu konfrontieren – und wenn er dann Erklärungen liefern will, ihn schweigen zu heissen mit der Bemerkung, dass er nicht da sei, um zu diskutieren, sondern um sich der Anklage zu stellen. Diese Methoden sind uralt, und sie sind unfehlbar in den Händen von

Menschen, mit denen man niemals im Leben zusammentreffen will. An solche Methoden können sich viele Tschechen erinnern. Solche Methoden wurden gerne von Angehöriges des kommunistischen Regimes praktiziert. Solche Methoden wünscht niemand am eigenen Leib zu erfahren.

Dialoge sind notwendig. Dialoge können klärend wirken und zu Entscheidungen führen. Doch wer zieht die Grenzen der Toleranz? Oft wird vom „Raum" gesprochen, der Ansichten, Überzeugungen und Meinungen gewährt werden muss. Raum schaffen bedeutet aber auch Grenzen ziehen. Raum, auch Freiraum – bezieht sich auf voneinander abgegrenzte Einheiten – wie sonst könnte „Raum" entstehen, wie sonst könnten wir „Raum gewähren"? Auch wenn die Grenzen fliessend und durchdringbar sein können und müssen - zum Gewähren des Raums gehört immer die Höflichkeit den Raum Anderer nicht einschränken zu wollen. In einer Beziehung, einer Partnerschaft, braucht es Raum, damit sich sowohl Beziehung als auch die einzelnen Partner entfalten können. Geistiger Raum ist unendlich, es müsste uns daher möglich sein ihn nach Belieben aufzuteilen, und doch gäbe es immer genügend Raum für alle. Mit jedem Erkenntnisschritt wird der Raum weiter und grösser.

Ist dies vielleicht der Sinn der Worte von Jesus Christus: „… in meines Vaters Haus sind viele Wohnungen" …?

Restitutionen: Quo vadis tschechische Kirche?

Die Kirche will Immobilien. Die Kirche will Landbesitz. Gebäude, Grundstücke, landwirtschaftliches Land, Wälder. Angeblich wäre ihr dieser Besitz nach dem Zweiten Weltkrieg weggenommen worden. Falsch – sagen die Gegner der Restitutionen. Die Kirche besass keinen Grund und Boden und keine Gebäude, denn all dieser Besitz wäre ihr vom säkularen Staat in Nutzniessungsrecht gegeben worden. Von einem „Besitz" könne daher keine Rede sein. Dagegen tritt die röm.-kath. Kirchenführung mit Urkunden auf, die Besitzrechte aus der Vergangenheit belegen sollen. Falsch – sagen die Gegner noch einmal: Die Säkularisierung und die Übergabe in Nutzniessung war schon bei der Gründung der Tschechoslowakei im Jahre 1918 in Kraft getreten. In einem demokratischen, säkularen Staat gehöre öffentlicher Besitz dem Staat, die Kirche ist Nutzniesserin. Kirchliche Mitarbeiter (Bischöfe, Priester, etc.) haben den Status von Beamten und werden vom Staat besoldet. Dies blieb auch während der kommunistischen Ära so erhalten. Ausserdem – hatte nicht schon der Habsburger Kaiser Joseph II. in seinem umfangreichen Reformpaket die Säkularisierung durchgesetzt? Wenn die Kirche sich also auf jahrhundertelange Rechte beruft, so kann dies der Staat auch.

Der Rechtsstreit geht weiter, obwohl ihn die katholische Kirche in Tschechien für gelöst und beendet hält. Weit gefehlt. Das Thema wird in Tschechien laut und heiss diskutiert, ein Bürgerforum wehrt sich mit rechtlichen Mitteln und verlangt vor allem Transparenz. Das Echo dringt aber kaum über die Landesgrenzen hinaus. Die österreichische Presse berichtete darüber. Die Schweizer Presse hat bisher nichts verlauten lassen. In der Schweizer Presse scheint Tschechien nicht wahrgenommen zu werden – ausser es sind Präsidentenwahlen. Die

Schweizer Presse druckt lieber einen nichtssagenden Artikel, der zwar den Namen von Jan Hus reisserisch im Titel führt, aber zu Jan Hus sonst kein einziges Wort sagt. Der Autor jenes Artikels beschuldigt die Tschechen sich „abzukapseln", kein Interesse an europäischer Politik zu zeigen, „nationalistische" Tendenzen aufzuweisen – und so weiter und so fort. *(NZZ, 24.11.2014, „Das Feuer des Jan Hus")*. Die Kommentare zum Artikel sind dabei weitaus interessanter als der Artikel selbst, und nach der Lektüre des Artikels bleibt wieder einmal die seufzende Feststellung: „Schon wieder...?" Schon wieder Fingerzeige, und verallgemeinernde Urteile, die nicht der Wahrheit entsprechen...

Dabei hätte die Presse mit dem Thema der kirchlichen Restitutionen genügend Material, das auch einer gewissen unfreiwilligen Komik nicht entbehrt. Die entpuppt sich allerdings bei näherem Betrachten als Tragikomik, denn wieder einmal leiden unter den Umständen Menschen, die keine Schuld trifft, die keine Verantwortung für unhaltbare Zustände tragen. Wieder einmal mehr sind Menschen enttäuscht worden, Familien und Einzelpersonen, die sich von der katholischen Kirche eine wahrhafte Seelsorge erhofften, die sich den Glauben an christliche Werte und das Vertrauen in göttliche Vorsehung bewahrt hatten.

Was war passiert? In einer namentlich genannten, tschechischen Gemeinde, überlegt sich der Pfarrer des Ortes wie er die Einkünfte der Pfarrei aufbessern könnte. Er kommt auf die Idee sich als selbstständiger Unternehmer zu etablieren. Doch der Erfolg mag sich nicht so recht einstellen. Die Geschäfte gehen schon bald in die Hose und die Pfarrei Konkurs. Doch das ist sehr vereinfacht dargestellt – der Zusammenhang ist weit komplexer. Es öffnen sich Abgründe zwischen staatlichen und kirchlichen Behörden, zwischen den Wünschen der Bevölkerung ihre Pfarrei und das dazu gehörende Kirchengebäude samt Pfarrhaus zu erhalten. Die katholischen Bürger jener Gemeinde hatten schon während der siebziger und achtziger Jahre, in freiwilliger Arbeit und mit eigenen finanziellen Beiträgen, ihre Kirche baulich restauriert. Im Wendejahr 1989 waren die Arbeiten abgeschlossen und die Kirche erstrahlte in neuem Glanz, neu geweiht unter erzbischöflicher Leitung. Doch die Herrlichkeit währte nicht lange, denn ab 1990 – bis 2001 gab es keinen direkt eingesetzten Pfarrer, die Gläubigen wurden von ständig wechselnden Geistlichen der lokalen Erzdiözese betreut. Während dieser Zeit erfuhren die Kirchenbesucher aus dem Schaufenster einer Immobilienfirma, dass ihr Pfarrhaus vermietet werden sollte, was kurz darauf auch geschah. Mieterin des Pfarrhauses war eine deutsche Firma, die zwei Jahre später in den Konkurs ging. Wenigstens war der katholischen Bevölkerung die Kirche geblieben. Als im Jahr 2001 ein ständiger Pfarrer in die Gemeinde beordert wurde, schien das Glaubensleben gesichert...

Schien ... wäre Herr Pfarrer nicht auf die Idee verfallen zur Erhaltung des Kirchengebäudes und des Pfarrhauses unternehmerisch Geldmittel zu erwirtschaften. Man muss hier der „Pfarrei-Leitung" den guten Vorsatz zugestehen, dass die unternehmerischen Aktivitäten wirklich zum Erhalt der Bausubstanz von insgesamt sechs zur Pfarrei gehörenden Kirchen aufgewendet wurden und zur Deckung der Unkosten, welche durch administrativen Aufwand entstanden waren. So weit, so gut. Eigeninitiative ist grundsätzlich zu loben. Doch sollten Eigeninitiativen auch von ökonomischer Sachkenntnis begleitet sein und nicht allein von Gottvertrauen. Die genannten unternehmerischen Aktivitäten bezogen sich auf Bewirtschaftung von Wäldern, die zur Pfarrei gehörten. Die Geschäfte waren zu Beginn der Tätigkeit gut gelaufen, man hatte erfolgreich Holz aus den Wäldern verkauft und beschloss daher die Anschaffung eines eigenen Holzsägewerks. Doch dann wendete sich das Unternehmerglück. Am Schluss des Projekts, als sich die Situation nicht mehr vertuschen liess, stand man vor einem Schuldenberg von 35 Mio. CZK (entspricht ca. 1,5 Mio. CHF). Ein horrender Betrag für eine

Kirchgemeinde, die auf staatliche Besoldung des Pfarrers und auf private Spenden der Gläubigen angewiesen ist.

Es heisst, die Pfarreiangehörigen wären nur sehr zurückhaltend über die Aktivitäten ihrer Pfarreileitung informiert worden. Schliesslich bestand keine Pflicht zur Transparenz und zur Vorlegung der Geschäfte. Die administrative Organisation der katholischen Kirche in Tschechien lässt viel zu wünschen übrig. Die staatlichen Behörden kümmern sich nur um das Allernotwendigste, die kirchlichen Behörden machen geltend, dass sie auf private Spenden angewiesen seien, und dass akuter Geldmangel eben zu solchen Auswüchsen führen kann. Man schiebt sich den Schwarzen Peter gegenseitig zu, Fragen aus der Bevölkerung bleiben unbeantwortet, und am Schluss werden diejenigen zur Lösung aufgefordert, welche die ganze Situation unverschuldet hinnehmen müssen – die Bürger. Wie ging es weiter? Es wurde ein es Insolvenzverfahren angemeldet, Inventare erstellt, und bald hatten sich erste Interessenten an den kirchlichen Liegenschaften gefunden – auch am barocken Kirchgebäude, in dem immer noch Gottesdienste abgehalten wurden. Fragen wurden laut, was aus der Kirche werden sollte: eine Diskothek? Ein Lagerhaus? Im besten Fall ein kulturelles Zentrum mit Bibliothek? Eine Schule? Ein Warenhaus? Alles lag im Bereich des Möglichen. Da griffen die Bürger unter der Ägide einer beherzten Dame zur Selbstinitiative und gründeten eine Vereinigung zur Rettung ihrer Kirche. In den Statuten der Vereinigung ist ausdrücklich erwähnt, dass diejenigen, die verantwortlich für das Desaster waren, oder auch nur einen Teil Mitverantwortung tragen, nicht als Mitglieder in die Vereinigung aufgenommen würden.

Drei Jahre lang währte der Kampf der Bürger. Sie organisierten sich. Erstellten eine Website mit Versionen auf Tschechisch, Deutsch und Englisch. Die Texte der Website waren dabei sehr höflich gehalten, obwohl sie einen traurigen Inhalt schildern mussten. Die Tatsachen wurden äusserst feinfühlig benannt. Die Vereinsmitglieder sammelten Spenden und Mitgliederbeiträge. Sie traten aktiv ins Verfahren mit den Gläubigern ein. Ende des Jahres 2013 wurde es dann tatsächlich möglich, dass die Vereinigung zur Rettung der Kirche ihre Barockkirche kaufen konnte. Der Vereinigung wurde sogar ein Preisnachlass gewährt gegenüber dem Schätzungspreis der Immobilienexperten... Ob die Schätzung ursprünglich vielleicht ein bisschen „nach oben angepasst" war?

Es ist absurd, dass so etwas geschieht. Es ist absurd, dass Bürger aus eigenen Mitteln eine Kirche kaufen müssen, auf die sie sowohl seitens des Staates als auch der katholischen Kirchenleitung ein Anrecht haben. Es ist absurd, dass eine katholische Kirchgemeinde, die zahlenmässig auf guter Basis steht, das Gebäude zur Ausübung ihrer Religion kaufen muss, da es sonst an den Meistbietenden verhökert würde... Man muss weder Kirche noch Religion mögen, doch ein wenig Respekt vor Stätten, die anderen Menschen heilig sind, ist immer angebracht. Aus den Jahren nach der Wende in Tschechien gab es schon andere Beispiele von anderer „Nutzung" von verkauften Kirchenräumen – der abstossendste Fall war das Beispiel der Michaelskirche in Prag.

Gläubige versus Gläubiger. Hier gelang eine Aktion, bei der von mutigen Menschen eine unverschuldete, verfahrene und würdelose Situation gelöst wurde. Mit viel persönlichem Einsatz, Herzblut und finanziellen Opfern. Der Pfarrer hat sich schliesslich im Jahr 2010 zu seiner Schuld bekannt und um Verzeihung gebeten. Er beteuerte, dass es ihm niemals darum ging, die Pfarrei zu schädigen, sondern nur Mittel zu deren Betrieb bereitzustellen. Man verzieh ihm. Unschlüssig ist jedoch, was mit dem weltlichen Administrator geschah, der angeblich aus dem schon konkursiten Sägewerk Maschinen zur Verwendung im eigenen Betrieb mitgenommen hatte. Der Volksmund nennt so etwas „stehlen".

Die höchsten Stellen der tschechischen katholischen Kirchenhierarchie präsentieren sich merkwürdig stumm in dieser Sache. Es bleibt zu hoffen, dass sie ihren Beitrag leisteten. Dafür tragen sie jetzt das Beispiel jener Gemeinde lauthals zu Markte, als Beweis für die Rechtmässigkeit der geforderten Immobilien-Restitutionen und finanzieller Wiedergutmachungsbeträge des Staates an die Kirche. Der Streit erinnert irgendwie an die Geschichten um den Pfarrer Don Camillo und den kommunistischen Bürgermeister Peppone in einem italienischen Städtchen der Nachkriegszeit. Unversöhnliche Haltungen, unüberbrückbare Gegensätze, gegenseitiges Austricksen. Doch dies waren Geschichten zur Unterhaltung – die Lage im heutigen Tschechien ist bitterernst und der Ausgang ist nicht absehbar. Es entstand bereits wirtschaftlicher Schaden, da bedeutende landwirtschaftliche Grundstücke wegen laufender Gerichtsverfahren nicht bewirtschaftet werden konnten. Die Leidtragenden waren hier die Pächter, selbständige Unternehmer, die landwirtschaftlichen Grund und Boden von den Kirchenbehörden gepachtet hatten. Solange die Besitzverhältnisse nicht geklärt waren, durfte nichts angebaut werden. Die Kirchenführung liess das zu… Es gibt in der Kirchenverwaltung kein verbindliches System zur Offenlegung der Buchführung und der laufenden Geschäfte. Es gibt keine Verpflichtung für Pfarrer einen ökonomischen Beirat zuzuziehen. Es gibt keine Richtlinien für Transparenz, oder gar Abstimmungen über den Einsatz der Geldmittel wie sie in der Schweiz bestehen. Es gibt auch keine Kirchensteuern, wozu auch, da die Kirchenbeamten doch vom Staat bezahlt werden, welchem dazu die Mittel aus den Steuerabgaben der Bürger zur Verfügung stehen.

Alle reden von fehlenden Geldmitteln, aber greifbare Einrichtungen zu einer wirksamen Verwaltung innerhalb der kirchlichen Organisationen fehlen allerorten. Dafür gibt es etliche kreative Vorschläge, wie die Einnahmen der Kirche zu erhöhen seien. Es meldete sich sogar schon ein Generalvikar mit dem Vorschlag, dass eingetragene Katholiken 10%

von ihren Einkünften ihrer Kirche abzugeben hätten….ja, man sprach wieder vom „Zehnten". Da sind wir also wieder im Mittelalter, als der „Kirchenzehnt" abgegeben wurde. Es bleibt zu hoffen, dass solche finanzielle Kreativität ungehört bleibt.

An die Leitung der tschechischen Kirche. im 21. Jahrhundert:
Jan Hus lässt grüssen …

Sigismund von Luxemburg
„Roter Fuchs", „Raubtier" oder „Realpolitiker"

Man mag mir vorwerfen, dass ich kein einziges gutes Haar an Sigismund von Luxemburg lasse. Das ist wahr. Die Person dieses Mannes ist nicht dazu angetan Sympathien zu wecken, wenn man einmal die Partei von Jan Hus ergriffen hat. Ich stelle mich dem Vorwurf der Befangenheit und Subjektivität, doch ich bin auch überzeugt, dass historische Personen, die aus der Anonymität heraus getreten sind, auch aus der Entfernung der Jahrhunderte Sympathie oder Ablehnung hervorrufen können.

Eine seltsame Kälte geht von dem Mann namens Sigismund aus – durch Jahrhunderte hindurch. Eine Interesselosigkeit an allem, was nicht mit seiner Macht in Verbindung steht. Appetit auf Macht und Geld, anscheinend auch Appetit auf Frauen. Gier nach Anerkennung? Nein, Anerkennung als Fürst und Machthaber werden vorausgesetzt. Eine eigenartige Interesselosigkeit an Dingen, die nicht mit Macht verbunden sind. Rachegesinnung? Möglicherweise rächt er sich „im Vorübergehen", da er weiss, dass im Spiel der Macht jeder seine Runden dreht, dass man sich immer wieder begegnet. Ausserdem ist sein Blick nach vorne gerichtet, unermüdlich strebt er vorwärts, dabei scheint er sicher zu wissen, dass ihm das Schicksal genügend Gelegenheiten zur Rache servieren wird. Er lässt sich nicht durch Rückschläge beirren und sein Ruf ist ihm gleichgültig. Opportunismus, Betrug, Entführung und Freiheitsberaubung, hie und da ein politisch motivierter Mord, Manipulation – ein erklecklicher Katalog an Eigenschaften und Leistungsausweis eines Mannes, den man heute als den ersten Renaissancefürsten und als weitblickenden „Realpolitiker" darzustellen sucht.

„Real" – „Realismus" – diese Bezeichnung entbehrt nicht einer gewissen Komik, die sich die heutigen Beweihräucherer Sigismunds nicht bewusstmachen. Ein „Realist" war zu Sigismunds Zeit der Anhänger der philosophisch-theologischen Richtung des „Realismus", einer Partei im gelehrten „Universalienstreit", die als häretisch gebrandmarkt wurde. Die modernen Historiker, die Sigismunds „Realsinn" hervorheben, würden ihn demnach als Ketzer bezeichnen. Dies ist sehr, sehr nah an der Wahrheit...

Im Konflikt um die Prager Universität liess sich Sigismunds Halbbruder Wenzel von der Universität instrumentalisieren, doch das Gegenteil ist auch wahr: Wenzel instrumentalisierte die Universität für seine eigenen Machtziele gegenüber der Kirche. Vielleicht spielte sogar eine diffuse Ehrerbietung gegenüber dem väterlichen Erbe eine Rolle. Sicher ist jedoch, dass der jüngere Sigismund, niemals solche Skrupel gekannt hätte. Sigismund hätte die wirtschaftlichen Faktoren abgewogen, welche die eine oder andere Universitätspartei bringen mochte, und hätte aufgrund dieser Abwägung entschieden. Er hätte wahrscheinlich der Zweiteilung der Universität in eine deutsche und eine tschechische Hälfte zugestimmt und alle Reformgedanken zum Schweigen gebracht. Wäre Sigismund an Wenzels Stelle Herrscher gewesen, so wären Tschechen jetzt wohl auf dem Status der Lausitzer Sorben. Wieviel weiss die Welt heute über die Lausitzer Sorben?

Wenn Sigismund heute als der verkannte politische Pragmatiker hochstilisiert wird – ist das nicht eher bezeichnend für die Gegenwart? Für Sigismund spielten weder Land, Kultur noch Nation eine Rolle, und schon gar nicht moralische Werte oder Überzeugungen. In Sigismund tritt der Typ des „modernen", rücksichtslosen Herrschers zutage. Sigismund setzte alle Mittel ein, die später Macchiavelli seinem „Fürsten" empfehlen und zubilligen wird. Als Prototyp für Macchiavellis „Principe" wäre Sigismund weit besser geeignet gewesen als Cesare

Borgia. Sigismunds Handeln war ausschliesslich vom eiskalten Kalkül bestimmt und er bediente sich auch moralisch verwerflicher Mittel, um seine Ziele zu erreichen. Sein Ruf und Nachruf sind deshalb entsprechend, und deshalb ist es ebenfalls entsprechend, dass man ihn gegenwärtig zu rehabilitieren versucht. Die Ungarn mögen das vielleicht anders sehen, schliesslich versuchte sich Sigismund in Ungarn seine Hausmacht aufzubauen, wie alle anderen Herrscher. Doch der Eindruck entsteht, als hätte er auch Ungarn nur als ein Objekt zur Wertsteigerung betrachtet.

Beliebt - unbeliebt

Er war bei den Tschechen nicht sonderlich beliebt, der rothaarige und schlaue Landesfürst aus dem Geschlecht der Luxemburger. Das trug ihm unschmeichelhafte Namen ein, wie „der rote Fuchs", oder „das fuchsrote Raubtier". Es gibt einen Ausdruck im Tschechischen, welcher das Rot der Füchse in einem besonders abschätzigen Ton beschreibt. Auch Füchse waren nicht beliebt. Füchse stahlen Eier und schwaches Geflügel, und sie waren dreist. Im Mittelalter hatte der Fuchs keinen guten Leumund.

Der Vater, Karl IV., war wohl der beliebteste der tschechischen Herrscher. Die Mutter, Elisabeth von Pommern – eine junge Frau mit Bärenkräften, die mit blossen Händen Hufeisen verbiegen und Schwerter zerbrechen konnte. Man wundert sich im Nachhinein wie oft sie diese Kraftakte trainierte. Der Sohn Sigismund, benannt nach dem Lieblingsheiligen des Vaters. Eine verworrene Geschichte, die des Heiligen Sigmund, eines Burgunderkönigs aus dem 6. Jahrhundert, der seinen eigenen Sohn tötete und später mitsamt seiner Familie ebenfalls durch Mord ums Leben kam und in einen Brunnen geworfen wurde. Er hätte viel Reue gezeigt und deshalb hätte er sich Gottes Vergebung erwirkt. Nun gut... Auf alle Fälle hatte es der Mann aus Burgund nach seinem Tod weit gebracht – er machte eine steile Karriere als Heiliger, und wurde von Karl IV. sogar zu einem der heiligen Patrone des tschechischen Königreichs erhoben. Vielleicht hätte Karl einen friedfertigeren Heiligen als Namenspatron für seinen jüngsten Sohn wählen sollen....

In der Sache mit Jan Hus hat sich Sigismund die Anerkennung der Tschechen vollends verscherzt. Allerdings – es war ihm egal, und es wäre ihm auch egal gewesen, hätten sie ihn geliebt. Sie sollten ihn nicht lieben sondern ihm gehorchen. Vielleicht war er bemüht, sich unter seinesgleichen Respekt zu verschaffen, der ihm nach seiner Meinung zustand Sigismund konnte durchaus als charmant und umgänglich gelten. Doch den Charme an das Volk verschwenden..?

Sigismund liess zweimal seinen Halbbruder und rechtmässigen König entführen und einkerkern, um die Herrschaft in den tschechischen Ländern zu übernehmen. Das dritte Mal gelang es ihm den Bruder abzusetzen, vielleicht sogar unter Drogeneinfluss bei geistiger Umnebelung zu halten, das dritte Mal ging er auf Nummer sicher. Dass dies seine Beliebtheit nicht gerade förderte ist klar. Rein politisch gesehen, handelte Sigismund richtig. Im Land brodelten Konflikte. Die Universität war in Gefahr als ketzerisch verurteilt zu werden, und der dumme Junge Zbyněk Zajíc, der sich Erzbischof von Prag nannte, war auf der Flucht und Wenzel, der Halbbruder, war regierungsunfähig. Sigismund hatte Recht durchzugreifen – allerdings – er war der Fremde, er wollte alle Reformforderungen im Keim ersticken, er würde jede Hoffnung auf einen Dialog mit der Kirche zunichte machen, da er die Kirche auch nur als Machtmittel ansah.

Sigismund hatte nie etwas für die tschechischen Länder getan, er brauchte das Königreich auf dem Weg zum Kaisertum und er brauchte dazu die Einkünfte, die das Land reichlich bot. Die Bergwerke lieferten immer noch beträchtliche Mengen an Edelmetallen und Mineralien, die Hauptstadt Prag war ein Anziehungspunkt nicht zuletzt wegen der Universität.

Die Universität. Zu Universitäten hatte Sigismund ein einseitiges Verhältnis. Er erkannte zwar richtig, dass Universitäten ein Mittel zur Wertsteigerung eines Staates waren – schliesslich hatte sein eigener Vater die Universität Prag gegründet – doch der Universitätsbetrieb konnte unberechenbar werden. Das hatte man ganz besonders gut in Prag gesehen. Sigismund gründete deshalb 1395 – weil es sich so gehörte, und weil er gerade ungarischer König war – eine Universität im alten Buda. Viel ist nicht bekannt über diese Universität, obwohl im Jahre 1995 eine Erinnerungstafel am Haus Nr. 10, am Heilig-Geist-Platz in Óbuda (Alt-Buda) angebracht wurde, die das Gründungsjahr der ersten Universität in der ungarischen Hauptstadt mit 1395 angibt, und als Gründer Sigismund im Verband mit Papst Bonifaz IX. erwähnt. Später erwähnte Ulrich von Richental in seiner Konstanzer Konzils-Chronik, dass die Universität 1410 ausgebaut wurde und, nach seinen Worten, viel vornehmer war als die Universität in Prag. Doch nach dem Konstanzer Konzil hören die Nachrichten auf.

Schon wieder Richental. Richental, der freiwillige oder unfreiwillige Speichellecker. Richental, der sich selbst und Sigismund mit seinem Bilderbuch derart in Szene setze, dass man mit Recht annehmen kann, die Chronik wäre eine Auftragsarbeit von Sigismund selbst gewesen oder mindestens von jemanden aus Sigismunds Umgebung.

Jedenfalls – die politische Situation in Ungarn war instabil, die Bedrohung durch das Osmanische Reich derart gross, dass man wahrscheinlich andere Prioritäten setzte, als die Entwicklung einer Universität. Vornehm oder nicht vornehm – Sigismund zeigte auf alle Fälle kein grosses Interesse seine Universität zu unterstützen, nachdem sie einmal gegründet war, so dass mittelalterliche Gelehrsamkeit eher im nahen Wien blühte als in Ofen oder Pest.

Chefsache

Sigismund erinnert an die führenden Manager der heutigen globalen Konzerne. Sein politischer Stil erinnert an die Übernahmen und Fusionierungen von Firmen, an von aussen aufgezwungene Strukturen und Verhaltensmuster, die der inneren Kultur zuwiderlaufen. Es erinnert an Massnahmen, die mit dem Wohl der Belegschaft nichts zu tun haben, wo hingegen alles für das Erwirtschaften von hohen Dividenden und unangemessenen Belohnungen für einige Führungskräfte getan wird. Sigismund von Luxemburg als der Vertreter der neoliberalen Ökonomie in der Welt des späten Mittelalters. Als eine solche „Firma" – die hohe Gewinne abwerfen würde, bis sie schliesslich nutzlos geworden an weitere Interessenten verkauft werden konnte – betrachte Sigismund das tschechische Königreich. Was auch immer seine „Executives", d.h. der Adel und der hohe Klerus, zu seinen Plänen meinten, die Bevölkerung hatte ein feines Gespür dafür, dass sie zu einer Zahl in einer Bilanz herabgewertet wurde.

Hatte schon Wenzel IV. einen gesteigerten Machtanspruch, so war Sigismunds Griff nach der Macht bedeutend härter. Sigismund war nicht als Förderer von Kunst und Kultur bekannt. Hätte er sich für Kultur interessiert, hätte er Kultur gewollt, so wäre nichts einfacher erreichbar gewesen. Er musste seine Position sichern. In Ungarn tat er das meisterhaft. In Ungarn wurden Verteidigungsanlagen und Burgen gebaut, das Land musste gegen die Gefahr aus dem Osmanischen Reich gerüstet sein. Hierbei ging es um die Verteidigung des Landes, seines Landes – nicht etwa um die Verteidigung der Christenheit. Doch zur Machterhaltung brauchte es Geld, und Geld war knapp. Die Summen, die zur Bezahlung der Machterhaltung benötigt wurden, waren astronomisch hoch. Schon der Vater, der als weise geltende Karl IV. hatte geseufzt, dass er Unsummen zur Bestechung von Leuten aufwenden müsse, an deren Unterstützung ihm gelegen sei ...

Allerdings – der Vater war als grosszügig bekannt – der Sohn war es nicht. Ein Zug des Geizes macht sich unangenehm breit. Oder wie anders soll man die Weigerung werten, der Witwe seines Halbbruders ihr Erbe zuzugestehen? Diese Frau hatte ihm nie das mindeste Unrecht getan, ausserdem war sie nach dem Tod ihres Gatten vollständig auf die Hilfe ihres mächtigsten Verwandten angewiesen, und das war ohne Zweifel Sigismund. Nicht einmal den Wunsch der letzten Ruhestätte hatte er ihr erfüllt. War es auch Geiz, dass ihn nach der Gründung seines Drachenordens dazu bewegte, statutarisch festzuhalten, dass die Ordensmitglieder für die Anfertigung ihrer Ordensinsignien selbst verantwortlich seien?

Sigismund wird heute ins Rampenlicht gerückt. Er wird als ein moderner Herrscher und Realpolitiker dargestellt, und dies gilt als eine positive, eine anerkennende Bewertung. Vor allem die Umstände um das Konstanzer Konzil lassen Lobeshymnen auf Sigismund niederströmen, als hätte er sich auf Jahrhunderte hinaus Verdienste um die Menschheit erworben. Die Sache mit Jan Hus? Ein peinlicher Zwischenfall. Man hatte doch Hus alle möglichen Wege angeboten, um seinen Kopf aus der Schlinge zu retten – was konnte schon Sigismund dafür, dass der Hus so starrköpfig war? Und dieses Geschrei um das freie Geleit? War es nicht von Juristen ein für alle Mal klargestellt worden, dass das Geleit nur für die Reise nach Konstanz galt und nicht für den Aufenthalt dort? Hus hatte doch einfach das „Kleingedruckte" nicht gelesen, hatte die „allgemeinen Geschäftsbedingungen" nicht akzeptiert ... selber schuld. Doch die Geschichtsschreibung beurteilt solches Verhalten mit anderen Massstäben. Juristisch mag vieles korrekt sein – ethisch ist es noch lange nicht.

Ein bisschen mehr Charakterstärke, ein bisschen mehr von dem, was man Humanität nennt, und er hätte ein wirklich grosser Staatsmann werden können. Er arbeitete unermüdlich, die Agenda umfasste eine schwindelerregende Anzahl an Angelegenheiten, die Sigismunds Aufmerksamkeit erforderten. Das meiste davon war „Chefsache". Allen voran die Lösung des Schismas, Befriedung der tschechischen Länder, die Verteidigung Ungarns, die Ordnung in Polen, in Deutschland, die Beziehungen zu England, zu Frankreich zu Spanien.

Er ist ständig auf Reisen. Kaum hat er die Sache mit den Ketzern Hus und Hieronymus zur Zufriedenheit erledigt, schon verlässt er die langweiligen Kardinäle, Bischöfe und Theologen in Konstanz – sollen die doch jetzt alleine weitermachen – und begibt sich auf Vermittlungstour, bei der er sich erhofft, zwischen England und Frankreich einen Frieden auszuhandeln. Doch die Franzosen wollen nicht und Sigismund verbündet sich fortan mit England. Er möchte überall gleichzeitig sein, überall selbst nach dem Rechten sehen, überall und vor Ort seinen Einfluss geltend machen. Er regiert vom Sattel aus, ist auf Schlachtfeldern, und immer scheint es als hätte er zu wenig Zeit, zu wenig Verbündete, zu wenig Geld. Es gibt keine Familienmitglieder, auf die man sich verlassen könnte und Sigismund muss den Adel jedes seiner Regierungsgebiete mühsam auf seine Seite ziehen. Das kostet Zeit und es kostet Geld. Das einzige, das Sigismund im Überfluss hat ist seine Energie.

Was Albrecht Dürer malte

Illustrierend zu Sigismund sind die Kaiserbilder von Albrecht Dürer. Dürer malte ein fiktives Porträt von Karl dem Grossen und als Gegenstück dazu ein Porträt von Sigismund. Dürer lebte bereits nach Sigismunds Tod, doch es gab mehrere gute Porträts, die er gekannt haben mochte. Doch bei den Kaiserbildern ging es Dürer nicht um porträthafte Ähnlichkeit. Die Bilder stellen Archetypen dar, Symbole. Die Kaiserbilder entstanden im Auftrag der Stadt Nürnberg, welche zu Dürers Lebzeiten die kaiserlichen Kleinodien aufbewahrte. Ausgerechnet von Sigismund, in seiner Eigenschaft als Kaiser, erhielt die Stadt das Aufbewahrungsprivileg „auf ewige Zeiten". Die Gegenüberstellung der beiden „Kaiserbilder" ist atemberaubend. Bei Dürer gibt es immer mehrere Ebenen der Wahrnehmung eines Bildes. Dürer liefert immer mehr Information in einem Bild, die man erst auf den zweiten oder dritten Blick erkennt. Doch auch auf den ersten Blick – Sigismund von Luxemburg wirkt auf Dürers Bild – und gegenüber der Gestalt Karls des Grossen – unsympathisch. Es lässt viel Raum für Interpretation offen...

Die gebückte Gestalt, der misstrauische Blick, die eigenartige Farbgebung und Anordnung der heraldischen Zeichen – der böhmische Löwe sollte nun wirklich nicht golden sondern silbern/weiss sein. Die Bedeutung von links und rechts, und die unordentlich angelegte, auf einer Seite verdrehte Kaiserstola... Hier malt Dürer, der Schöpfer der „Melancholie", und es ist nicht der Kaiser, der Modell steht... Dazu der Gegensatz: Das Idealporträt Karls des Grossen. Frontalansicht, gerade Haltung, gerader Blick. Es ist dieser offene, wissende Blick, der wirklich glauben lässt, man stehe hier Auge in Auge mit einem grossen, weisen Herrscher. Bei Sigismunds Porträt entsteht dieser Eindruck nicht.

Kreuzzüge gegen Hussiten – Der Orden des Drachen

Man hat sich angewöhnt die Kreuzzüge gegen die Hussiten mit dem Schlagwort „Hussitenkriege" zu bezeichnen, und man zeigt bereitwillig mit dem Finger auf die allseits entfesselte Aggression, auf Bildersturm und Gewalt. Mit Recht, denn in den Revolten und Schlachten entluden sich jahrzehntelang aufgestaute Emotionen, Existenzängste und Endzeitstimmungen. Das Schisma der Kirche und das Schisma der Territorialmacht hatten vor allem die mittleren und unteren

Gesellschaftsschichten in tiefe Verwirrung gestürzt. Vierzig Jahre lang – zwei Generationen – hatte man mit zwei, zum Schluss sogar mit drei Päpsten gelebt. Drei oberste Hirten, drei Vertreter Christi auf Erden – eine vielköpfige Hydra, ein Drache, dessen Köpfe sich bekämpften, Bannstrahle gegeneinander schleuderten, sich exkommunizierten, und dies alles vor den Augen der Gläubigen, jedoch ohne Folgen, ohne ersichtliche Gottesstrafen und somit ohne Gerechtigkeit. Auf der königlichen Ebene des römisch-deutschen Reiches und gleichzeitig des tschechischen Königreiches – dasselbe Schauspiel: Zwei Halbbrüder, Wenzel IV. und Sigismund – der eine rechtmässiger König, der andere ein ungeduldiger Thronräuber, welcher den Bruder entmachten will. Zerrissenheit soweit das Auge reicht. Fürsten und Könige, die sich verbünden, sich jedoch unmittelbar darauf wieder verfeinden, Bündnisse willkürlich brechen, einander verraten.

Im Mittelpunkt dieses Geschehens immer wieder Sigismund. Sigismund, der das tschechische Königreich haben will. Das Land ist reich, trotz anhaltender Spannungen fliessen die Geldströme, geben die Silberminen freizügig ihre Schätze her. Das tschechische Königreich ist für ihn finanzielle Quelle, Lieferant an Material und Rohstoffen – seien sie gegenständlicher oder menschlicher Art. Hierin unterscheidet sich Wenzel IV. von seinem Halbbruder. Wenzel mag viele andere Fehler haben, doch er kommt nie in den Verruf, das Land zu eigenem Nutzen ausgebeutet zu haben.

Warum gründet Sigismund, schon früh und in seiner Eigenschaft als ungarischer König, einen Orden zur Bekämpfung der Türken und aller weiterer Andersgläubiger? Einen Orden, der eine Drachenfigur als Emblem führt, und danach benannt ist: „Drachenorden". Man setzt die Gründung und die erste Mitgliederbestimmung bereits im Jahr 1409 an. Eine zweite Mitgliederwerbung erfolgte um das Jahr 1420 – als Anreiz zum Mitmachen bei der Abschlachtung von Hussiten.

Der Ritter und Dichter Oswald von Wolkenstein liess sich stolz mit dem Abzeichen dieses Ordens auf dem Gewand porträtieren. Damit weist er sich als Parteigänger Sigismunds aus. Der Drachenorden ist nicht der einzige Kampforden, zu dem sich Oswald bekennt. Auf seinem bekannten Porträt ist auch die Halskette des Kannenordens von Aragon zu sehen. Oswald ist nicht der einzige, der eine Mitgliedschaft in beiden Orden aufweist zu seiner Zeit. Welche Dienste hatte der „Minnesänger" seinem Herrn eigentlich erwiesen? Ein Dichter und Sänger reist herum, er hat Zugang zu Höfen, zu politischen Mittelpunkten – es gibt kein besseres „Undercover" für einen Spion als der Beruf des fahrenden Sängers, des Wanderdichters oder Musikers. Ausserdem hatte Sigismund noch einige offene Geschäfte im Tirol, da war es gut eine sach- und ortskundige Person in den eigenen Reihen zu wissen. Oswald von Wolkenstein ist nur ein Einzelner in einer langen Reihe, die sich jahrhundertelang fortsetzte und bewährte. Künstler als Spione, Künstler als Diplomaten, was auch nur ein höflicher Ausdruck für einen Spion war. Pieter Paul Rubens, der Meistermaler, und Atto Melani, der Sänger Kardinal Mazarins, mögen hier als die berühmtesten Beispiele gelten. Spione, Kundschafter, Boten, Überbringer geheimer Nachrichten.

Es scheint als wollten sich, in der Zeit um das Jahr 1400, Könige und Fürsten im Stiften von Ritterordern überbieten. Die Orden schossen wie Pilze aus dem Boden, ein jeder hatte zum erklärten Ziel eines Zusammenschlusses: Mauren oder Türken – je nach geographischer Lage – zu bekämpfen und die Christenheit zu schützen. So zumindest wird es nach aussen erklärt. Welche aber waren die tatsächlichen Gründe dieser Bünde, Vereinigungen, Clubs? Dienten sie nach der Auflösung des Templerordens tatsächlich als Auffang-Gesellschaften für Adelssöhne, die keine Erbansprüche und daher auch keine Einkünfte hatten? Doch nicht alle dieser Orden waren reine Männerclubs, es gab auch Frauen, die Ordensmitglieder werden konnten, obwohl solche Mitgliedschaften nur auf sehr hochrangige Damen beschränkt blieben.

Oder waren diese Bünde bereits Vorgänger der sogenannten Akademien, die später vor allem von Italien ausgingen, und in denen sich Humanisten aller Gesellschaftsschichten als Interessengruppen zusammenfanden? Die humanistischen Akademien und Brüderschaften gründeten meist in Themen der Alchemie und in einer Art von schwärmerischem, neuem „Heidentum", dessen Ursprünge man in der Antike suchte. Die Orden des 14. und 15. Jahrhunderts haben auch einen alchemistischen Einschlag. Die Sinnbilder und die Abzeichen jener Orden sind mit Sicherheit in der Symbolik der Alchemie zu finden, die alchemistischen Bilder werden sogar in der Heraldik und für Staatssymbole benutzt – eines der berühmtesten Beispiele ist wohl der Doppeladler, den Sigismund von Luxemburg anlässlich seiner Kaiserkrönung 1433 als dauerhaftes Sinnbild des römisch-deutschen Reiches eingeführt hatte. Soviel Alchemie erstaunt zwar nicht in Bezug auf die Epoche der Gotik, doch ein gewisses, ungemütliches Befremden macht sich doch breit, wenn man sich der so offensichtlich und nach aussen hin angewandten Symbolik bewusst wird. Nicht nur die Symbole, sondern auch die Tätigkeit der Orden, Bünde und Brüderschaften stellt sich demnach als geheim dar, und nur einem ausgewählten Kreis von Eingeweihten zugänglich.

Es erzeugt immer ein unangenehmes Gefühl der Betroffenheit, wenn man plötzlich auf geheimes Tun öffentlich bekannter Persönlichkeiten stösst… Einige dieser damals gegründeten Orden bestehen bis heute – mit welcher Berechtigung wohl? Erinnern wir uns: Gegründet wurden die Orden um „Andersgläubige und Ketzer zu bekämpfen und die Christenheit zu schützen" – das sollte keine Motivation sein, auf der man heute eine Interessensgemeinschaft aufbaut… Man kann die Angaben zu den Orden wunderbar im Internet nachlesen – es ist alles bestens öffentlich und zugänglich. Der berühmte burgundische Orden vom Goldenen Vlies, gegründet 1430, umfasst heute weltweit bekannte Persönlichkeiten des öffentlichen Interesses, die ausserdem noch

Mitgliedschaften in manch anderen Vereinigungen aufweisen? Die Frage stellt sich: Warum? Was haben die damaligen Statuten des Ordens vom Goldenen Vlies heute noch Aktuelles? Lassen wir einmal Wikipedia sprechen, um eine der zugänglichsten und einfachsten Quellen zu erwähnen: „*Das Ziel des Ordens war die Erhaltung des katholischen Glaubens, der Schutz der Kirche und die Wahrung der unbefleckten Ehre des Rittertums. Er war der Jungfrau Maria gewidmet und hatte den Apostel und Märtyrer Andreas zum Schutzpatron. Außerdem konnte das Oberhaupt des Ordens ohne die Zustimmung der anderen Ritter keinen Krieg beginnen.*" .... warum nur ist Nicolas Sarkozy gegenwärtig auch ein Mitglied dieses Ordens?

Einige der damals anscheinend so wichtigen Orden seien hier genannt: König Sigismunds Drachenorden - der spanische Orden von der Kanne und dem Greif Ferdinands von Aragon – der Orden der Fischschuppe von König Juan I. von Kastilien 1417 gegründet – der brandenburgische Schwanenorden der Hohenzollern; etc. Abgesehen von alchemistischer Geheimsymbolik waren die Orden weltlich. Könnte es sein, dass diese Gründungsflut eine Reaktion auf die hauptsächlich mönchischen Ritterorden des 12. und 13. Jahrhunderts war, deren Mitglieder sämtlich nach einer klosterähnlichen Regel lebten und im Kampf ausgebildet wurden? Viele der Ordern der Rittermönche bestanden nicht mehr oder waren in den grösseren Verbänden aufgegangen. Die Orden der Adeligen des 14. und 15. Jahrhunderts unterschieden sich auch beträchtlich von den bürgerlichen Gesellschaften oder Bruderschaften, die zumeist einem heiligen Patron unterstellt waren und reale, praktische und soziale Inhalte verfolgten, wie Krankenpflege, Bestattung, Nothilfe und ähnliches. Hier war man auf praktisch ausgeübte Solidarität angewiesen und lag fern von jeglicher geheimtümelnder Alchemiesymbolik der Adeligen.

Der Orden vom Liebesknoten mit dem Eisvogel – die lachende Antwort König Wenzels

Während jener hohen Zeit der Ordensgründungen, als sich alle europäischen Machthaber im Gründen von alchemistischen Geheimgesellschaften – genannt „Ritterorden" – überboten, gründete auch König Wenzel IV. seine eigene Gesellschaft. Er weihte den „Orden des Liebesknotens mit dem Eisvogel". Wenzel liess das Signet des Ordens überall abbilden, sowohl auf Bauten als auch in Handschriften, die er in Auftrag gegeben hatte. Der Turm an der Prager Karlsbrücke ist voll von Darstellungen des „Liebesbandes", desgleichen die mysteriöse „Wenzelsbibel". Man rätselt heute noch mit ernsten Mienen über die verborgene Bedeutung. Dabei drängt sich ein ganz anderer Eindruck auf: Wenzel ist ein Mensch, der mit seiner Intelligenz, Bildung und Sensitivität so viel besser in die intellektuellen Salons des 19. Jahrhunderts gepasst hätte, als in seine eigene Zeit. Wenzel wäre der perfekte englische Dandy gewesen. Es ist vorstellbar, dass unter den Voraussetzungen seiner psychologischen Verfassung, Wenzel die Wichtigtuerei um alchemistische Geheimnisse, um Magie und verschworene Brüderschaften nicht ertragen konnte. Er mochte im Erwachsenenalter immer noch der verwöhnte kleine Junge sein, der glaubte, dass sein königlicher Befehl genüge, um zu regieren, doch Wenzel hatte keine innere Freude am Ausüben von Macht und Gewalt. Er war nur ein mässiger Taktiker und Stratege. Seine Wutausbrüche mochten auch darin begründet sein, dass er den Zwiespalt zwischen seiner Pflicht und seiner Eignung diese Pflicht zu erfüllen genau wahrnahm – und daran verzweifelte. Wenzel verfügte über einen tief empfundenen Gerechtigkeitssinn und konnte auf königliche Art grosszügig sein – so ist es nicht verwunderlich, wenn seine Enttäuschung über immer wieder entdeckte Betrügereien masslos war. Alle um ihn herum schienen ihn zu betrügen, ihn für egoistische Zwecke auszunutzen, sein Wort für eigene Ziele zu missbrauchen. Mit seiner feinnervigen Sensitivität nahm Wenzel dies alles auf, konnte jedoch nicht dagegen handeln. Der Zwiespalt, der schliesslich zu unkontrollierten Ausbrüchen führte, war daher vorprogrammiert. Doch solange die Situationen nicht eskalierten, konnte Wenzel über gewisse Dinge sehr wohl lachen. Sein dünnhäutiger „Dandyismus" machte ihn sicher empfänglich für feine Ironie bis zu Sarkasmus. Es entsteht der Eindruck, dass sich Wenzel mit der Gründung „seines" Ordens des Liebensknotens ganz einfach über die anderen ritterlichen Geheimgesellschaften lustig machte. Dabei erwies er sich als gleichwertiger Kenner des Symbolgehalts und der Darstellungsweisen. Wenzel machte sich also lustig in einem brillanten intellektuellen Spiel, an dem er auch seine Gattin beteiligte – doch die Tragik dabei war, dass er den oft menschenfeindlichen Inhalt der anderen Orden und Interessengemeinschaften nicht erkannte, weil er die Skrupellosigkeit seiner Gegner unterschätzte und keine Gegenmassnahmen ergriff, um wenigstens sich selbst zu schützen.

Wieviel von all dieser Umtriebigkeit der adligen Welt war an den Universitäten bekannt, oder gar geduldet? Wieviel Platz – ob überhaupt – beanspruchten diese Tendenzen im Geist des Magisters Jan Hus? Waren die Gelehrten jener Zeit so sehr mit scholastischen Problemen beschäftigt und auf theologische Spitzfindigkeiten fixiert, dass sie gesellschaftliche Unterströmungen ausser Acht liessen? In Bezug auf Jan Hus drängt sich das Gefühl auf, dass er genau im Bilde war, doch dass er – vielleicht zähneknirschend – seine Energien bündelte, um sich auf ein Gebiet zu konzentrieren, wo er etwas bewirken konnte. All jene Menschen, ungeachtet ihres Standes, die sich nach Gewissensfreiheit sehnten, und die in der Religion Trost und Unterstützung suchten – sollten die Gelegenheit dazu haben. Hus hatte mit seinem Talent für Ordnungsstrukturen und Lebensmodelle einen Weg aufgezeichnet, dem jeder folgen konnte: den Wegweiser bildeten die Evangelien.

Barbara von Celje

Wieviel Einfluss hatte Sigismunds Gattin, Barbara von Celje, die als versierte Alchemistin bekannt war? Und warum ging nie seitens der Kirche eine Ermahnung an Barbara? Hexerei und schwarzmagische Praktiken wären schöne Motive gewesen. Nichts. Ihre Schwägerin Sophie wurde von der Kirche harsch zurechtgewiesen, als sie Jan Hus hartnäckig verteidigte.

Königin Barbara hatte ihren grossen Auftritt in Konstanz. In Richentals Chronik sieht man sie beim zeremoniellen Einzug, und mehrere gekrönte Damen folgen ihr. Konstanz als Bühne für Frauen der Hocharistokratie? Der Aufmarsch der Herzoginnen und Gräfinnen an einem Kirchenkonzil mag überraschen. Es ist, als wollten Sigismund und Barbara ihren Status unter Beweis stellen und bereits als das Kaiserpaar der Zukunft wahrgenommen werden. Barbara war selbst einmal eine Art einträgliches Tauschgeschäft gewesen, als die Männer ihrer Familie Sigismund aus einer gefährlichen Situation gerettet hatten. Der Dank Sigismunds für die Rettung bestand in der Heirat mit der jungen Barbara zur Festigung der Position des Adelsgeschlechts derer von Celje. Die Familie war im Lauf der Zeit reich geworden, hatte geerbt und an Einfluss gewonnen und rivalisierte bis aufs Blut mit den ebenso aufstrebenden Habsburgern. Sie nannten sich Grafen von Celje, nach einer Stadt im heutigen Slowenien, und waren entschlossen ihre Familienkarriere mit jeder sich bietenden Gelegenheit zu fördern. Die Gelegenheit bot sich mit Sigismund. Doch wie so oft, ist das Schicksal unberechenbar und bereits in der nächsten Generation war aller Glanz dahin, alle männlichen Erben tot – und die Habsburger auf der Zielgeraden zu künftigen Jahrhunderten der Macht.

Barbara von Celje wandte indessen all ihren Einfluss auf, um die „hussitische Ketzerbrut zu ersticken". Als dies nicht gelang, als schon viele Jahre vergangen waren, und als sie sich, verwitwet und vertrieben nach neuen Möglichkeiten umsehen musste, zuckte die Königin Barbara mit den Schultern und versuchte, kaltblütig und opportunistisch, ein Bündnis mit den hussitischen Utraquisten einzugehen. Nur gut, dass es nicht zustande kam.

Barbara und Sigismund waren zusammen die Gründer und Vorsteher des Drachenordens, denn nach der Symbolik der Alchemie wurde jeweils eine männliche und eine weibliche, einander ergänzende, Führungsrolle benötigt. Der innere, eingeweihte Kreis der Drachenbruderschaft bestand aus 24 Mitgliedern – eine symbolische Zahl. Daneben gab es einen äusseren Kreis, dessen Mitgliederzahl beliebig anwachsen konnte, denn schliesslich brauchte man viele abhängige Leute. Die Betonung lag nicht auf Treue, sondern auf Abhängigkeit und Vorteil – Sigismund befreite die Ordensmitglieder von Steuern und Abgaben. Das riss ihm zwar ein Loch in die persönliche Kasse, doch dafür konnte er auf die Mittel der Mitglieder zurückgreifen, wenn wieder Kriegszüge anstanden. Jedes Ordensmitglied musste sein Ordensabzeichen immer sichtbar tragen und hatte es auf eigene Kosten anfertigen zu lassen, dafür hatte man die Wahl des Materials. Was scherte Sigismund das Abzeichen – er brauchte die Leute!

Das Sinnbild des Drachen

Man hat den Drachenorden zu einer Gemeinschaft christlicher Fürsten hochstilisiert, die den wahren Glauben verteidigte. Wie schön… Die Mitglieder schworen jedoch, Glaubensfeinde und Abtrünnige zu bekämpfen – wohlgemerkt: Nicht zu bekehren, sondern zu bekämpfen. Die Mitglieder trugen ihr Abzeichen, liessen sich damit malen, liessen ihre Grabsteine mit dem sich ringelnden Drachen verzieren, damit man auch nach ihrem Tod und ohne Zweifel erkennen konnte: Der Verstorbene, der unter dieser Grabplatte ruht, war ein Mitglied des

Drachenordens, der gestiftet wurde vom König und späterem Kaiser Sigismund aus dem Geschlecht derer von Luxemburg.

In Bezug auf den Orden des Drachens und seine offensichtliche Symbolik gab es kein Eingreifen weder von kirchlicher noch von päpstlicher Seite. Der Orden galt als kirchlich korrekt. Als eine Gemeinschaft christlicher Ritter, Verteidiger des christlichen Glaubens.

Doch seit wann sind Drachen Symbole des christlichen Glaubens? Besiegten nicht der Heilige Georg und der Erzengel Michael eben diese Drachen als Sinnbilder des Teufels und des Bösen schlechthin? Höchst eigenartige Symbolik für christliche Ritter. Sie wird in der Gründungsurkunde auch ziemlich abstossend beschrieben: Das rote Kreuz auf dem Rücken des Drachen soll die Wunde darstellen, die dem Drachen geschlagen wurde und die seine Flügel lähmte. Die klaffende, blutige Wund hätte die zarte Hand einer christlichen Jungfrau verursacht, die den Drachen von innen in Kreuzform aufgeschlitzt hätte. Margaretha von Antiochien, die heilige Märtyrerin, die vom Drachen vorher verspeist worden war. - Die Beschreibung verursacht Ekel – auch wenn der Name der angeblichen Märtyrerin, „Margaretha, Margarita" mit „Perle" übersetzt wird, nach der Annahme, das Wort stamme ursprünglich aus dem Persischen. „Kind des Lichtes" hiesse es da, weil man sich vorstellte dass Perlen durch Mondlicht veränderte Tautropfen seien. Schön. Poetisch. Wie kam dann der Tautropfen in die Muschel, aus der ihn dann Perlenfischer in Form der begehrten Kostbarkeiten herauslösten? Das Öffnen der Muscheln geschah gewaltsam mit einem Messer – die heilige Perle Margaretha öffnete ihre Drachenschale ebenfalls gewaltsam. Hatte sie nun das Zeichen des Kreuzes mit einem Fingernagel in den Drachenkörper von innen geritzt oder hatte das Untier die Jungfrau mitsamt ihrem, am Gürtel hängenden Essbesteck verschluckt – oder war die Heilige sogar eine Amazone und ausgebildete Kämpferin gewesen, die sich nur aus Unachtsamkeit fressen liess?

Daneben gibt es noch den Drachen, den der heilige Georg tötete, als er eine Prinzessin befreite, die dem Untier als Frühstück dienen sollte. Die Prinzessin war entweder nicht so mutig wie die resolute Margaretha von Antiochien, oder sie war intelligent genug, um sich nicht vorher verspeisen zu lassen, was einen doch sehr ungewissen Ausgang bedeutet hätte – in diesem Sinn war die angebotene Kampfdienstleistung des Ritters Georg ein gutes Geschäft. Und welchen Drachen tötete eigentlich der Erzengel Michael? Das kann doch nicht immer das gleiche Monster gewesen sein, eine Hydra mit vielen Köpfen, die nachwachsen, wenn man sie abschlägt. Oder doch? Was weiss man schon Genaues über Drachen? Die antike, griechische Hydra könnte sehr wohl die „Urmutter" aller europäischen Drachen gewesen sein. Es scheint, als lauerten Drachen überall. Die Symbolik lässt sich dabei nach Belieben zurechtbiegen und die Sinnbilder widersprechen sich oft. Sinnbilder, Symbole – Geheimnisse, die nur Wissende verstehen, Arkana, Chiffren …. Immer wieder Chiffren, Geheimtuereien, egoistische Ausgrenzungen und Machtansprüche derer, die anscheinend mehr wissen? Information ist Macht. – War da nicht an der Zeitenwende ein Mann gewesen, der diesem ganzen Unfug ein Ende bereiten wollte? Der glasklare und für alle Menschen fassbare, nachlebbare, einfache Grundsätze formuliert hatte: „Behandelt andere, so wie ihr selbst von ihnen behandelt sein wollt" … und der Rest wird sich ergeben.

Stattdessen wird wieder Informationskrieg gespielt, um sich Vorteile gegenüber anderen Menschen zu verschaffen. Man greift zu Mysterien und äussert sich höchstens über einige verwirrende Bruchstücke von sich widersprechender „Offenbarungen". In Bezug auf die Symbolik des Drachenabzeichens von Sigismunds Orden spricht man vom „Ouroboros", der Weltenschlange, welche in den Mythen der Inder, Babylonier, Germanen und Griechen beheimatet ist, und die man daran erkennt, dass sie ihre eigene Schwanzspitze verschlingt, als Sinnbild eines nie endenden Kreislaufes. Beunruhigende Erklärung. Ein nie endender

Kreislauf ist eine Endlosschleife. Gefangenschaft in einer grenzenlosen Kreislinie, die sofort wieder von vorne beginnt, hat man einmal das Ende erreicht. Heute nennen wir das „ein Hamsterrad" – doch in vergangenen Zeiten, als Hamster noch keine putzigen Haustierchen, sondern erntefressende Schädlinge waren, brauchte es andere Bilder. Allerdings – Sigismunds Drache hat den eigenen Hals mehrmals mit seinem Schweif umwickelt. Auf manchen Darstellungen ragt die Zunge weit aus dem Drachenmaul heraus, auf anderen ist das offene Maul ohne Zunge zu sehen. Auf alle Fälle ist das Maul offen und leer – hier kann also keine Rede von der Weltenschlange sein, die sich in den eigenen Schwanz beisst, oder ihn gar verschlingt. Was bedeutet nun dieses leicht geänderte Sinnbild? Heisst das, dass sich der Drache den eigenen Atem abwürgt, oder dass die Atemluft für ihn unbekömmlich ist? Oder muss er den Hals abschnüren, damit kein Feuerhauch aus seinem Maul entweiche, und die Umgebung verpeste oder vernichte? Ist solche Symbolik mit christlichen Werten vereinbar ...?

Zu Sigismunds Drachen gehört noch ein Kreuz, das nicht alle Mitglieder trugen. Über den Grund dazu gehen die Meinungen noch auseinander. Die Balken dieses, zweiten, Kreuzes sind in den meisten Darstellungen gleich lang, und aus ihren Enden lodert Feuer. Ein solches Kreuz könnte als ein altes Symbol der Geheimlehren für männliche und weibliche Kraft gelten (Sigismund und Barbara), die Botschaft dahinter vielleicht: Das Kreuz wird Flammen auf euch schleudern, und der (befreite) Drache euch mit seinem Feueroden ersticken... Doch dies ist alles aus der Luft gegriffene Spekulation und bedarf einer der Abklärung alchemistischer, magischer und anderer Symbolik. Eines steht jedoch fest: Christliche Sinnbilder, welche Erlösung, Transzendenz, Auferstehung und das Heil der Menschheit im Sinne der Evangelien verheissen, sind dies wahrhaftig nicht.

Wer waren die Mitglieder dieses Ordens? Geht man die Aufzeichnungen durch, so fällt auf, dass sie vor allem eines waren: Krieger. Die härtesten Kämpfer und Menschenschlächter der Epoche füllten die Reihen der ersten Ordensangehörigen. Vom höchsten bis zum niederen Adel reichte die Spannweite. Die berühmtesten und berüchtigtsten unter ihnen sind zweifelsohne Vlad Dracul und sein Sohn Draculea ... eben jener ...

Ein anderes Ordensmitglied gibt noch Rätsel auf. Der tschechische Adlige Čeněk von Wartenberg, scheint nicht so ganz in die Reihen der übrigen Raubtiere zu passen. Sein Lebenslauf ist ein ständiges Pendeln zwischen Annahme und Ablehnung von Sigismunds Macht. Mal ist er ergebener Diener, mal nicht, mal ist er gemässigter Hussite, mal nicht, mal zeigt er Reue gegenüber seinem Herrn und König, mal nicht. Entweder waren seine Gewissensbisse so überwältigend, dass es ihn immer wieder auf die Seite der hussitischen Kalixtiner zog, oder er wurde in Sigismunds Gegenwart hypnotisiert wie ein Kaninchen vor der Schlange. Vielleicht sollte der Herr von Wartenberg mit dem Drachenzeichen endlich ganz an die Person des Königs gebunden werden. Čeněk bekleidete dabei ein durchaus verantwortungsvolles Amt im Königreich, und auf ihm lagen auch die Hoffnungen des nach Einfluss und Geld strebenden, tschechischen Adelsgeschlechts der Herren von der Rose – Rožmberk/Rosenberg. Čeněk, als naher Verwandter der Rosenberger, hatte in seiner Obhut den jungen Stammhalter, den einzigen der Familienhauptlinie, jenen jungen Mann, Ulrich den II. von Rosenberg, der sich später durch absichtlich gefälschte Dokumente an Besitzungen von Burgen, Klöstern, Ortschaften und dem dazugehörigen Land sattstehlen würde, bis ihm ein fettes Stück vom tschechischen Kuchen gehörte. Im ganzen Königreich begannen nun steinerne Rosen an Hausmauern und über hohen Portalen zu erblühen...

Sigismunds Idee, in einem weltlichen Ritterorden dessen Mitglieder an sich zu binden, war erfolgreich. Die Ordensmitglieder – wenigstens die des inneren Kreises der Vierundzwanzig – hatten direkten Kontakt zu Sigismund, zu seinem Hof und somit zu den Ämtern, die er vergeben konnte. Zugehörigkeit zu den Auserwählten, zu einer eingeschworenen Gemeinschaft, wurde als ein Privileg betrachtet – und als Chance für skrupellose Ehrgeizige. Wozu der Orden sonst noch gedient haben mag, möchte man lieber gar nicht so genau wissen, es ist auch nicht Gegenstand dieser Betrachtung. Es soll vielmehr auf die befremdlichen, zum Zerstören und Töten auffordernden Sinnbilder hingewiesen werden, und wie sie in einem starken Gegensatz zur christlichen Erlösungs- und Auferstehungssymbolik stehen.

In Sigismunds Gefolge, und vor allem im Gefolge seiner Gattin Barbara von Celje, befanden sich auch zwielichtige Gestalten, mit den unterschiedlichsten Zielen und Motiven. Während der ganzen Epoche wimmelt es von Alchemisten, Kabbalisten, Magiern und Zauberern aller Art, die sich Kräfte untertan machen wollten, um Wissensvorsprung zu erhalten und damit egoistische Ziele zu erreichen. Ihr Erbe, welches sie hinterliessen, war Angst und Einschüchterung. Ihr Archetyp ist „Doktor Faustus", der Gelehrte, der schliesslich sich selbst und seine Kräfte masslos überschätze.

Wieviel von diesen Machenschaften war den Universitätsprofessoren bekannt und bewusst? Der Glaube an Magie und an Kräfte von Menschen, die mit magischen Mitteln experimentierten, war geläufig. Dabei bewegte sich die Alchemie in einem Grenzbereich zwischen Annahme und Ablehnung. Chemie/Alchemie war notwendig als Wissen bei der Förderung und Verarbeitung von Metallen und Mineralien. Die Textilindustrie, die Maler und Handschriftenillustratoren, die Architekten, Maurer, die Eisenschmiede, Gold- und Silberschmiede, die Apotheker und Ärzte – nur um einige zu nennen, sie alle brauchten chemisches Wissen. Im späten Mittelalter war oft von „Zaubermörtel" die Rede, der angeblich die Fassaden der Kathedralen zusammenhielt. Die Farbenkompositionen der Glasfenster an gotischen Kirchen geben heute noch Rätsel auf, ebenso die Rezepturen der Farbtinten, die für Handschriften benutzt wurden. Die Grundlage mittelalterlicher Alchemie bot später Paracelsus die Basis seiner weiterführenden Studien. An den medizinischen Fakultäten der Universitäten gehörte solches Wissen zum Programm, doch es scheint, als hätten die anderen Gelehrten das Thema stillschweigend übergangen. War schlicht kein Interesse vorhanden, oder war vielleicht Angst im Spiel? Befürchtete man, sich die Feindschaft der „Zauberkundigen" zuzuziehen? Hatte man Bedenken in den Verdacht der Hexerei zu geraten und angeklagt zu werden? Oder wollte man einfach nicht im Schlamm rühren, nicht in den Morast aus giftigen Dämpfen geraten? Vielleicht hatten die Gelehrten – und vor allem Gelehrte wie Jan Hus – einfach keine Zeit, um sich mit Materie zu befassen, die man lieber im Dunkeln der Ungewissheit liess. Vielleicht wollten sie die eigene Lebenskraft vielmehr dazu einzusetzen, damit mehr Licht in der Welt werde. Ein weiser Entschluss…

.... zum Schluss die Nepomucken von allen Brucken spucken ...

Rilke hatte Recht ... es waren zu viele barocke Nepomuk-Statuen. Zu viele Bilder. Zu viele allgegenwärtige Propaganda für einen einzigen, angeblich heiligen Menschen. Als würde man den Leuten wirklich in jedem Torbogen, auf jeder Kreuzung, vor jeder Kirche und auf jeder Brücke diesen Mann in der Kleidung eines barocken Kanonikers ins Bewusstsein prägen müssen. Der Mann des 14. Jahrhunderts, der durch die Anpassung seiner Kleidung plötzlich einen direkten Bezug zur barocken Bevölkerung erhielt. Die Information lautete: „Seht, er ist unter uns. Er war ein armes Opfer, so wie ihr arme Opfer seid. Er war wehrlos – so wie ihr wehrlos seid. Er schwieg ..."

Der heilige Johannes von Nepomuk musste mit Sicherheit unter die Leute gebracht werden. Als Heiliger Jan Nepomucký musste er unter die immer noch ketzerischen Leute der tschechischen Länder im 18. Jahrhundert gebracht werden. Wie trotzige Kinder, die sich der Weisheit der Heiligen Mutter Kirche widersetzen, musste man dieses Volk behandeln – mit Strenge ...und mit einer rührenden Geschichte, deren Wahrheitsgehalt niemand mehr richtig überprüfen konnte – zumindest im 18. Jahrhundert. Erst zweihundert Jahre später begann die schöne Geschichte zu bröckeln bis sie ganz zerbröckelte. Doch der abwesend dreinschauende Mann mit der s-förmigen, Körperhaltung der barocken Verzückung ist seitdem um die Welt gewandert. Er wurde in vielen anderen Ländern und auf anderen Kontinenten heimisch. Lassen wir also den dortigen Menschen ihren Glauben – gleichwohl, der Wahrheitsgehalt der Nepomuk-Legende wird dadurch nicht grösser.

Der ertränkte Heilige. Der Mann auf dem Grund des Flusses. Fliessendes Wasser sollte die Flammen auslöschen, die ein anderer Mann mit dem gleichen Vornamen entfachte, und durch die er ums Leben kam. Der regelmässige Ton des fliessenden Wassers sollte die Gemüter beruhigen, sollte den Wunsch nach Freiheit und Selbstbestimmung ins Meer der Vergessenheit schwemmen. Doch all die Fluten, die sich seit Jahrhunderten durch das Bett der Moldau gewälzt hatten, konnten den Flammen nichts anhaben. Den Flammen in den Herzen der Menschen. Die Flamme der Wahrheit lässt sich nicht mit Wassermassen auslöschen.

Der Brückenheilige hatte niemals sinnbildliche Brücken gebaut, war auch nie heilig gewesen, hatte niemals mit bewegenden Worten Hoffnung verbreitet, hatte niemals andere Worte geschrieben als die formelhaften Texte von Verträgen und Urkunden. Darunter setzte er jeweils seine akkurat und säuberlich ausgeführte, amtlich bezeugende Signatur. Dass er letztendlich ins Kreuzfeuer von Mächten geriet, die stärker waren als er; dass er schliesslich nur ein Instrument in Händen anderer Interessen war und unglücklicherweise am falschen Ort zur falschen Zeit starb, ist traurig – macht aber seine Person leider nicht überragend.

Wie anders stellt sich dagegen das Leben jenes Mannes dar, der das Feuer des Geistes, die Fackel, weiter reichte, der aus Überzeugung und aufgrund von reiflicher Überlegung handelte. In Flammen versuchte man erst seine Worte zu vernichten, schliesslich ihn selbst. Doch Feuer kann nicht mit Feuer bekämpft werden, die flammenden Worte konnten niemals ausgelöscht werden und das Andenken seines Lebens liess die Funken in den Herzen vieler Menschen auflodern und Licht verbreiten. Das Feuer des Geistes brennt auch unter den Wasserfluten weiter.

Sie hatten sich vielleicht gekannt, der deutsche Jurist in Prag, Johannes Wölfflin, geboren im tschechischen Dorf Pomuky, genannt „Doktor Johánek von Pomuk", öffentlicher Notar, Halter mehrerer einträglicher, geistlicher Ämter, Generalvikar des Erzbistums Prag in geistlichen Angelegenheiten, Sekretär des Erzbischofs – und – der tschechische Student, spätere Gelehrte, Magister und zeitweise Rektor der Universität Prag. Jan Hus war um zwanzig Jahre jünger als der Johannes Wölfflin von Pomuk. Im Jahr 1393, als der zweiundzwanzigjährige Hus seine Baccalaureusprüfung an der Fakultät der Freien Künste ablegte, verstrickte sich der Mitvierziger Johannes von Pomuk in Machtkämpfe des Königs und des Erzbischofs und wurde tragisches Opfer des Konflikts zwischen politischem und kirchlichem Machtanspruch. Dabei schien er unvernünftig genug, um sich benutzen zu lassen. Er liess sich instrumentalisieren vom zeitweiligen Inhaber der Macht, die er für die stärkere hielt – der Kirche. Sogar sein Tod wurde noch von dieser Macht verwertet und sein Leben in süssliche Lügen verpackt. Sein alltägliches, mausgraues Dasein eines Notars zwischen besitzregelnden Verträgen und verstaubten Folianten, wurde verklärt und mit der Krone des Martyriums geheiligt.

Nur einmal im Leben fiel Glanz auf sein Haupt, das später auf seinen Heiligenbildern von Sternen umgeben werden soll. Doch das eine Mal zu seinen Lebzeiten, das war der Glanz der Sonne im fernen Italien, der Glanz der Ehre. Damals, wenige Jahre vor seinem Tod in Prag, als er sich von der ehrwürdigen Juristenfakultät in Bologna noch die letzten Würden und Qualifikationen seines Berufes holte, wählte man ihn zum Rektor tschechischer Juristen in Bologna, sich bequemerweise auf seine finanziellen Mittel verlassend, die er brauchte um alle Einladungen und Festlichkeiten zu bezahlen. Wäre er doch in Italien geblieben, hätte er sich doch ein anderes Auskommen gesucht! Doch Prag wartete, die erzbischöfliche Kanzlei wartete, sein Haus wartete und seine Ämter und Stellen, die den Hausbau ermöglicht hatten. Und auch seine Schuldner warteten, bei denen er noch das ausgeliehene Geld eintreiben musste. Der Doktor Johánek schien derart mit seiner Wichtigkeit beschäftigt zu sein, dass er die Gefahr nicht erkannte, in der sich befand, wenn er die

Stromschnellen des Machtflusses nicht vermied. Es war zu spät. Er wurde zum Schweigen gebracht – aber - hatte er jemals etwas zu sagen gehabt?

Auch nach seinem Tod wurde ihm Schweigen auferlegt, und die Maler der barocken Heiligenbildnisse gestalteten die Form seiner Hände zu einer Schweigen gebietenden Geste. Schweigen musste Johann von Pomuk. Schweigen sollte er dem Volk gebieten. Schweigen sollte sich über die tschechischen Länder senken. Schweigen gebot die Verneinung seines Namens: Aus Pomuk wurde Ne-Pomuk.

Wieviel wusste von diesem mysteriösen Tod der junge Scholar Jan Hus? Was wusste er überhaupt von den damaligen Auseinandersetzungen der Mächtigen? Hatte er Zeit sich damit zu beschäftigen? Wahrscheinlich nicht, denn der ehrgeizige Baccalaureus wollte seine Magisterprüfung ablegen und arbeitete unermüdlich darauf hin. Nur drei Jahre benötigte er, um sein Ziel zu erreichen, da blieb kein Raum für andere Interessen, keine Zeit um sich Gerüchte anzuhören, keine Zeit für leeres Gerede. Er musste sich vorbereiten, er musste weiter arbeiten, auswendig lernen, denn sein Ziel war die Tätigkeit des Lehrers und des Predigers. Er schwieg nicht. Er verbreitete seine Worte. Er schrieb, er disputierte, er predigte, er unterrichtete. Er war vom Feuer seiner Aufgabe erfasst und er wandte sich gegen das Schweigen, gegen das Dulden von Ungerechtigkeit, gegen Willkür und Machtspiele. Er ahnte nicht, dass die Flamme seiner Begeisterung auch nach seinem Tod jener Schweigen gebietenden Geste des Juristen trotzen würde. Er wusste, dass kein Wasser jemals die Flammen der Hoffnung und Wahrheit auslöschen kann.

ZWEITER TEIL

Jan Hus – Der Wahrheit Willen
Schauspiel für vier Darsteller
©Dagmar Dornbierer-Šašková

Ur-Aufführung des Schauspiels am 13. März 2015 in Zürich, Theatersaal der Kirche Unterstrasse, zum Gedenken an den gewaltsamen Tod des Jan Hus in Konstanz, der sich zum 600sten Mal jährt. Das Schauspiel entstand aus Anlass der Ausstellung und Veranstaltungsreihe unter der Ägide der Reformierten Kirche, Zürich und des Tschech. Zentrums Wien.

Mitwirkende an Ur-Aufführung und folgenden Aufführungen:

    Jan Hus – Christoph Heusser
    Gegenspieler – Thomas Lüthi
    Wahrheit – Jorinde Heusser
    Baldassare Cossa ('signor Giovanni') – Fabio Eiselin
    Regie & Inszenierung – Bernhard Gertsch
    Orgel – Kiyomi Brugger Higaki
    Historische Blasinstrumene – Christoph Peter
    Kostüme / Ausstattung – Katia Pacheco-Kreft

Mein Dank richtet sich an alle, die mir diese kreative Gelegenheit zu einem grossartigen Thema ermöglicht haben, an alle Helfer und Unterstützer im Hintergrund und vor allem an Ch. Wirz.

Gedanken zu den zentralen Themen des Schauspiels: „Jan Hus – der Wahrheit Willen"

Welche Themen nimmt man als zentrale Punkte einer Erzählung, eines Romans oder eines Dramas, wenn die Erzählformen historische Ereignisse oder Personen zum Inhalt haben? Grundsätzlich hat jeder Autor, der keine wissenschaftliche Arbeit schreibt, die wohltuende künstlerische Narrenfreiheit seine Lieblingsthemen schöpferisch zu bearbeiten. Da ich in meinem Nachnamen die tschechische Bezeichnung eines „Narren" trage, fühle ich mich doppelt berechtigt die schriftstellerische „Narrenfreiheit" zu nutzen. Das Schauspiel „Jan Hus – der Wahrheit Willen" folgt selbstverständlich den Lebensmeilensteinen des tschechischen Magisters. Es folgt einer logischen Zeitlinie. Dabei ist aber genug Raum vorhanden, um Schwerpunkte zu setzen und einige zu komplexe Sachverhalte wegzulassen. Wie gesagt – es ist ein Schauspiel... die künstlerische Umsetzung eines historischen Stoffes. Nachfolgend einige Erklärungen zu einzelnen Themen.

- **Der Name: Gans versus Raubvögel**

Immer wieder machte Hus Anspielungen auf die Bedeutung seines Namens. Sogar noch auf dem Scheiterhaufen sagte er: „Heute bratet ihr eine Gans, doch aus der Asche wird ein Schwan auferstehen." Spätere, deutsche Reformatoren nahmen diesen Satz auf. In ihm sahen sie eine Prophezeiung, deren Erfüllung Martin Luther war – doch Hus meinte seine eigene Transzendenz, und seine Worte, die eines Tages den weissen Schwingen stolzer Schwäne gleichen würden. Tatsächlich stieg aus der Asche von Konstanz ein strahlender Schwan der Hoffnung, der einer Nation half, lange schwere Zeiten zu überstehen. Das gelebte

Beispiel des Jan Hus half Einzelnen durchzuhalten und einem Volk seine Identität zu wahren.

- **Die Sprache: Tschechisch versus Böhmisch**

Wieder einmal sind die Römer an allem schuld – an einer festzementierten, sprachlichen Verwirrung. Obwohl – die Römer kamen nie auf heutiges, tschechisches Gebiet, was haben sie denn mit dem Namen eines Landes zu tun, das sie weder besetzt noch erobert hatten? Nur so nebenbei: die Geschichte der antiken Supermacht Rom hatte einen solch gravierenden Einfluss auf die Entwicklung Europas, dass man sich manchmal klar machen muss: Es gab auch in Mitteleuropa Gebiete, wohin kein einziger Römer die Sandale setzte. Gebiete, die erst mit der Christianisierung und der religiösen Anbindung an die päpstliche Stadt Rom in den Einflussbereich des römischen Rechts, und dadurch eines gesamteuropäischen Standards kamen. Die Anbindung tschechischer Gebiete an Rom und an das westliche, fränkische Kaisertum geschah erst im 10. Jahrhundert durch die tschechischen Herzöge in der Nachfolge der Gross-Mährischen Fürsten.

Zurück zu den Römern – sie gaben dem damals keltischen Gebiet einen Namen: Terra Boemorum – das Land der Boier. Daran hielt man fest, als schon lange keine Boier mehr, sondern slawische Stämme das Land besiedelten – darunter der Stamm der Tschechen. Wir sprechen hier von der späten Völkerwanderungszeit im 6. Jahrhundert n. Chr., als sich die ersten Slawen in der Terra Boemorum ansiedelten. Die neuen Siedler kamen mit neuer Kultur, mit eigenen Traditionen und einer eigenen Religion, als sich das gesamte Europa in einem klimatischen, kulturellen, politischen und wirtschaftlichen Umbruch befand. Nur der Name des Landes blieb in den römischen Akten erhalten, in der Amtssprache Latein, und wurde später übernommen von den germanischen

Herrschern, die sich als Nachfolger des römischen Kaiserreichs betrachteten.

Aus der Terra Boemorum wurde das Land Böhmen – auch die Jahrhunderte des Grossreichs der Mährer/Moravier, in dessen Einflussbereich die Terra Boemorum lag, änderten daran nichts – westeuropäische Geschichtsschreibung blieb in ihrer Nabelschau auf sich selbst bezogen. Daher diese unglückliche Zweiteilung eines Landesnamens in einen romanisch-germanischen und einen tschechischen. Auf Tschechisch gibt es nur Tschechisch. Tschechischer König, tschechisches Königreich, tschechische Länder. Wenn historische Dokumente und Urkunden in Latein oder in anderen Sprachen verfasst wurden als der Tschechischen, dann hatte man sich in eben diesen Sprachen an einen alten und falschen Begriff gewöhnt, der nicht hinterfragt wurde, der aber auch nie aktualisiert wurde. Latein schreibende und Deutsch sprechende Tschechen im Mittelalter übernahmen den Begriff, erst später wurden Vorschläge laut den Namen des Landes dem Namen des Volkes anzupassen – doch da war es bereits zu spät.

Wenn man heute noch in einem historischen Kontext von „Böhmen" als dem Land und „den Böhmen" als Bevölkerung spricht, trennt man die Geschichte vom heutigen Volk und Staat. „Böhmen" wird dann zu etwas Vergangenem. „Böhmen" gibt es nicht mehr. „Böhmen" hat keinen Bezug zum heutigen Land „Tschechien". Obwohl es immer wieder Vorstösse zu Begriffsänderung gegeben hatte, blieb es bei der alten Bezeichnung. Die vorgeschlagenen und bestens latinisierten Begriffe „Czechia" oder „Regnum Czechorum" zu etablieren, hätte bedeutet, den Tschechen ein griffiges Instrument zur Wahrung der eigenen Identität in die Hände zu geben – und dies lag gewiss nicht im Interesse aller Beteiligten. War doch das Wort „Tscheche" und „Ketzer" immer noch ein Synonym in römisch-katholischen Ohren.

Das papageienhafte Wiederholen des Wortes „Böhmen" bei heutigen Autoren kann ärgerlich wirken. Es impliziert den Eindruck eines deutschen Wortes, und erweckt somit einen falschen Anschein. Wie erwähnt, schneidet man das heutige Tschechien damit sehr wirkungsvoll von seiner eigenen Geschichte ab. Natürlich kann man sagen, es sei nur eine Übersetzung, doch welche Vorstellungen stellen sich mit einem gehörten oder gelesenen Wort ein? Hört oder liest man Wörter wie „Spanien", „Italien", „England", „Frankreich" – dann denkt man an nichts anderes als an: „Spanien", „Italien", „England" und „Frankreich" – mit der jeweils dazugehörenden Sprache und Kultur. Es entstehen Bilder, vielleicht auch Klischees, doch die bestätigen nur die Identität der jeweiligen Länder. Hört oder liest man dagegen das Wort „Böhmen" – welche Vorstellungen oder Erinnerungen tauchen dann im Geist auf? Erscheinen dann Begriffe „tschechisch", „Tschechische Republik" oder „Tschechoslowakei" im Bewusstsein – oder gar das Schreckensgebilde von Hitlers „Protektorat Böhmen und Mähren und der Rest-Tschechei"?! – Aus diesem Grund entschied ich mich für die Schreibweise „tschechisches Königreich" und „tschechische Länder". Ich denke, dass eine nationale Identität längst den Vorrang vor alten, überkommenen sprachlichen Gewohnheiten hat.

- **Die Form der Anrede im 14. Jahrhundert**
  Sprache und Kommunikation

Im Schauspiel sprechen sich die Personen in der Höflichkeitsform „Ihr" / „Euch" etc., an. Das ist künstlerische Fantasie und Vereinheitlichung über Sprachgrenzen hinweg – und ist an heutige Umgangsformen angelehnt. Zu Hus' Zeiten redete man sich auf Tschechisch mit „du" an – durch alle Gesellschaftsschichten hindurch. Man fügte als höfliche Form die Titel einer Person an, z.B. beim Adel „mein Herr", „edle

Frau"; oder im Bürgertum eine Bezeichnung, die auf den Lebensabschnitt, den Beruf oder die soziale Funktion schliessen liess, z.B. „Meister", „Jungfer", „Gevatterin". Höchstens als Anrede für den König konnte ein „Pluralis Majestatis" benutzt werden, „Dank sei Euch, mein Herr und König". Im Deutschen sind diese Plural-Höflichkeitsformen schon früher gebräuchlich, doch sind sie auch sehr hochgestellten Personen vorbehalten.

Auch dort, wo in der Kommunikation der mittelalterlichen Welt Latein verwendet wurde, benutzte man als Anrede „du". Es gibt keine Höflichkeitsform. Ausserdem ist das gesamte Mittelalter internationaler, als üblich angenommen wird. Latein war als „lingua franca" mit dem heutigen Englisch vergleichbar. Es war ein Sprachmittel, welches eine Kommunikation über Grenzen hinweg ermöglichte. Latein verlieh der Kirchenführung und –verwaltung nach aussen hin ein homogenes Bild. Latein brauchten Diplomaten und Angehörige der Fürstenhöfe. Mit Latein konnten sich Kaufleute verständigen wenn sie Geschäfte ausserhalb ihrer gewohnten Sprachgrenzen abschlossen und keine anderen Fremdsprachen beherrschten. Latein war die Sprache der Urkunden und Akten. Latein lernten Bürgersöhne in der Klosterschule. Adelssöhne und oft auch Adelstöchter hatten Unterricht bei Privatlehrern, und allen Kindern brachte man lateinische Gebete bei. Wenn daher Jan Hus Geistliche anprangerte - vom Pfarrer bis zum Bischof – dass sie kein Latein mehr können, so war die Lage bereits bedenklich.

Latein war nicht nur das Superkommunikationsmittel schlechthin, sondern vor allem die Sprache der Religion. Eine heilige Sprache, in der die Messe zelebriert wurde, in der man betete. Aller Unterricht, alle Vorlesungen an Universitäten, alle mündlichen Dispute und alle schriftlichen Abhandlungen der Professoren waren natürlich in Latein. In der intellektuellen Welt der Universitäten gab es ebenfalls vordefinierte, beglaubigte lateinische Fachbegriffe, welche den wissenschaftlichen Austausch erleichterten. Jan Hus schrieb sogar seine Predigten für die Bethlehemskapelle erst in Latein, bevor er sie ins Tschechische übersetzte. Weil Latein solch einen universalen Stellenwert hatte, gab es sowohl für Lehrer als auch für Studenten keine Sprachbarrieren. Studenten konnten dem vorgetragenen Unterricht sofort folgen – zumindest was die Sprache betraf – dazu fanden sie an einer Universität auch Schutz und Aufnahme innerhalb ihrer „Universitätsnation".

- **Die „Nationes" der europäischen Universitäten**

Die europäischen Universitäten des Mittelalters nördlich der Alpen kennen das „Vier-Nationes-Prinzip", d.h. Studenten und Magister wurden je einer administrativen Hilfsorganisation zugeteilt. Diese Organisationen unterstützten die Studenten während ihres Aufenthalts in der jeweiligen Universitätsstadt, innerhalb der Organisationen hatten Studenten auch Ansprechpartner zu Fragen sowohl des Studiums als auch des allgemeiner Lebens. Bei wem studieren? Welches Fach nach dem allgemeinen Studium wählen? Wo wohnen? Wo essen? Bei wem fachlichen oder priesterlichen Beistand erhalten? Wo gibt es Literatur, wo gibt es billiges Schreibmaterial …. und was der Fragen noch waren.

Die „Nationes" waren Anlaufstellen, Lehrer und Studenten bestimmten innerhalb der „Nationes" auch die Lerninhalte und Methoden und gewährten ein wenig „Heimatgefühl" in der Fremde.

Lassen wir hier Wikipedia sprechen: http://de.wikipedia.org/wiki/Nationes
„Die Hauptfunktion der zunächst als Schutzbünde von Professoren und Scholaren vor allem im Ausland gegründeten Nationen der akademischen Korporation war im Grunde zweigeteilt. Eine Nation war zum einen eine Rechts- und Sozialgemeinschaft, welche die Interessen und Privilegien ihrer Mitglieder zu wahren suchte und ihnen einen Lebensunterhalt zu ermöglichte;

zum anderen übernahm sie Aufgaben organisatorischer Art (Immatrikulation), der Mitgestaltung in Leitungsgremien sowie administrativen Arbeiten."

Die vier Nationes jeder Universität mussten sich jedoch auch untereinander absprechen über Themen, welche die gesamte Universität angingen. Dazu wurden Abstimmungen abgehalten. Dass es zu Meinungsverschiedenheiten kam – liegt auf der Hand, und dass unterschiedliche Ansichten manchmal heftig verteidigt wurden – auch. Das Wort „Nation" kann dabei in die Irre führen – es gab ja nur vier davon. Deshalb wurden Studenten und Magister, ungeachtet ihrer tatsächlichen Volks- und Sprachzugehörigkeit unter die vier bestehenden Organisationen aufgeteilt:

„Nationes" am Beispiel Prag:

Sächsische Nation
unter anderen auch für Norddeutsche, Skandinavier, Balten

Bayerische Nation
unter anderen auch für Österreicher, Schweizer, Slowenen, Westdeutsche

Polnische Nation
unter anderen auch für Litauer, Lausitzer, Meissner, Schlesier, Obersachsen

Tschechische Nation
unter anderen auch für (heutige) Polen, Ungarn, Slowaken, Rumänen

Prag übte vor allem als königliche Residenz grosse Anziehungskraft aus. In der Person Karls IV. war tschechisches und deutsches Königtum und römisch-deutsches Kaisertum vereinigt, seine „Hauptstadt" war deshalb ein Zentrum der Macht und Ziel des Ehrgeizes all jener, die Karriere machen wollen – höfisch oder kirchlich. Prag liegt zentral, Prag war aus Ost und West gut erreichbar. Prag lag auf jahrhundertealten Handelsrouten – im deutschen Sprachraum wird der „Goldene Steig" am besten bekannt sein. Dass bei einer solchen Ausgangslage die ausländischen Lehrer und Studenten und vor allem die deutschsprachigen bald in der Überzahl waren und die Tschechen überstimmen konnten, versteht sich von selbst.

Das Problem wurde mit dem „Kuttenberger Dekret" gelöst, das der Tschechischen Nation 3 Stimmen pro Teilnehmer zusicherte und den anderen Nationes jeweils eine Stimme pro Teilnehmer. Dadurch sollte ein gewisses Mass an Gleichgewicht bei Wahlen und Abstimmungen erreicht werden. Dass dies einigen deutschen Professoren nicht gefiel, da ihr Einflussbereich beschnitten wurde, liegt auch auf der Hand....

„Nationes" am Beispiel Paris:

Normannen

Pikarden

Gallikaner

Engländer
Dies waren alle Nord- und Osteuropäer d.h. alle „Ausländer" aus nicht französisch sprachigen Gebieten. Da die Südeuropäer mit den Universitäten in Portugal, Spanien und Italien hervorragende Lehrstätten hatten, bestand kein wirklicher Bedarf jenseits der Alpen zu lehren oder zu studieren. Somit waren in Paris immer Franzosen, oder zumindest Untertanen des französischen Königs in der Überzahl.

„Nationes" an italienischen Universitäten:

Italienische Universitäten hatten ihr eigenes System: 3 italienische und 14 „ultramontane" Nationes gab es zum Beispiel in Bologna.

- **Kommunion in beiderlei Gestalt**

In meinem Schauspiel „Jan Hus – der Wahrheit Willen" konzentrierte ich mich auf die allgemeine Lebensethik, die Jan Hus vorschwebte und nicht auf die einzelnen Reformpunkte. So kommt auch die Diskussion um die Kommunion in beiderlei Gestalt im Schauspiel nicht vor. Dies ist ein Teilaspekt, ein wichtiger in kirchengeschichtlicher Hinsicht, jedoch nicht für das Schauspiel. Mein persönlicher, subjektiver Eindruck war – während ich mich intensiv mit Hus und seinen Aussagen beschäftigte – dass es ihm vielmehr darum ging, seine Studenten und die Zuhörer seiner Predigten zu einer ethischen und vernünftigen Lebensführung anzuleiten, aus der sich bereits viele Lösungen ergeben.

- **Wahrheit**

Jan Hus betonte immer wieder den Stellenwert der Wahrheit, der wahrhaftigen, integren Lebensführung. Es ist der Wahrheit Willen, dem er folgt und den er seinen Zeitgenossen aufzeigt. Aus der Erfüllung dieses Willens ergibt sich alles andere, es ist gelebte Folgerichtigkeit und eine sehr hohe Anforderung, sowohl an jeden Menschen individuell als auch in der Einbindung in zwischenmenschliche Beziehungen, Gemeinschaften, Partnerschaften, etc. Hus schreibt noch am 10. Juni 1415 – einen Monat vor seiner Verurteilung – an seinen Freundeskreis: „Liebt euch, lasst nicht zu, dass gute Menschen unterdrückt werden, und seid ehrlich zueinander".... *(er schrieb: „...gewährt einander die Wahrheit...."*)

Der Wille <u>zur</u> Wahrheit eines jeden Einzelnen ist der Anfang, den Willen <u>der</u> Wahrheit zu erkennen und umzusetzen.

- **Wunderglaube und Reliquienkult**

In einer fiktiven Szene lasse ich Hus das sogenannte „Wunder der Messe von Bolsena" energisch klarstellen. Diese Szene ist fiktiv, es hat nie ein solches Gespräch stattgefunden, doch hier geht es um die allgemeine Zurückweisung von blinder Wundergläubigkeit und eines abstossenden Reliquienkults. Jan Hus lehnte beides energisch ab. Er predigte oft gegen die Leichtgläubigkeit seiner Mitmenschen, die an sogenannte Wunder glaubten. Er verurteilte diese Leichtgläubigkeit aufs Schärfste. Er rief die Leute zur Vernunft, und er wehrte sich dagegen, dass naiven Gläubigen Geld aus den Taschen gezogen wurde, indem skrupellose Händler ihnen irgendwelche alten Knochen und widerliche Leichenreste als „heilige" und „wunderwirkende" Reliquien verkauften. Hus schilderte sehr lebhaft, dass der Glaube daran etwas Widernatürliches und im hohen Masse un-Christliches sei. Für Hus und viele andere bedeutete der Wunderglaube an vermoderte menschliche Gebeine einen schmutzigen Gegensatz zum lebensspendenden Licht und Trost des Erlösers, zum gnadenvollen Segen des Heiligen Geistes und den beispielhaften Worten Jesu aus den Evangelien.

- **Ablasshandel**

Einer der Anklagepunkte gegen Jan Hus betraf auch den Ablasshandel – d.h. das käufliche Erwerben eines Sündenablasses. Die Vorstellung dahinter mutet ungeheuerlich an: Als gläubige Katholikin kann ich im 14. Jahrhundert gegen Bezahlung einer Summe Geldes ein Dokument erwerben, gemäss dessen mir – je nach Höhe der Summe – eine bestimmte Anzahl begangener Sünden „abgelassen" wird, unwirksam gemacht wird – man könnte auch sagen „vergeben" wird. Ich kann mich demnach von meinem „Sünden" oder meinem „Karma" loskaufen – mit

Geld, das ich der römisch-katholischen Kirchenführung bezahle. Da alle meine Verfehlungen in einem „Sündenregister" akkurat juristisch vordefiniert sind, kann auch ein entsprechender Tarif festgesetzt werden, nach dem die Höhe Geldzahlungen bestimmt wird, mit der ich meine Sünden „im Himmel lösen" kann. Das ist praktisch ... Unter diesem Aspekt könnte die Einrichtung der Vatikan-Bank eine völlig neue Bedeutung erhalten. Die Vatikan-Bank gab es natürlich im 14. Jahrhundert noch nicht, es gab auch den „Staat" Vatikan noch nicht, der ist ein Konstrukt aus dem Jahre 1929 und versteht sich als eine „absolute kleine Monarchie" – so ist es nachzulesen in der deutschen Version der offiziellen Website des Vatikanstaats. Doch zurück ins 14. Jahrhundert – das Bankhaus der Florentiner Familie Medici nahm sich natürlich liebend gerne der „Administration des Sündengeldes" an – und da man nicht einmal den Leuten im Mittelalter angeben konnte, ihr Geld käme in den Himmel, so musste man sich andere Geschichten einfallen lassen. Das Geld „verwaltet" natürlich die oberste Kirchenführung – die Auslagerung der Dienste an die Bank der Medici muss man ja nicht überall herum posaunen – und die Kirche unterstützt dann barmherzige Projekte wie Hilfeleistung an arme und kranke Menschen. Dann könnte ich doch mein Geld gleich direkt diesen Projekten zukommen lassen? Ja .... sicher ...das ist eine lobenswerte Tat ... aber dann erhalte ich jenes Dokument nicht, das mir als Ausweis dienen soll, wenn ich einmal vor dem Himmelstor stehe …. aber wie soll das Papier mit mir vors Himmelstor kommen nachdem ich gestorben bin? Oder hat es etwas mit dem Jüngsten Gericht zu tun, wenn himmlische Juristen über mich urteilen werden und ich dann beruhigt mein Papier aus der Tasche ziehen kann – ja, aus der Tasche, denn beim Jüngsten Gericht werden wir doch alle körperlich auferstehen, die Auferstehung im Fleische feiern, und dann muss ich nur zusehen, dass ich irgendwo die Tasche mit dem Papier bei mir habe….. Ach, das wird doch alles viel zu kompliziert….. da vertraue ich doch lieber den Profis der Kirchenleitung und kaufe mir gleich einen Generalablass, dann bin ich auf einen Schlag alle bösen Taten los – auch die, die ich noch gar nicht begangen habe. Das kostet aber sehr viel Geld – so etwas können sich nur sehr reiche Leute leisten .... Der Himmel ist also ein Aufenthaltsort für Menschen, die während ihres Lebens viel Geld – oder viele Schulden hatten...

Hier hört wirklich jeder Spass auf. Jan Hus wandte sich schärfstens gegen diesen würdelosen Schacher und den Betrug, der an naiven und eingeschüchterten Gläubigen durch die oberste Instanz der römisch-katholischen Kirche verübt wurde. Mindestens seit 1410 hatte Hus die Ablasspraktiken energisch verurteilt, hatte kein Blatt vor den Mund genommen und die Leute zur Vernunft gerufen. Im Jahre 1412 eskalierte die Angelegenheit – Hus musste aus der Stadt hinaus. In Geldangelegenheiten, d.h. beim Zufluss des Geldes in die Kirchenorganisation, da waren sämtliche Päpste und Gegenpäpste einer Meinung, sogar der König pflichtete bei ... da musste Hus raus, damit das Geld rein konnte ... und alle schrien gemeinsam: „Exkommunikation! Interdikt!"

Nach dem Trienter Konzil zu Beginn des 16. Jahrhunderts wurde der Ablasshandel gegen Geld verboten – dessen ungeachtet, das ganze juristische Theorie-Gebäude um den Ablass wurde nicht verbannt, wurde nicht herausgestrichen, wurde nicht beschämt ausradiert – es blieb bis heute bestehen. http://de.wikipedia.org/wiki/Ablass

- **Der Streit um die Universalien:
Realismus und Nominalismus – Die Rose und der Name**

Der grosse und leidenschaftliche Streit des Jahrhunderts – der theologische Disput um die Philosophien des Realismus nach John Wycleff und des Nominalismus nach William von Ockham, und der

Begriff der „Universalien", kann heute nur schwer nachvollzogen werden. Umso weniger wäre dieses Thema im Schauspiel darstellbar gewesen. Es ist tragisch, und es bestätigt das abgekartete Spiel der Konstanzer Konzilrichter, dass man Hus aus dieser theologischen Spitzfindigkeit einen Strick drehen wollte, obwohl er sich genau diesem praxisfernen Thema nicht widmete. Hus nahm in dieser komplizierten Angelegenheit den Standpunkt seines eigenen, von ihm sehr geschätzten Lehrers an, und das genügte ihm. Die Haarspaltereien scholastisch ausgelegter Theologie-Inhalte, die keinen nennenswerten Einfluss auf die tägliche Lebensethik hatten, liessen Jan Hus auf ein weiteres Studium der Theologie verzichten, nachdem er darin den Baccalaureus-Titel erreicht hatte. Mehr zu diesem Thema an anderer Stelle.

- **Biblistik – Kenntnis der Bibel, der Evangelien**

Hus erachtete das Studium der Bibel – das heisst vor allem das neue Testament - als wichtig und beispielgebend für den Alltag eines jeden Menschen. Ob Adel, Bürgertum oder Bauern, ob weltlich oder geistlich, in der Auffassung des Jan Hus war die Heilige Schrift tonangebend für alle. Seiner Ansicht nach enthielt die Schrift alle notwendigen Anweisungen und Beispiele, nach denen die gesamte Menschheit, ohne Ausnahmen, ihr Verhalten ausrichten konnte. In diesem Sinne sollte man auch den Stellenwert gerade rücken, den Wycleffs Schriften in Hus Leben einnahmen. Die Evangelien hatten erste Priorität. Hus war kein blinder Nachfolger des englischen Autors, doch er fand unter John Wycleffs Gedanken viele Anknüpfungspunkte an seine eigenen Überlegungen. Dies ist auch die Erklärung zu einer Randnotiz, die Hus am Ende eines eigenhändig kopierten Traktates von Wycleff einfügte: „Wiclef, Wiclef, vielen wirst du die Köpfe verwickeln." (tschechisches

Originalzitat: „Ó Wiclef, Wiclef, nejednomu ty hlavu zvikleš!"). Ein hübsches Wortspielchen…

Es gibt noch weitere Randnotizen, die beweisen wie kritisch sich Hus mit Wycleffs Schriften auseinandersetzte. Einmal bemerkte er zum Traktat *De ideis* – „Dies sollte jenen, die es nicht begreifen können, nicht übersetzt werden." Das offenbart den begabten Lehrer, der weiss, welche Inhalte für welche Zuhörerschaft geeignet sind, und dass gewisse Aussagen explosiv wirken könnten. Dies beweist meiner Meinung nach auch, dass der Vorwurf der Aufwiegelei masslos war. Hus wollte keine Hussiten. Hus wollte keine Revolten, keine Kriege. Er stellte sich lediglich gegen die Gehorsamspflicht, wenn Untergebene gezwungen wurden Dinge zu tun, die gegen Ethik verstiessen oder die ihren freien Willen erheblich beeinträchtigten. Das Beispiel der beiden Mädchen in der Predigtszene ist authentisch, diese Predigt hatte die Jahrhunderte überdauert.

- **Die Sonnenfinsternis – das Omen**

Während der zweiten Anhörung im Prozess Jan Hus am Konstanzer Konzil verfinsterte sich die Sonne. Es wurde dunkel, man verlangte nach Licht und musste schliesslich die Anhörung doch noch abbrechen. So ganz geheuer war es wohl niemandem.

Eine Sonnenfinsternis ist auch in unserer Zeit dramatisch genug, umso mehr war sie es im Bewusstsein der Menschen im ausgehenden Mittelalter. Als wären nicht schon genug Strafen Gottes auf die Erde niedergeprasselt, in Form von Seuchen, Kriegen, Kirchenspaltung, Zerrissenheit der Staatsherrschaft, klimatischen Störungen, Missernten, und weiteren damals weitgehend unerklärlichen Naturereignissen. Nun auch noch eine Sonnenfinsternis. Inmitten des Konstanzer Konzils und inmitten des Prozesses gegen Jan Hus. Hatte dies vielleicht einige der Konzilsherren doch noch zu einem kurzen Nachdenken veranlasst, dass hier vielleicht etwas gründlich daneben lief? Vielleicht ja. Vielleicht aber, sahen sie sich nur in ihrer Haltung bestätigt, dass sich „sogar das strahlende Antlitz Gottes vor dem Ketzer aus Prag" verfinsterte. Zumindest wurde diese Ansicht lautstark vertreten. Sie alle, Konzilherren, Kirchenfürsten, Priester, hohe Geistliche, hatten das Universitätsfach Astronomie studiert. Dazu gehörte auch die Astrologie, welche die Auswirkung der Gestirne beschrieb auf den Lauf der Erde, auf Mensch Tier und Pflanze. Das Studium der Artes Liberales, der „Freien Künste" beinhaltete diesen Lernstoff. Die Freien Künste – sieben an der Zahl – bildeten die Grundvoraussetzung für weiterführende Studien auf Spezialgebieten wie zum Beispiel der Theologie. Man kannte zwar das Phänomen der Sonnenfinsternis, aber es liess sich noch nicht im Voraus berechnen und die Wirkung der sich verfinsternden Sonne am helllichten Tag, war ein beunruhigendes Ereignis. Um wie vieles dramatischer und unheilbringender musste dieses Phänomen auf die Gemüter der Stadtbürger und der Landbevölkerung wirken? Es war eine grosse Sonnenfinsternis, die da am 7. Juni 1415 stattfand, und sie war sowohl in Konstanz als auch in Prag sichtbar. Mit dieser Sonnenfinsternis befassen sich sogar heute noch Astrologen tschechischer Herkunft: „Husovo zatmění" – „Die Sonnenfinsternis des Jan Hus".

Vielleicht war es tatsächlich ein Fingerzeig des Himmels an die Adresse der Kirchenführung. Ein Fingerzeig zur Neustrukturierung, da sonst Finsternis die Welt beherrschen werde. Ein Fingerzeig zur Reform. Doch wer von den Mächtigen hätte den Mut gehabt, sich wirklich einzugestehen, dass sehr viele Dinge eine Reform brauchten, und dass Kirchenführung und Religion mit dem christlichen Glauben nichts mehr gemeinsam hatten? Es brauchte weitere, genau einhundert Jahre, um zu einer flächendeckenden Reform zu gelangen – und selbst diese war nicht genug, denn letztendlich resultierte daraus eine weitere Kirchenspaltung, dieses Mal jedoch eine dauerhafte. Verfolgt man die Entwicklung der römisch-katholischen Kirche, so wird man eine fortschreitend radikalere Auslegung der Glaubenslehre und eine weitaus unflexiblere Dogmenauslegung und –anwendung feststellen. Nur weil heutzutage viele Angehörigen der römisch-katholischen Kirche die Glaubensgrundsätze und Dogmen nicht ernst nehmen, heisst das noch lange nicht, dass diese Vorschriften abgeschwächt oder gar zurückgenommen wurden. Von oben her wird nichts geschehen. Erst wenn Machtstrukturen keine Objekte zum Beherrschen haben werden, können sie in sich selbst einstürzen. Bis dahin ist es noch ein weiter Weg.

Zu Schluss noch einige Aussagen über Jan Hus des 1. Tschechoslowakischen Präsidenten und Mitgründers der Republik, Tomáš Garrigue Masaryk:

„*Es kann nie unklar sein, was Hus für uns war und ist …*

Wir werden uns auf Hus berufen in Bezug auf seine bedeutendsten Aussagen. Wir werden ihm nicht alle Einzelheiten glauben, an die er selbst noch glaubte, denn wir sind ihm gegenüber und seiner Zeit fortgeschritten, doch wir werden immer in Bezug auf die erkannte Wahrheit von ihm lernen können, und wir werden uns nach seinem Beispiel eine solide und unzerstörbare Lebenseinstellung bewahren....."

„*Nemůže být nejasno, čím Hus nám byl a je...*

Budeme se Husa dovolávat pro věc hlavní. Nebudeme tedy věřit v jednotlivostech, co věřil ještě on, neboť v těch věcech jsme nad něho a jeho dobu pokročili; ale budeme se od něho učit stát v poznané pravdě, mít pevné a nezlomné přesvědčení životní....." T. G. Masaryk

Schauspiel

Jan Hus
Der Wahrheit Willen

Jan Hus
Der Wahrheit Willen

𝔍.𝔥.

Schauspiel für vier Darsteller
©Dagmar Dornbierer-Šašková

1. Szene

Wahrheit
(Auftritt Gestalt der Wahrheit - sanftes, weiches Licht)

Menschen reden in vielen Sprachen in der Stadt Prag. Wie leicht kann da der Sinn sich in den Worten verlieren! Viele Sprachen – viele Arten zu verstehen. In Prag gibt es viele Arten, wie man etwas verstehen kann – und doch gibt es für Wahrheit nur eine Art des Verständnisses. Mächtige Männer haben das Sagen vor den Menschen. Mächtig wähnen sie sich, und doch zittern sie auf einmal vor der Macht des wahren Wortes.

Ein einfaches Wort, ausgesprochen in der Sprache jener, die sie verstehen. Das ausgesprochene Wort bildet eine Brücke des Verstehens. Wahrheit ist so einfach zu verstehen ...

Um die Dinge in ihrer Gesamtheit zu verstehen, wurde die Universitas ins Leben gerufen – doch was hat man im Laufe der Zeit aus ihr gemacht? Eine Bildungsanstalt – zerstückelt in Einzelteile, Fächer und Sektionen. Universitas versus pars. Die einzelnen Teile nehmen sich selbst viel zu wichtig und blenden dabei aus, dass sie nur Teile des grossen, gesamten Ganzen sind. Nicht EINES Ganzen – nein – sondern DES Ganzen. Ein kleiner Unterschied in der Betonung der Sprache...

Überliessen sich die Menschen doch nur dem inneren Streben nach Verständnis... Lernen – erfahren – erfassen – verstehen – der Weg ist für jeden vorgelegt. Jeder Einzelne muss ihn gehen.

2. Szene

Hus predigt in der Bethlehemskapelle

(an Stellwänden hängen Inschriften, Hus „predigt" zum Publikum)

Ihr seid das Salz der Erde. *(Pause)*

Tief in euren Herzen wisst ihr genau, was gut und was ungerecht ist. Die Evangelien lehren euch, wie ihr ein gerechtes Leben führen könnt. Deshalb rate ich euch an, euch allem zu widersetzen, was ungerecht ist. Niemand – kein Einzelner von euch – sollte Anweisungen befolgen müssen, die dem göttlichen Gesetz zuwider sind. Kein Herr, kein König, kein Bischof, nicht einmal der Papst – haben das Recht euch den eigenen Willen aufzuzwingen, wen dieser schlecht oder gar böse ist!

Ich gebe euch ein Beispiel: *(lebhafter werdend)*

Ihr kennt die Jungfer Katharina, die auch heute hier unter uns ist. Sie ist ein frommes Mädchen, und sie möchte sich dem Klosterleben widmen. Sie wünscht es sich von ganzem Herzen. Wäre es nun gerecht, wenn ihre Eltern sie zur Ehe zwingen wollten, für die sich so keine Neigung zeigt? Was denkt ihr?

Oder andersrum: wir haben hier auch die lebensfrohe Jungfer Dorotea. Sie singt und tanzt so gerne und sehnt sich nach einem rechtschaffenen und starken Mann. Heiraten will Dorotea und Kinder gross ziehen – soll man ihr das etwa verwehren? Sollen ihre Eltern sie in ein Kloster schicken? Sicher nicht! Welchen Versuchungen wäre wohl Dorotea ausgesetzt in der beschaulichen Stille einer Klosterzelle! Und wie würde Katharina leiden unter den Pflichten einer Ehefrau und Mutter!

Deshalb: Niemand soll gezwungen sein – und niemand soll sich dem selbstsüchtigen Willen eines anderen beugen – und schon gar nicht einem bösen Willen, der sogar zu Raub oder Tötung anstiften möchte!

So steht es geschrieben in der Heiligen Schrift – und weil nicht jeder von euch hier das Heilige Buch zu Hause hat, habe ich euch Sätze und Sprüche hier an die Wände geschrieben. Hierher könnt ihr jederzeit kommen, wenn euch danach ist und lesen, was auf den Wänden steht. Ich danke demütig für diesen Versammlungsraum, ich danke demütig für diese „Kapelle zu Bethlehem", denn hier wird das Wort neu geboren.

(Hus geht von einer Inschrift zur anderen und weist darauf – spricht mit Nachdruck, leidenschaftlich)

Hier – hier – und hier auch!
Nehmt euch Beispiele, handelt danach, lebt danach, richtet euch aus danach. Sprecht mit euren Nachbarn darüber, lasst die Leute ruhig sehen, welche Kraft und welchen inneren Frieden ihr aus diesen Sätzen zieht!

(ruhiger werdend, statisch aber nachdrücklich)

Denkt immer daran: Es steht geschrieben, dass ihr der Sauerteig im Brot der Menschheit seid.

Ihr seid das Salz des Lebens...

3. Szene

Hus träumend

(Auftritt: **Wahrheit**: *- sanftes, weiches Licht, Bilder an Stellwänden, oder Projektionen – die Wahrheit zeigt jeweils auf das entsprechende Bild)*

(Hus am Tisch schlafend)

(Gestalt der Wahrheit spricht)

Manchmal träumt er, und dann sieht er eine wunderbare Vision. Er sieht die Gesamtheit der christlichen Kirche. Er sieht ein strahlendes Haupt jener Gemeinschaft und die Menschheit bildet die Glieder. Die Kirche als Braut – Christus der Bräutigam.

Doch der **Papst, die Kardinäle und Prälaten** halten gegen ihn. Sie alleine wollen die Kirche sein, Den Christus haben sie gänzlich aus ihrer Kirche ausgeschlossen. – Auch herrschen in dieser Zeit zwei Päpste. Dieser Zustand währt schon so lange, dass sich die Leute beinahe daran gewöhnt haben! Zwei Päpste – einer in Rom - einer in Avignon. Ein Körper und zwei Köpfe – und der dritte Kopf wartet nur darauf, um sich aufzurichten. Eine Missgeburt!

Der Erzbischof von Prag verbietet ihm zu predigen. Niemand darf in privaten Häusern oder auf öffentlichen Plätzen Gottes Wort verkünden – so verkündete es der Erzbischof. Gottes Wort darf nur noch in Pfarrkirchen und Klosterkirchen gesprochen werden!
Die Länder der tschechischen Krone beugen sich unter grosser Last. Adel und Kirche nehmen den Bürgern und dem Volk die Mittel zum Leben. Die Kirche bietet den Mensch einen Sündenablass zum kaufen an. Reinheit des Gewissens für Geld?

Auch nehmen sie dem Volk das Ackerland weg, vertreiben verarmte Edelleute von ihrem Landbesitz und lassen deren Untertanen in Armut und Hunger zurück. Die Kirche braucht Land! Wofür eigentlich? Die Menschen lehnen sich auf – zu Recht. Die Menschen wollen doch nur ein wenig Wohlstand, ein ruhiges Leben...

Der König Wenzel hätte zwar die Macht, doch er hat die Kraft nicht sie zu halten. Noch achtet man die Autorität seines grossen Vaters. Noch verzeiht man ihm seine Unzulänglichkeit und noch kann seine Gattin, die edle Frau Königin Sophie, durch ihr eigenes Beispiel und ihren Mut ihm Respekt verschaffen. In den Ländern des tschechischen Königreiches ahnt man, dass Wenzel sein Land liebt – und deshalb verzeiht man ihm.

Die Leute verstehen, dass es unerträglich ist, als Sohn und direkter Nachfolger eines grossen und weisen Vater zu sein. Dazu trägt er den Namen des höchst verehrten Heiligen Wenzel. Manchmal ist dies alles so schwer und so qualvoll, dass er fliehen muss. Seine Feinde haben ihm die Lebenskraft geraubt Seine Feinde – und dazu gehört auch sein Bruder Sigismund – saugen das Blut aus ihm heraus, sie füllen seine Adern mit Wein! Bald wird der König seinen Magister Hus nicht mehr schützen können.

Königin Sophie, wie sehr schätzt sie doch den Zuspruch des Magisters! Sie geht zu seinen Predigten in die Bethlehemskapelle, sie kommt in der Kleidung einer Bürgersfrau.
Drei Briefe hat die Königin schon an den Papst nach Rom gesandt und weitere Anmerkungen zu den Briefen des Königs hinzugefügt. Doch in dieser Zeit geht die Stimme einer Frau in der Versammlung der Kirchenherren unter. Trotzdem, die Königin wird fortfahren ihre Stimme als Fürsprecherin für Jan Hus zu erheben.

4. Szene

Universität

(Hus am Tisch sitzend und schreibend; Gegenspieler mit schwarzer Augenmaske kommt herein, setzt sich vielleicht auf die Kante von Hus' Schreibtisch)

Gegenspieler:
Magister Jan Hus, Ihr seid nun schon zum zweiten Mal Rektor der Prager Universität geworden. Eigentlich müsste man Euch dazu beglückwünschen...

Hus:
Nur zu, wenn Ihr so wollt...
(misstrauisch) Doch wer hat Euch hereingelassen?

Gegenspieler:
...ochhh.... – die Tür stand offen....

Hus:
Was wollt Ihr? Seid Ihr ein neuer Student?

Gegenspieler: *(lächelt maliziös)*
Das ist zu viel der Ehre.... Nein, das Studium ist nichts für mich – ich habe andere – nun.... Talente ... . – Ich bin der Bote.

Hus:
Gut. Wenn Ihr also ein Bote seid, dann lasst mich die Botschaft wissen und meldet Euch dann beim Hausdiener, damit man Euch etwas zum essen vorbereite.....

Gegenspieler:
(Stimmungswechsel von ironisch nach streng)
Ein solcher Bote bin ich nicht!

(wieder einschmeichelnd)
Ich überbringe, sagen wir mal, „Empfehlungen" meiner Dienstherren.

Hus:
(blickt fragend auf - schweigt)

Gegenspieler:
Nun ja …. Man ist der Meinung, dass Ihr Euch ein wenig zu weit aus dem Fenster lehnt, und man empfiehlt Euch dringend eine gewisse Zurückhaltung ….. hier….. in Prag …. eine Anpassung ….

Hus:
(nach einer Weile, und mit einladender Bewegung) Erklärt Euch ….

Gegenspieler: *(gehässig, arrogant)*
Die Universität masst sich viel zu viel Macht an! Es gefällt uns nicht, dass ausgerechnet Prag in der gelehrten Welt solch ein hohes Ansehen geniesst. Das geht zu weit! – Ausserdem beeinflusst Ihr die ganze Nation. Wer tschechisch spricht, eifert Euch nach. DAS geht eindeutig zu weit! Wo gibt es denn so etwas, dass sich Bürger und Adel um intellektuelle Führung kümmern?

Hus:
Klagt Ihr mich etwa an, dass manchmal die Bürgersleute besser gebildet sind als die Priester? Wollt Ihr mir das etwa zur Last legen?

Gegenspieler: *(ärgerlich)*
Die Bürger sollen sich ums Geld verdienen kümmern und der Adel ums Geld ausgeben! – und die Herren Professoren sollen in ihren

Hörsälen gefälligst die gottgewollte Ordnung unterstützen und den Leuten Demut beibringen!!

Hus: *(sich wundernd, nachdenklich)*
Wer seid Ihr, dass Ihr solche Ungeheuerlichkeiten sagt? Ich habe Euch nicht gerufen.

Gegenspieler: *(abschätzig)*
Es kümmert mich nicht, ob ich gerufen werde. Ich komme gerne auch uneingeladen – manchmal ist mir das sogar lieber ...

Hus:
Dann verlasst dieses Haus! Schert Euch hier weg und bleibt, wo Ihr hingehört. Ich habe nichts mit Euch zu schaffen.

Gegenspieler:
Ihr weist mich zurück? Ihr werft mich hinaus? Wut und Ärger brodeln in Eurem Gemüt? Gut! ... Interessant ....! -
Dann merkt Euch doch bitte eine einfache Küchenregel: Beginnt die Suppe über dem Feuer zu brodeln, so legt man noch ein Scheit ins Feuer, damit die Brühe aufkoche und der Abschaum nach oben schwimme..... so kann man ihn leicht abschöpfen.....

Hus:
Hinaus!!

Gegenspieler:
Aber es ist doch lediglich ein Suppenrezept..... Suppe nach böhmischer Art.... Soll sehr reichhaltig sein – so eine Suppe – sagt man...

Hus:
Hinaus!

(Gegenspieler: Abgang Hus geht dem Gegenspieler nach, um zu sehen ob der verschwunden ist. Dann setzt er sich wieder am Schreibtisch, schreibt.)

Deutscher Magister:
(noch unsichtbar, man hört ein „Klopfen an der Tür")
Magister Hus? Seid Ihr zu Hause?

Hus: *(nicht gerade erfreut über die weitere Unterbrechung)*
Ja… – Wer ist da?

Deutscher Magister:
Der Vertreter der deutschen Universitätsnation – und der Bayrischen – und der Sächsischen – und der …. Schlesischen …

Hus: *(springt ihm ins Wort)*
Ist schon gut – kommt herein Magister! Die Tür ist offen.

Deutscher Magister:
(tritt auf - mit Doktorhut und Talar – etwas geschäftig, atemlos).
Guten Tag, Magister – ich muss dringend mit Euch sprechen!

Hus:
Willkommen, Magister

Deutscher Magister:
Ja ….. wie gesagt ….. Ich muss dringend mit Euch sprechen….!

Hus:
Bitte.

Deutscher Magister: *(„murkst" herum, nervös)*
Ich mache mir grosse Sorgen …. Na ja … da Ihr dieses Jahr wieder der Rektor der gesamten Universität seid … und man in Prag über Euch redet …. Ihr wisst schon …. Die Sache mit den Büchern… Das Gerede

gefällt uns gar nicht ….nun, also …. wer will schon in den Ruf der Ketzerei kommen, nicht wahr? …

Hus:
Ja … das heisst nein … Magister…- Ihr scheint mir besorgt. Nehmt doch Platz und erklärt mir, wo Euch der Schuh drückt.

Deutscher Magister: *(setzt sich, steht wieder auf - platzt heraus)*
Dieser Engländer hat Unrecht!

Hus:
Ein Engländer? - Ach so! Ihr meint John Wycliff? Aber der hat doch viele vernünftige Dinge geschrieben.

Deutscher Magister: *(furchtsam)*
Es sind Irrlehren. Ganz gefährliche Lektüre. Am besten, man würde alle seine Bücher verbrennen!

Hus:
Das ist Unsinn! – Wieso Bücher verbrennen, die Gutes und Nützliches über Logik, Philosophie, Moral und Theologie enthalten?

Deutscher Magister:
Weil gefährliche Gedanken aufkeimen könnten, die nicht in Übereinstimmung mit den Vorschriften der Heiligen Römischen Kirche sind! Gefährliche Gedanken!!

Hus:
Seit wann ist Denken an einer Universität verboten?

Deutscher Magister: *(nervös und arrogant werdend)*
Es geht hier nicht um Vernunft. Es geht ums Prinzip. Und wenn Ihr Wycliffs Gedanken öffentlich macht, so seid Ihr ein Volksverführer.

Wycliffs Schriften müssen aus den Augen der Gläubigen verschwinden!

Hus:
Haben denn alle, die Wycliffs Ideen verdammen, seine Bücher auch gelesen??

Deutscher Magister: *(hochfahrend)*
Es genügt wohl, wenn der Erzbischof von Prag dagegen ist.

Hus:
Ich bitte Euch! Das ist kein Argument! Man weiss, dass der Erzbischof es abgelehnt hat, Wycliffs Traktate zu lesen. In ganz Prag singt man schon Spottlieder darüber. Es ist eine Schande. Die Bürger sind belesener als ihr Erzbischof.

Deutscher Magister: *(warnend)* Versündigt Euch nicht, Magister!

Hus:
Ach was! Der Engländer Wycliff hat nur aufgeschrieben, was wir hier in Prag schon lange denken!
Ich habe es nur in tschechischen Worten zusammengefasst.

Deutscher Magister:
Manchmal können der Worte auch zu viele sein. Dann werden sie zu Gänsegeschnatter!

Hus: *(lachend, versöhnlich)*
Nun beleidigt Ihr aber mein Wappentier. Dabei ist es ein sehr nützliches Tier. Seine Federn liefern mein Schreibgerät und wenn ich vom Schreiben rechtschaffen müde bin, so lege ich mit zwischen Kissen und Decken, die mit Gänsedaunen gefüllt sind.
Gänsebraten ist weithin geschätzt …. Gänseschmalz auf Röstbrot schmeckt gut zwischendurch… Alsdann: gefüllter Gänsehals, Pastete

von Gänseklein, geräucherte Gänsekeulen...Und vor allem, denkt doch an die Gänseleber – welch eine grenzübergreifende Köstlichkeit!

Deutscher Magister:
Spottet nur, Magister Hus. Das Lachen wird Euch schon vergehen.

Hus: *(schärfer werdend)*
Mag schon sein - aber ginge es nur um die Gänseleber hätten wir an der Universität keine Probleme mit dem Wahlrecht.

Deutscher Magister:
Es gibt auch keine Probleme! Jeder Magister hat seine Stimme.

Hus:
Das ist es ja! Es gibt viel mehr Magister von fremden Universitätsnationen. Die Tschechen sind hier klar im Nachteil.

Deutscher Magister: *(abwinkend)*
Ich sehe keinen Nachteil. Die Stimmen sind gerecht verteilt.

Hus:
Das sind sie eben nicht! Ich habe die Ordnung der Universität Paris gut studiert: Es sind dort die Franzosen, welche je drei Stimmen pro Magister haben und andere Nationen je eine einzige. So ist es gerecht.

Deutscher Magister: Ihr wollt Prag etwa mit Paris vergleichen...?

Hus:
Frechheit! Natürlich will ich das! Schliesslich diente Paris für Prag als Beispiel. So wollte es Kaiser Karl. Aber die heutige Situation ist unerträglich: Es gibt vier Universitätsnationen – EINE davon ist die tschechische – der Rest kommt aus ganz Europa! Drei Viertel Fremde – ein Viertel Einheimische! Was kümmert es einen Spanier, Engländer

oder Schweden, wer hier in Prag gewählt wird? Die Fremden gehen nach einer Zeit wieder nach Hause – und wir müssen auslöffeln, was die uns hier eingebrockt haben!

Deutscher Magister:
Ach, ereifert Euch doch nicht, Magister. Als Rektor könnt Ihr doch Euer tschechisches Gänsegeschnatter weit genug verbreiten!

Hus:
Jetzt beleidigt Ihr mich ernsthaft, und Ihr beleidigt die Universität Prag! Und überhaupt, verehrter Doktor - warum seid Ihr mitsamt Euren Studenten denn noch hier? In den letzten Jahren wurden doch auch in deutschen Ländern Universitäten gegründet – Lange Jahre NACH Prag! – wie ich betonen möchte! Geht doch nach Wien, oder nach Heidelberg, geht nach Erfurt, oder meinetwegen nach Köln! Geht nach Krakau und nehmt die Polen und Schlesier gleich mit! Ihr habt jetzt Möglichkeiten im eigenen Land – und müsst nicht hier in Prag die Preise in die Höhe treiben!

Deutscher Magister:
Vergesst in Eurem Ärger nicht, impertinenter Herr Kollega, dass es deutsche und italienische Gelehrte waren, die man nach Prag berufen musste, um überhaupt zu beginnen! Was hattet Ihr Tschechen, damals 1348, schon zu bieten?

Hus:
Die Deutschen und Italiener witterten fette Entlohnung, ein bequemes Leben in einer wohlversorgten und friedlichen Stadt und keine Einmischung in ihre Lehrinhalte!

Deutscher Magister:
Das lasse ich mir nicht bieten! Wir werden heute noch einen Entscheid beim Papst anfordern. Der Papst soll entscheiden!

Hus:
Lächerlich! Welcher Papst denn? Der in Rom oder der in Avignon? Oder wollt Ihr noch einen dritten rufen? Wenn schon jemand zu entscheiden hat, dann ist es König Wenzel!

Deutscher Magister: (*laut und aggressiv*)
Universitäten sind kirchliche Einrichtungen. Nur ein päpstlicher Entscheid ist hier rechtens! Ihr wollt doch nur die Universität der Kirche entreissen, und der weltlichen Macht eines gottlosen Königs unterstellen! So weit kommt es noch!

Hus:
Das ist eine arglistige Unterstellung. Wir wollen nur Gerechtigkeit. Recht für die einheimischen Professoren, die von Euch verdrängt werden! Recht für die tschechischen Studenten, die sich in ihrer eigenen Hauptstadt bald keine Unterkünfte mehr leisten können. Und nicht zuletzt Recht für die Untertanen der tschechischen Krone, die auch Eure Gehälter bezahlen!

Deutscher Magister:
Das lassen wir uns nicht bieten! Schreit so viel Ihr wollt, doch wir sagen Euch, dass ab sofort die Deutsche Universitätsnation allen Veranstaltungen der Universität fernbleiben wird! Und dies gilt auch für die bayrische, die sächsische und die schlesische Nation! Macht doch Euren Kram alleine! Wir wenden uns an den Papst in Rom!

(Abgang deutscher Magister – Licht aus)

5. Szene

Kuttenberger Dekret

Wahrheit
(sanftes, weiches Licht)

König Wenzel schrieb. König Wenzel entschied.
König Wenzel suchte zu schützen und zu wahren die Hoheit seines Landes, die Wurzeln seiner Kraft.

(entfaltet ein Schriftstück mit dem Text und liest)

„Wir, Wenzel der Vierte, von Gottes Gnaden römischer König, Förderer des Reiches immerdar und tschechischer König, an den ehrwürdigen Rektor und die gesamte Universität der Stadt Prag:

Meine Lieben und Frommen!

Obwohl wir verpflichtet sind zum Wohle und Vorteil aller Menschen zu handeln, so dürfen wir trotzdem nicht ganz allen zugeneigt sein, damit denjenigen kein Nachteil entstünde, welche direkt an uns gebunden und unsere Untertanen sind. Und obwohl wir diese Verpflichtung zur Nächstenliebe kennen, ist es doch notwendig dass unterschieden werde, wann diese Liebe angebracht sei. Das heisst: Fremde zu bevorzugen und Einheimische hintan zu stellen, bedeutet eine Perversion der Zuneigung, denn wahre Liebe beginnt immer im eigenen Kreis und überträgt sich auf die Nachkommen gemäss der verwandtschaftlichen Grade.

Deshalb befinden wir es als ungerecht, wenn der deutschen Universitätsnation – die keinerlei Bürgerrechte im tschechischen Königreich hat - jeweils drei Stimmen zur Verfügung stehen – wogegen die tschechischen Nation, die der wahre Erbe des

Königreichs ist – nur mit je einer Stimme pro Magister vertreten ist. Dies ist unpassend. Warum sollten Fremde und Zugezogene den Vorteil haben vor den Einheimischen? Warum sollen sich Einheimische unterdrückt fühlen und Nachteile in Kauf nehmen?

Wir ordnen deshalb an, mit Macht und Nachdruck – und es soll kein Widerstand aufkommen gegen unseren Willen:
Fortan soll die tschechische Universitätsnation mit je drei Stimmen pro Magister vertreten sein an jeglichen Beratungen, Wahlen, Urteilsfindungen Examen und allen weiteren Verhandlungen der besagten Prager Universität. Dies geschehe nach dem Vorbild der Hohen Schule zu Paris und gemäss der Sitten an lombardischen und italienischen Universitäten.

Die deutsche Nation möge mit jeweils einer Stimme vertreten sein. Die deutsche Nation wird streng ermahnt sich dieser Anordnung fortan auf ewige Zeiten zu fügen, die zukünftigen Ratschlüsse zu akzeptieren und sich daran zu erfreuen. Sollte sich die deutsche Universitätsnation je gegen diesen meinen Willen auflehnen, so sei sie meines fürchterlichsten Zornes gewiss!

Gegeben in der Stadt Kutná Hora, die zu Deutsch Kuttenberg heisst – am Achtzehnten Januarii des Jahres 1409."

(Musik setzt ein)

6. Szene

Anklagen / Hus und Gegenspieler

(Beide mit dem Gesicht zum Publikum / Gegenspieler, mit Augenmaske, steht weiter zurück als Hus, liest aus einem Dokument oder Buch die Anklagen)

Gegenspieler:
Kardinal Oddo Colonna, klagt Jan Hus an, dass jener sich der Tradition der römischen Kirche widersetze. Jan Hus soll sich deshalb dem Gericht der Kardinäle stellen. Es soll hart gegen Jan Hus und gegen seine Befürworter vorgegangen werden.

Hus:
Der Weg nach Rom ist viel zu gefährlich.
Ich werde meine Freunde nach Rom senden, sie werden mir gute Anwälte sein.

Gegenspieler:
Der Erzbischof von Prag klagt Jan Hus an wegen Verbreitung ketzerischer Ansichten des Engländers John Wycleff. Wycleffs Bücher sollen verbrannt werden!

Hus:
König Wenzel und Königin Sophie forderten bereits vom Papst in Rom eine Rücknahme der Verurteilung von Wycleffs Schriften! - Wicleff, Wicleff, vielen Leuten hast du die Köpfe verwickelt!

Gegenspieler:
Die Untersuchungskommission, klagt Jan Hus an, sich den Dogmen und den unfehlbaren Ratschlüssen der Heiligen Römischen Kirche zu widersetzen.

Hus:
Ich berufe mich auf die Heilige Schrift. In der Bibel steht nichts von Dogmen! Die Heilige Schrift genügt ausreichend zur Seligkeit aller Menschen.

Gegenspieler:
Der Prokurator Michael de Causis, erhebt Anklagen gegen Jan Hus, weil Michael, genannt de Causis, mit Anklagen beauftragt ist. Michael de Causis klagt Jan Hus an, weil Anklagen seinen eigenen Interessen dienen. Er klagt Jan Hus an, weil Anklagen ein gutes Geschäft sind. – Anklagen sind sein Beruf. Was scheren Michael de Causis die Angeklagten! Was schert ihn ein Magister Hus …. Michael de Causis konnte den Magister schon in Prag nicht leiden! Was interessieren ihn irgendwelche Hintergründe…. Was interessiert ihn Wahrheit. Er wurde zum Prokurator „de causis fidei" ernannt – zum Ankläger in Glaubenssachen. – Was interessieren ihn die Gläubigen? Sollen doch alle verrecken, was geht's ihn an...

Hus:
Ich kenne diesen Mann aus Prag. Er ist mir ein Rätsel. Ein Mensch, dem es ein eigenartiges Vergnügen bereitet, andere grundlos anzuklagen…. Er versteckt sich hinter dem Rücken von Sigismund, Königs Wenzels Bruder...
Sie schreien gegen mich und entlarven doch nur sich selbst. Ich bete zu Gott um Stärke, damit ich dieses Geschrei und diese Verachtung mit vernünftigen Argumenten aus den Fugen heben kann.

Gegenspieler: *(hysterisch werdend)*
Papst Johannes, der Dreiundzwanzigste dieses Namens, klagt Jan Hus an, weil er, Papst Johannes, der rechtens gewählte Papst ist - und nicht die anderen zwei – und er klagt den Jan Hus an, weil er, Papst Johannes, auf das Geld aus dem Ablasshandel nicht verzichten kann.

Hus sei angeklagt, Hus sei mit dem Kirchenbann belegt, Hus sei exkommuniziert!!
Die anderen Päpste seien mit dem Kirchenbann belegt, sie seien exkommuniziert!!
Die Gegner des Ablasshandels, sie seien mit dem Kirchenbann belegt, sie seien exkommuniziert!!
…………die Einnahmen aus dem Verkauf der Sündenablässe sind sofort in meine Kassen zu überweisen.

(wieder ruhiger)
Ich fasse zusammen, Magister Jan Hus:
Ihr seid ein Aufwiegler.
Ihr hetzt die Leute auf.
Ihr seid ein Agitator.
Ihr ruft zu Ungehorsam.
Ihr verbreitet Irrglauben.
Ihr seid ein Ketzer!

Hus:
Das ist nicht wahr - Ich rufe zur Besinnung!

Gegenspieler:
Ungeheuerlich…

Hus:
Ich fordere moralische Reinheit der Priesterschaft und die Umkehr der Kirche zur Demut.

Gegenspieler:
So eine Frechheit!

Hus:
Der Handel mit den Ablässen soll aufhören. Dies ist ein Schandfleck für die Kirche.

Gegenspieler:
Bestrafen! Bestrafen!

Hus:
Ich fordere Reformen.

Gegenspieler: *(sehr heftig)*
Gott bewahre!!!

Hiermit wird dem Magister artium, Bakkalaureus theologiae und Rektor der Universitas Pragensis, Jan Hus, befohlen sich unverzüglich nach Rom zu begeben und sich der Kommission der Kardinäle zu stellen, damit diese über ihn urteile.

Hiermit wird befohlen, dass sich der genannte Magister verantworten soll, warum er weiterhin öffentlich predigt, obwohl es ihm ausdrücklich verboten wurde?

Hiermit wird die Verbrennung aller Schriften und aller Bücher des englischen Ketzers John Wycleff angeordnet. Unverzüglich.
Verbrannt sollen sein auch die Schriften von Hus! Alle seine Briefe und Aufzeichnungen!
Exkommunikation! Interdikt! Exkommunikation!

Hus: *(laut und bestimmt)*
Halt – alle die ihr „Feuer" ruft und mich verdammen wollt!
Noch kämpfe ich um der Wahrheit Willen!
Noch ist die Gans nicht gebraten!

(Wechsel) Sprechchor „Ó svolanie konstanské" oder Instrumentalmusik)

7. Szene

Advocatus diaboli - Die Versuchung zum Widerruf

(Hus sitzt am Tisch, Schreibutensilien vor sich
Gegenspieler kommt forsch herein mit ausgestreckter Hand zur Begrüssung,
Hus ignoriert diese Geste,
Gegenspieler legt eine Mappe vor Hus auf den Tisch)

Gegenspieler:
Magister Hus, es freut mich sehr Euch kennenzulernen! Ich bin dazu da, Euch in Eurem Streitfall weiter zu helfen. Ich bin Euer Anwalt – ein advocatus – ein Dazuberufener….

Hus:
Ein Advocatus Diaboli, wie mir scheint.

Gegenspieler: *(jovial lächelnd)*
Nun – soweit wollen wir doch nicht gehen….

Hus:
Eure Ausdrucksweise ist sonderbar. Wer schickt Euch?

Gegenspieler: *(mit grosser Geste)*
Ich bin Anwalt! Ich arbeite mal für diese, mal für jene Seite…

Hus:
Das ist keine gute Voraussetzung.

Gegenspieler: *(„effizent" – öffnet die Mappe und, nimmt ein Schriftstück heraus, legt es Hus vor)*
Kommen wir zur Sache, Magister. Ich soll Ihnen ein Angebot unterbreiten.

Hus: *(beachtet das Schriftstück nicht)*
Ein Angebot? Nein, danke. So wie Ihr das aussprecht klingt es in meinen Ohren unannehmbar.

Gegenspieler:
Wollt Ihr mich nicht wenigstens anhören?

Hus:
Habe ich eine Wahl? Ich bin ein Gefangener hier, ich kann Euch nicht entrinnen. Aber fasst Euch bitte kurz – ich möchte heute noch einen Brief am meine Freunde schreiben.

Gegenspieler:
Eure Freunde?

Hus:
Ja. - Sicher. – Ich habe Freunde. Ihr etwa nicht?

Gegenspieler: *(nachsichtig lächelnd)*
Magister – ich bin Anwalt…..

Hus: *(nachdenklich nickend)*
Ja …… dem ist wohl so….

Gegenspieler: *(schiebt das Schriftstück diskret näher zu Hus)*
Ich möchte Euch ein Angebot unterbreiten, dass Euer Interesse wecken könnte. Ich kann Euch helfen. Aber dazu müsste ich Euren Standpunkt genauer kennen.

Hus:
Meinen Standpunkt?! Wer schickt Euch, Herr, dass Ihr meinen Standpunkt nicht kennt? Wollt Ihr mich aushorchen? Aber was wollt Ihr denn noch von mir erfahren? Ich habe meinen Standpunkt

genügend klar dargelegt. Wollt Ihr mich zu einem Widerruf bewegen?

Gegenspieler: *(windet sich in wenig)*
Nun ….

Hus:
Wie gesagt, ich kann Euch nicht entrinnen.

Gegenspieler: *(verschwörerisch)*
Dies ist ein Gespräch unter vier Augen. Die Geschichtsschreibung wird nichts davon erfahren.

Hus: *(mit leichtem Nicken, ein wenig seufzend)*
Gewiss…. Ich dachte mir, Ihr würdet so etwas sagen.

Gegenspieler: *(mit wohlwollender Anbiederung)*
Magister! Ihr habt doch der Menschheit noch so vieles zu geben! Zieht Euch doch bequem zurück – wir geben Euch die Gelegenheit dazu. Das Kloster, das Euch aufnehmen könnte, ist schon ausgewählt – dort könnt Ihr nach Herzenslust schreiben. Noch ist es Zeit. Noch gibt es keinen Prozess, keine Verhandlung, - noch gibt es nicht einmal eine ernst zu nehmende Anklage. Es ist sehr einfach: Es ist lediglich ein Rückzug – eine Art Refugium – ein schlichtes Zurückziehen….

Hus:
Zurückziehen? Was bitte soll ich zurückziehen?

Gegenspieler:
Nicht „Was" sondern „Wen". Eure Person sollt Ihr zurückziehen. Noch ist es Zeit. Ihr tretet von Euren Ämtern zurück, Ihr gebt die Predigerstelle auf und Ihr erklärt, dass Ihr aus gesundheitlichen Gründen nicht mehr der Öffentlichkeit zur Verfügung steht. Ihr

erklärt, dass Ihr Euch fortan einem kontemplativen Klosterleben widmen möchtet. – Wir organisieren den Rest.

Hus:
Ihr sprecht eine Sprache, die nur schwer verständlich ist.

Gegenspieler:
Ihr wollt also, dass ich klar spreche?

Hus:
Ja... bitte....

Gegenspieler: *(schärfer im Ton)*
……. Eure Person ist unhaltbar, Magister Hus. Ihr steht im Verdacht der Ketzerei – und Ihr denkt sogar, dass Ihr Euch noch verteidigen dürft…..!

Hus: *(schnell konternd, schneidet Gegenspieler das Wort ab)*
Ein jeder Mensch hat Recht auf Verteidigung! Die Schuld muss erst bewiesen werden. So lange gilt die Unschuldsvermutung. Ich jedoch, bin mir nicht bewusst einer Sache angeklagt zu sein. Ich verlange nur ein klärendes Gespräch. Stattdessen hat man mich hier eingesperrt!

Gegenspieler:
Ihr seid Euch vielleicht dessen nicht bewusst, aber – Ketzer haben kein Recht auf Verteidigung. Ketzer können nur widerrufen. Lasst mich also wissen, ob Ihr widerrufen wollt.

Hus:
Was sollte ich denn widerrufen? Ich bin mir keiner Verfehlung bewusst. Sollte es denn so sein, so bin ich bereit mich von den Konzilherren belehren zu lassen. Doch bis jetzt haben sie mir jegliche Belehrung verweigert.

Gegenspieler: *(belehrend)*
Magister, Ketzer werden üblicherweise dem Feuer überantwortet. Die reinigenden Flammen erlösen die Seele von ihren Irrtümern. Das wisst Ihr genauso gut wie ich …….. es gibt keine Berufung…

Hus:
Aber sicher gibt es eine Möglichkeit der Berufung! Es ist übliche Rechtspraxis, dass sich ein zu Unrecht Angeklagter auf den höchsten Richter berufen kann, auf Christus, unseren Herrn.

Gegenspieler:
Magister, seid doch vernünftig….. es gibt keine Berufung – es gibt nur Widerruf….

Hus:
Es gibt nichts zu widerrufen. – Falls mir Fehlauslegungen der Lehre Gottes unterlaufen sein sollten, so bitte ich das Hohe Konzil mich darüber zu belehren. – Allerdings, bin ich mir keiner Verfehlung bewusst.

Gegenspieler:
Ich darf Euch einen Rat geben …? An Eurer Stelle würde keine grossen Hoffnungen in das Konzil setzen…..

Hus:
Was wollt Ihr damit sagen?

Gegenspieler:
Es wäre in Eurem eigenen Interesse, und auch im Interesse des Königreichs – ein wenig – sagen wir mal – einzulenken…. König Wenzel wird Euch nicht mehr lange schützen können. Sein Bruder Sigmund ist der Mann der Stunde, glaubt mir ….

Hus:
… ja…. das befürchte ich ….

Gegenspieler: *(möchte zum Abschluss kommen)*
Nun, Magister Hus? Was meint Ihr zu unserem Angebot? Ich möchte nochmals betonen: Wir sichern Euch einen komfortablen und sicheren Alterssitz – und Ihr habt für den Rest Eures Lebens vorgesorgt.

Hus:
Vorgesorgt? - Wie könnt Ihr nur annehmen, dass ich mein ganzes Lebenswerk und meine innigsten Überzeugungen verleugnen könnte? - Doch ich beginne jetzt zu verstehen: Ihr wollt mich aus dem Weg schaffen - und Ihr wollt mich auch noch zwingen Verrat an mir selbst zu begehen – und an all den Menschen, die mir vertrauen – und selbst an unserem Herrn Christus!

Gegenspieler:
Aber Magister, was hat denn Christus damit zu tun? Hier geht es um Eure Altersvorsorge. Ihr wollt doch in dieser gefährlichen Welt überleben?

Hus: *(erstaunt feststellend)*
Ihr denkt wirklich, dass ich dem zustimme… Erstaunlich. Ich stelle dies fest: Ihr seid der Überzeugung, dass ich Euren Argumenten zustimme. - Und wenn ich zustimmte, - denkt Ihr, dass ich dann je ein einziges Wort zu Papier bringen könnte? Dass diejenigen, die heute an mich glauben und mir vertrauen, noch je ein einziges Wort von mir lesen würden?

Gegenspieler: *(interesselos mit der Schulter zuckend)*
Nun, Ihr könnt Euch gerne auch dem Züchten von Gemüse zuwenden, falls Euch schreiben schwer fällt. Wisst Ihr - uns geht das nichts mehr an. Gestaltet Eure Zeit nach Eurem Belieben….

Hus:
Ich fasse zusammen: Ihr und Eure Beauftragten – wer immer diese auch sind – möchtet mich aus dem Weg schaffen und gleichzeitig entwaffnen, ohne mich töten zu müssen. Ich würde unglaubwürdig werden. Alle, denen ich ein wenig Hoffnung vermitteln konnte - und auch alle meine Studenten - würden meinen Worten fortan misstrauen. Sie würden mich – und mit Recht – als Verräter ansehen.

Gegenspieler: *(abwinkend, beschwichtigend)*
Ach, Magister – das sind doch jetzt sehr pathetische Worte. Seid vernünftig – es wird nichts so heiss gegessen, wie es gekocht ist!

Hus:
Doch – eben genau das wird es! Es wird siedend heiss gegessen werden – allerdings erst am Tage des Jüngsten Gerichts, erst da werden diese Speisen aufgetragen – und die einzelnen Bissen, werden dann fest in den Hälsen stecken bleiben. - Wie könnte ich so etwas Schändliches tun, wie das Vertrauen derjenigen zu verraten, die meinen Worten und Taten glaubten?

Gegenspieler: *(langsam ungeduldig werdend)*
Ihr wollt also das Angebot nicht annehmen?

Hus:
Wie könnte ich? Wie könnte ich danach jeden Morgen aufstehen, wie könnte ich mich danach jeden Abend zu Bett legen - im Bewusstsein alles weggeworfen zu haben, wofür ich mich je eingesetzt hatte?

Gegenspieler: *(hämisch, feindselig – jedoch leise)*
Habt Ihr schon bedacht, dass Ihr genau jetzt, in diesem Augenblick, das tschechische Volk verratet?

Hus:
Ich?! Was wollt Ihr mir damit unterstellen?

Gegenspieler: *(„fies")*
Ihr werdet schon sehen. Ihr habt das Volk aufgewiegelt. Ihr habt das Volk zu Ungehorsam aufgerufen. Das Volk stellt sich gegen die Kirche und rebelliert gegen König Sigmund.

Hus: *(bestimmt, ungeduldig)*
Unser König ist immer noch Wenzel IV.! Herr Sigmund mag sich um sein eigenes Hoheitsgebiet kümmern! Zusammen mit den Kirchenherren saugt er das Blut aus den Adern der Bevölkerung, nur um an Geldmittel zu kommen! Herrn Sigmund geht es nur ums Geld. Die Führenden der Kirche sind keinen Deut besser. Oder wie soll man die Geldmittelbeschaffung per Sündenablass verstehen? Hm? Denkt Ihr tatsächlich, dass man sich durch Geldzahlungen von seinen Sünden und Missetaten loskaufen kann? Denkt Ihr man kann mit Gott schachern und verhandeln wie mit einem Wucherer?

Gegenspieler: *(leise drohend)*
Passt gut auf, was Ihr jetzt sagt, Magister!

Hus:
Ich achte sehr wohl auf die Wahl meiner Worte, und genau jetzt werden starke und gerade Worte gebraucht! Missstände müssen benannt und danach entfernt werden, dies sei das Trachten eines jeden Christen, und vor allem eines jeden Geistlichen der Kirche solange sich diese noch heilig nennen will. Genau jetzt ist die richtige Zeit, dass ich meine Stimme erhebe! Und ich bin nicht allein! Verlasst bitte sofort diesen Raum und lasst mich allein. Ich möchte beten – dieses Recht darf mir nicht genommen werden.

Gegenspieler:
Überlegt Euch gut, was Ihr tut, Magister.

Hus:
Das werde ich sicher tun, doch erst, wenn ich hier wieder alleine bin. Geht bitte. Ich verschwendet meine Zeit, und die ist kurz bemessen.

Gegenspieler:
Wie Ihr wünscht, Magister. Doch wenn ich hier weg bin, dann kann ich nichts mehr für Euch tun…..

Hus:
….und das ist gut so! Lebt wohl!

(Abgang Gegenspieler.
Das Schriftstück bleibt liegen, Hus nimmt es auf und zerreisst es, dann nimmt Feder und Papier und beginnt zu schreiben)

Hus: *(schreibend und nachdenkend)*
An meine Freunde, die in schweren Stunden zu mir stehen und mir ihre Freundschaft nicht aus Angst verweigern:
Wisst, dass ich Besuch hatte von einem Gelehrten, der mir nahe legte, dass alles für mich gut und erlaubt sein werde, wenn ich mich nur dem Konzil in allem füge. Dieser Gelehrte sagte auch: Sollte das Konzil behaupten ich hätte nur ein einziges Auge im Gesicht, so wäre es meine Pflicht dem zuzustimmen. Ich erwiderte ihm: auch wenn dies die ganze Welt behaupten würde – ich hätte Verstand genug zu wissen, dass dies falsch sei – wie könnte ich demnach zustimmen?

Der Gelehrte meinte dann, dass es genug andere Leute gäbe, die einem noch viel grösseren Unsinn zustimmen würden, sollte das Konzil es von ihnen zu ihrem Gunsten verlangen, um ihr Leben zu retten.
Ich entgegnete darauf: Ja – andere Leute könnten dies wohl tun…..

8. Szene

Anhörung und Sonnenfinsternis

(Gegenspieler hinter Tisch sitzend als Richter, ohne Maske, Hus steht vor dem Tisch)
Die Szene soll sich im Tempo steigern – aggressiv - und zum Schluss in einem lauten Streit gipfeln, damit der Gegensatz zum Auftritt der Wahrheit augenfällig wird.

Gegenspieler:
Magister Jan Hus, dies ist nun Eure zweite Anhörung vor dem hohen Konzil zu Konstanz.
Ihr seid angeklagt an der Transsubstantiation zu zweifeln. Eure Schriften belegen dies. Ihr bestreitet, dass die Hostie, das Heilige Brot, während der Wandlungszeremonie in der Heiligen Messe tatsächlich zu Körper und Fleisch unseres Herrn Jesus Christus wird. Ihr bestreitet dies – obwohl es sogar ein Landsmann von Euch war, ein Prager Priester namens Peter, durch den Gott der Allmächtige ein Wunder geschehen liess. Auch dieser Peter von Prag zweifelte zuerst an der realen Umwandlung des geweihten Brotes in Fleisch und Blut des Herrn. Ihr erinnert euch?

Hus:
Ja, ich erinnere mich an meine Lektionen der Kirchengeschichte. Was Ihr schildert nennt man das Wunder der Messe von Bolsena - in Italien. Es ist schon zweihundert Jahre her, und es gab nie Zeugenberichte... ausserdem gab es in Prag schon immer Priester, die Peter hiessen....

Gegenspieler:
Schweigt, Gotteslästerer...!!
Der Bericht dieses Wunders ist als richtig genehmigt worden. Als der Priester Peter die Hostie brach, verwandelte sich diese ....

Hus *(springt ins Wort)*:
Ja, ich weiss – in ein bluttriefendes Stück Fleisch! Allein die Vorstellung davon ist widerlich! Ein Stück Fleisch, von dem Blut auf einen geweihten Altar niedertropft.

Gegenspieler:
Ruhe! Was zu beweisen war: der Angeklagte ist verstockt, er lästert Gott, und verunglimpft die Heilige Römische Kirche! Das genügt. Wir gehen zum nächsten Punkt der Anklage!

(wühlt in Papieren, murmelt ärgerlich)

Hus, Hus, Hus!!! Die ganze Zeit nur dieser Hus!! Es gibt so viele wichtigere Dinge – aber nein ! – die ganze Welt schreit nur: Kausa Hus! Kausa Hus! Das ganze Konzil bringt dieser Hus durcheinander! …

(laut)
Wo ist dieses vermaledeite Papier? Man hat es mir doch gestern Abend gegeben…? – Ah! Hier! ….
Magister Hus – ich hoffe zu Eurem eigenen Vorteil, dass Ihr Euch der Gnade bewusst seid, die Euch hier von der gesamten Versammlung zu Konstanz erwiesen wird?

Hus:
Gnade? Falls Ihr die Gnade meint, mich wie einen Verbrecher im Kerker eingesperrt zu halten – ja, dessen bin ich mir bewusst. Diese Gnade verdanke ich dem Herrn Papst Johannes, dem Drei-und-Zwanzigsten. – Falls Ihr jedoch die weltliche Gnade seitens des Herrn Sigismund meint – der mir ein freies Geleit versprach, es jedoch brach – so bin ich mir auch dieser Gnade bewusst.

Gegenspieler:
Schweigt! Eure Äusserungen beleidigen die Kirche und die königliche Majestät. Man hatte euch, grosszügig und wie einem trotzigen Kind

nahegelegt, dass durch Euer Einlenken die Lage zwischen Rom und dem tschechischen Königreich bedeutend entspannt werden könnte!

Hus:
Die weltliche Politik ist Sache der Könige! Es wäre vermessen von mir zu denken, ich hätte Einfluss darauf. Ich kam nach Konstanz, um eine ehrliche, gelehrte Disputation zu führen, deren Inhalt theologische Thesen sind und ….

Gegenspieler: *(fällt Hus ins Wort)*
Ihr seid gar nicht berechtigt einen theologischen Disput zu führen! Hier in diesem Gericht sind Doktoren und Magister der Theologie versammelt – und Ihr? – in der Theologie sein ihr bloss ein Bakkalaureus!
Denkt Ihr etwa, dieses hohe Gericht und all die hochgelehrten Theologen würden sich mit einem abgeben, der nur die unterste Qualifikation dazu hat?!

Hus:
Es geht hier also nur um die Form?! Es geht hier um einen bestimmten Titel?! Es sollen innerhalb der Kirche also nur jene sprechen dürfen, die über einen Doktor- oder Meister- Titel verfügen?! – Das Konzilium war unehrlich zu mir. Man hat mir vorgegaukelt, man würde mit mir argumentieren wollen, man würde mich notfalls belehren – aber es war nie die Rede davon, dass man mich nur einseitig und dogmatisch verurteilen wollte!

(Licht geht langsam zurück)

Gegenspieler:
Was ist das? – Das Licht ….. Es wird dunkel. – Die Sonne verfinstert sich. - Eine Sonnenfinsternis!!

Hus:
Eine Sonnenfinsternis? Wie wunderbar! Die Sonne der Gerechtigkeit unseres Heilands Christus verfinstert sich. Selbst Gott verdunkelt sein Gesicht vor dieser Farce, die man hier mit mir spielt!

Gegenspieler: *(laut und nervös)*
Licht! - Bringt Licht!
Die Sitzung wird vertagt. – Der Angeklagte soll wieder zurück in seine Zelle! - Tut Busse, Magister. Dies ist ein Zeichen Gottes, dass Ihr verdammt seid den Feuertod zu sterben.
Der Allmächtige sei gelobt!

Hus:
Alles wird gegen mich verwendet? – sogar der Lauf der Himmelsgestirne, die unbestechlich ihre Bahnen ziehen? *(schaut nachdenklich nach oben)*

Gegenspieler: *(laut, angstvoll)*
Licht! Bringt endlich Licht!!

(etwas leiser, wühlt wieder in den Papieren)
Wo ist das Urteil? – *(laut)* Licht!! – *(leiser)* Die Gunst der Stunde muss genutzt werden...

Hus:
Urteil? Welches Urteil??? –
Ich appelliere an das Gericht mir eine weitere aussergerichtliche und sachliche Debatte zu gewähren! Ohne Drohung und ohne Zwang!

Gegenspieler: *(fuchtelt mit Papieren)*
(laut) Licht! – Führt den Mann endlich ab!! Vertagt die Sitzung!! - *(leiser)* Schnell das Urteil ! - Schnell den Mann auf den Scheiterhaufen, damit das Volk sein Schauspiel hat!
(gestikuliert, zeigt mit dem Finger nach oben)

Gott hat ein Zeichen geschickt! Gott verdunkelte die Sonne, da er den Ketzer Hus nicht mehr ertragen kann!

Hus: *(laut; zu Gegenspieler gewendet)*
Oh, nein! - Es ist immer noch nicht alles gesagt!

Gegenspieler:
Schweigt!!

Hus:
Die Anhörung wurde lediglich vertagt und ich habe ein Recht darauf mich zu verteidigen!

*(**FREEZE** – evtl. ein gut hörbares Geräusch dann Stille – gleichzeitig*
Lichtwechsel
Auftritt „Wahrheit" – Licht auf Wahrheit und Hus)

Hus und die Wahrheit

Wahrheit: *(langsam sprechend, „ätherisch", zärtlich – sanftes , weiches Licht)*

Willkommen im Reich der Wahrheit, Magister. Ihr habt Euch verdient gemacht. Es ist nie einfach mich als Leitbild zu wählen. Was ist denn Wahrheit? Wird Wahrheit überhaupt wahrgenommen?

Ihr lehrtet die Menschen, dass die Wahrheit immer siegt. Das ist wahr – ich meine es ist wahr, dass Ihr das gesagt habt und es ist auch in einem absoluten Sinne wahr. Doch genug des intellektuellen Wortspiels. Ihr habt es laut und deutlich gesagt: „Die Wahrheit wird siegen." Könnt Ihr Euch vorstellen, dass man Euch einmal vorwerfen wird, Ihr hättet damit aus der Bibel zitiert – und Ihr hättet falsch zitiert, da die Stelle richtig laute: „Die Wahrheit Gottes siegt immer".

Welch kleinliche Geister Euch dies vorwerfen werden! Wahrheit ist immer göttlichen Ursprungs. Ist es nicht so? Wäre sie es nicht – so wäre sie selbst eine Lüge …. nicht wahr?

Wahrheit ist. – Es mögen noch so viele Verdrehungen und Lügen existieren – sie tun der Wahrheit nichts an. - Wahrheit ist. – Ich sage nicht, dass man in den Gemütern der Menschen die Wahrheit nicht übertünchen, oder gar auslöschen kann! Das ist sehr wohl möglich. Schade um die Menschen. Doch berührt dies die Wahrheit? …… Nein…… – Wahrheit ist.

Erschreckt nicht, Magister Hus – denkt darüber nach und lasst Euch Zeit. Ihr wisst, dass man zwar einen Menschen, der die Wahrheit sagt umbringen kann, damit er fortan schweige – doch die Wahrheit selbst wurde damit nicht getötet. Wie auch? - Wahrheit ist. - Die Schicksale der Menschen haben keinen Einfluss auf die Wahrheit – doch die Wahrheit wirkt sehr wohl auf die Schicksale ein.

Man kann Wahrheit leugnen – doch trotzdem bleibt sie bestehen. Ihr könnt den Sinn der Worte verdrehen, verschleiern, verzerren – doch dies wird nur mit dem Sinn der Worte geschehen – nicht der mit der Wahrheit. Ihr könnt Wahrheit verstecken, verbergen, verheimlichen – doch die die Wahrheit an sich, bleibt bestehen.

Gibt es Teilwahrheiten? Gibt es Halbwahrheiten? Nein, denn wir reden hier wieder von Worten. Seien sie gesprochen oder geschrieben – solange ein Teil der Worte falsch ist, ist ein Teil der Worte falsch – ein Teil der Worte – nicht ein Teil der Wahrheit! Wie könnte ein Teil der Wahrheit falsch sein…? Wahrheit ist ganz oder sie ist es nicht – denn. - Wahrheit ist.

Ich liebe es Menschen zum Nachdenken zu bringen. Ich liebe es, wenn ich sehe, dass sich Verständnis entwickelt. Schritt für Schritt für Schritt …. Es ist gut, wenn die Menschheit mich sucht – doch wie oft fürchtet sie sich, dass sie mich finden könnte?

Wahrheit steht über den Dingen. Wie wahr ist dies. Dinge können von Menschen berührt werden. Dinge gehören zur physischen Welt der Gegenstände, deshalb ist es richtig zu sagen, Wahrheit stehe über den Dingen. Deshalb ist es auch richtig zu sagen, dass Wahrheit nicht fassbar sei. Dinge sind fassbar. - Wahrheit ist.

Ich stehe da, unerschütterlich, ich bin überall, und sichtbar für alle, die sehen können. Der Wille zur Wahrheit ist der erste Schritt. Ihr, Magister Jan, seid nun viele Schritte gegangen und Ihr wisst auch, dass es den letzten, den entscheidenden Schritt noch braucht.

Doch seid beruhigt, denn ich habe auch viele Schwestern: zum Beispiel Erkenntnis und Hoffnung und Hingabe und Tapferkeit. Wir sind eine wahrlich grosse Familie! Die Menschen sagen manchmal so leichtfertig: „Es gibt keine Hoffnung mehr". Denkt Ihr wirklich, dass die Hoffnung dann aus dem Universum verschwindet? Hoffnung inspiriert, und Ihr, Magister Jan, habt den Menschen die Hoffnung wieder sichtbar gemacht. Ihr gabt ihnen Vorbilder, denen sie nachleben konnten; Ihr seid selber eins. Menschen brauchen Vorbilder, wahre Vorbilder, die Hoffnung enthalten und Lebensfreude.

Wenn sich Menschen feige benehmen, hört dann deshalb die Tapferkeit auf zu existieren? Gibt es die Hingabe nicht mehr, wenn die Leute faul und untätig sind? Hört Gnade auf zu sein, wenn alle gnadenlos handeln? - Ihr seht selbst, wie müssig solche Fragen sind – doch sie müssen gestellt werden. Erkenntnis verlangt es... und es ist der Wahrheit Willen.

(„Wahrheit" tritt zu Hus, legt einen Arm um seine Schultern oder ihre Hände auf seine Schultern)

Seid tapfer, Magister Jan, seid tapfer. - Singt ein Lied für mich – und denkt immer daran: ich bin bei Euch – in jedem Augenblick...

9. Szene

Hus und Cossa auf der Burg Gottlieben

(Hus sitzt im Kerker auf einer Bank. Cossa kommt von der Seite herein gestürzt)

Hus:
Willkommen, Herr Baldassare Cossa, - Willkommen in der Welt, in die Ihr mich geschickt habt.

Cossa:
Baldassare Cossa? Nein, es gibt keinen Baldassare Cossa. Der Name ist immer noch Johannes! Der Dreiundzwanzigste dieses Namens.
Man hat mich zwar der Würde beraubt, jedoch nicht des Namens. Ich bin Johannes und Ihr seid der Magister Hus, auch Johannes mit Namen. So begegnen wir uns auf dieser Ebene. Dies macht uns gleich, Ihr und ich, zwei Unglücksraben und Pechvögel. Einfach nur zwei alte Männer, die ein wenig gemeinsam jammern können über den ungerechten Lauf dieser Welt. Wir könnten uns gegenseitig das Leid klagen und uns über diese Zelle beschweren – da gibt es nicht einmal eine Sitzgelegenheit und in dieser Kälte kehrt bestimmt wieder dieses schmerzhafte Gliederreissen zurück.

Hus:
Euer Name ist Cossa. In meiner Muttersprache bedeutet das: „die Sense". Die Sense – Ihr – hat mich nieder gemäht, und bald wird ein anderer Sensenmann mich holen. Warum sollte ich die Zeit mit Gejammer verschwenden? Ich will Euch in eurer Volksprache Giovanni nennen, da ihr den Namen des Heiligen Johannes nicht verdient. ... und nein .... gleich sind wir uns keineswegs. Ich will Euch niemals gleich sein.

Cossa:
Ihr seid ein Blasphemist und Ketzer, Magister Jan, und Ihr macht Euch auch noch der Todsünde des hochfahrenden Stolzes schuldig

Hus:
Danke, signor Giovanni, dass Ihr meinen Titel anerkennt.

Cossa:
Wollt Ihr mich zum Narren halten?! Was ist das für ein Unfug, den Ihr hier treibt?

Wollt ihr mich reizen? Mit gelehrter Disputationskunst verspotten und in die Enge treiben? Welch eine Demütigung! Und auch noch dieses stinkende Kerkerloch! Wenn ich meine Macht zurückgewonnen habe – und das werde ich – dann werden Jene es grässlich büssen, die mir diese Schmach angetan haben! .... Wenn es hier nur eine Sitzgelegenheit gäbe! Meine Füsse schmerzen. Es wird mir schwindelig, wenn ich lange stehen muss. Die Füsse sind schon ganz kalt. Wenn ich mich auf den eisigen Boden setze, dann hole ich mir den Tod. Gibt es hier kein bisschen Stroh...?

Und Ihr: Ja, Ketzer ist Euer Titel! Ein Gotteslästerer seid Ihr, der brennen wird!

Die Flammen werden Euren Körper verschlingen und die Teufel Eure schwarze Seele! Doppelt werdet Ihr brennen für Eure Gottlosigkeit – einmal auf dem Scheiterhaufen und einmal in der Hölle!
Mit den Zähnen klappern werdet Ihr vor Entsetzen, wimmern und um Erbarmen flehen!

Hus: *(nachdenklich)*
Ja, das ist wahr, - ich werde brennen. Mein Körper wird die Qualen des Feuers erleiden, doch meine Seele brennt für Gott und mein

Geist brennt für die Wahrheit. Ihr jedoch, signor Giovanni, Ihr brennt nicht, Ihr fault – und das ist tausendmal leidvoller als der schnelle Tod durch die reinigenden Flammen.

(Eine ganze Weile herrscht Stille. Schattenwurf an „Wänden", unruhiges Flackern)

Cossa: *(leise)*
Habt Ihr Angst vor dem Tod, Magister Jan?

Hus:
So nachdenklich seid Ihr geworden, signor Giovanni? Hat euch die Furcht vor den Schatten ereilt? Die Schatten all jener Opfer, die euch im Wege standen? Holt euch jetzt Eurer neapolitanischer Aberglaube ein?
Nun, um Euch Antwort zu geben: Nein, vor dem Tod habe keine Angst. Schliesslich hatte ich – dank Euch - hier genug Zeit, um mich auf das Unweigerliche vorzubereiten. Im Gegensatz zu Euch weiss ich, dass ich aus dieser Zelle nur dann heraus geführt werde, wenn man den Tag meines Todes bestimmt haben wird. Die Konzilherren versprechen mir Anhörung, doch ich weiss, dass sie mich sterben sehen wollen. - Der Tod wird mich erlösen, doch bis es soweit ist werde ich leiden. Mein Körper wird sich den Qualen des Verbrennens widersetzen, ich werde vielleicht vor Pein schreien, jammern, wehklagen - dies wird an den Nerven der Zuschauer rütteln, und ….

Cossa:
Haltet ein!!
Hört auf, um Christi Willen! Es ist entsetzlich …

Hus:
Entsetzlich? Findet Ihr? – War es das für unseren Heiland nicht auch? Wünschen wir uns denn nicht all seine Qualen ebenfalls zu erleiden,

damit wir erlöst werden und zur Rechten Gottes, unseres Vaters sitzen mögen nach dem letzten Gericht?

Cossa: *(angstvoll, kreischend..)*
Hört auf mit diesem Gerede, ich verbiete es Euch!!

Hus: *(mit sanftem Lachen)*
Ihr verbietet... ja ja....
Ach, mein signor Giovanni, Ihr dürft mir nach Eurer Herzenslust alles verbieten, was Ihr wollt, – es wird nichts daran ändern, dass Ihr hier mit mir in dieser Zelle, in demselben fauligen Stroh auf Euren Allerwertesten sitzt.
(Hus rutscht ein wenig zur Seite, klopft mit der Hand auf die Bank, Cossa einladend sich zu setzen)

Cossa: *(Wut, Aggression, Verdacht)*
Ihr sollt endlich Euer stinkendes Maul halten!!!
(Pause)
Ihr wollt provozieren, he? Meinen Verstand durcheinander bringen.... Wollt mich in den Wahnsinn treiben ……. darauf, nur darauf habt Ihr es abgesehen – auf Rache! Jetzt hab ich Euch durchschaut! Alle wollen Rache! Alle wollen den eigenen Vorteil!

Ihr verfolgt einen Plan. Alle Menschen verfolgen immer einen Plan. Ja! Jetzt hab ich's erkannt! Ihr wollt mich in den Jähzorn treiben, - so wie es Sigismund mit seinem Bruder Wenzel macht - damit ich Euch töte! Damit ich Euch mit meinen eigenen Händen die Kehle zudrücke! Geschickte Manipulation – ja, wahrlich. Meisterhaft! Ihr erspart Euch dadurch die Qualen des Feuertodes und ich werde an Eurer statt zum Scheiterhaufen geschleift, weil sich das Konzil um sein Schauspiel betrogen fühlt. Gut ausgedacht in eurem kranken Ketzerhirn – sehr gut – doch ich werde mich hüten! Ja! – ich werde meine Wut zähmen, ich werde mich zu beherrschen wissen!

Hus:
Warum so laut und wütend, signor Giovanni?

Cossa:
Elender! Verflucht und verdammt sollst du sein zu ewiger Finsternis! Ich gebiete dir zu schweigen …. sonst… sonst ……

Hus:
Sonst? –
Ihr hört mich lachen, signor Giovanni. Was – sonst? Was wird sonst geschehen? Wollt Ihr die Wachen rufen? Und was sollen sie dann tun? Euch aus der Zelle schaffen? Mich aus der Zelle schaffen? Was sonst? Was wollt Ihr?

Cossa:
Ich will, dass Ihr endlich schweigt! – Das Konzil hat recht: Ihr sollt endlich zum schweigen gebracht werden!

Hus
Aber warum sollte ich ausgerechnet jetzt schweigen, signor Giovanni? Endlich habe ich Gesellschaft! Ich bin seit Monaten eingesperrt. Erinnert Ihr Euch? Es geschah auf Euer eigenes Geheiss.

Cossa: *(hysterisch)*
Nein! Nein! König Sigismund war es! Sigismund, der Arglistige war es, der Euch einsperren liess! –. Es war nicht meine Schuld. Das war die Schuld Sigismunds. Sigismund, der Doppelzüngige, der rote Fuchs, die falsche Schlange. Sigismund hätte vielmehr auf mich hören sollen, ja! Meine Ratschläge befolgen ……. aber dieser geldgeile Verräter hat in die eigene Tasche gespielt. Es war König Sigismund….

Hus:
Lasst gut sein, …….. es ist egal. Ob Ihr oder ein anderer– es ist ganz gleich wer mich einsperren liess. König Sigismund ist wortbrüchig

geworden und Ihr – Ihr könnt gar nicht wortbrüchig werden, denn Euer Wort hat noch nie etwas gegolten...
(Hus wehrt Cossas Protest ab)
Ihr kennt Euer eigenes Leben zur genüge. Ihr werdet Euch vor Gott selber verantworten müssen – Ihr, als der „dritte Papst"!

Cossa: – *(springt Hus an die Kehle, kurzer Kampf – Cossas Hand sinkt kraftlos – Hus gelingt es die Hand abzustreifen, Cossa sitzt schwer atmend auf der Bank neben Hus – Hus rückt ein wenig ab)*

Hus:
Signor Giovanni, es heisst von Euch, dass Ihr keine Gnade kennt – doch wollt Ihr Euch tatsächlich an mir versündigen? An mir, dem Verurteilten? Ich wäre wohl der Erste, der die Ehre hätte von Eurer eigenen Hand getötet zu werden anstatt von Euren Schergen. Ausserdem – wie Ihr schon sagtet - hättet Ihr mir so den Feuertod erspart und die Menge um ihr Schauspiel beraubt....

Cossa: *(erschöpft)*
Wie grausam Ihr doch seid …. Ihr gebt es auch noch zu, dass Ihr mich manipuliert …..

Hus:
Ich?? Grausam? Euch manipuliert?
(Hus lacht)

Wie erbärmlich ist Euer Verhalten. - Es fällt mir schwer Nachsicht zu üben. Allerdings – gehören solche Gedanken nicht bereits zur Todsünde des Hochmuts? Des Stolzes? Ist nicht Jesu Barmherzigkeit das strahlende Vorbild, nach dem auch ich, Jan Hus, mich Euch gegenüber befleissigen sollte? Es fällt schwer, ich bekenne es. Auch angesichts des sicheren Todes und der Läuterung fällt es mir schwer mit Euch Erbarmen zu haben.

Signor Giovanni, Ihr wollt mich als Ketzer brennen sehen und nennt mich grausam? Vor lauter verblendeter Wut stürzt Ihr Euch auf mich, um mich zu würgen? Nur zu, Signor Giovanni! Tötet mich ... doch was dann? Nun, Ihr könnt die Wachen rufen und ihnen sagen, ich sei dem plötzlichen Herztod erlegen....

Cossa:
Ihr seid wahrhaftig der Antichrist selbst....

Hus:
Das sagt Ihr, ... und manch einer, der glaubt, dies wiederholen zu müssen.

Cossa: *(leise, resigniert)*
Warum könnt Ihr nicht einfach still sein?

Hus:
Weil es schade wäre zu schweigen, signor Giovanni. Weil sich mir nach langer Zeit endlich wieder die Gelegenheit bietet, einen Disput zu führen, weil ich nach langer Zeit des Schweigens wieder Gesellschaft habe!

Cossa:
Dann habt wenigstens die Güte und zeigt Mitgefühl mit Eurem Nächsten, der ein armer, seiner Würden beraubter, verunglimpfter und gedemütigter Gefangener ist.

Hus:
Einen feinen Humor habt Ihr, signor Giovanni, Euch als arm und gedemütigt zu bezeichnen! Wie sagte doch der Heiland, unser aller Erlöser: „Wie ihr dem Geringsten unter euren Nächsten getan habt, so wird an euch getan..."?

Cossa: *(sinkt in sich zusammen, flüstert (neapolitanisch, Beschwörungssprüche – „managgia stramaledetto", „mal occhio" etc.) steigert sich hinein, richtet sich auf und schreit)*

Ich bin immer noch Euer Papst, ich bin Stellvertreter Gottes auf Erden! Ich habe Euch exkommuniziert und Ihr seid mir Euren Respekt schuldig! Eure Gegenwart beschmutzt mich.

Hus: *(sachlich)*
Nein Herr, Ihr seid kein Papst. Ihr seid es nie gewesen. Ihr habt Euch lediglich ein Amt gekauft, gestohlen, ertrogen, erschlichen – der Worte sind viele, sucht Euch eines aus. Ein Papst ist Gottes Stellvertreter auf Erden – doch der seid Ihr gewiss nicht – Ihr wart es nie. Ein Papst soll der Christenheit ein leuchtendes Beispiel sein. Er ist den Gläubigen ein weiser Führer und mitfühlender Lenker ihres geistigen Schicksals. Als Priester lebt er die Reinheit des Geistes und des Leibes vor. In Weisheit und Gnade verkündet er Gottes Wahrheit, auch wenn diese Manchen zuwider ist. Sein Herz brennt nach Erkenntnis der göttlichen Wahrheit. Er leitet seine Untergebenen wie der getreue Hirte der Evangelien. Es verspürt Sehnsucht nach Erleuchtung, er besitzt Bereitschaft zum Dienst am Nächsten und zur Demut, die ihn auf den rechten Weg führen und ihn schliesslich im Lichte der göttlichen Wahrheit frei machen wird. Frei - wahrlich frei, Gott und seine Schöpfung aus ganzem Herzen zu preisen!

(Stille – Licht wird heller)

Cossa: *(murmelnd)*
Ihr macht mich schaudern, Ihr böhmischer Hexer. Ihr solltet euch vor dem Tod auf dem Scheiterhaufen fürchten, ihr solltet hier und jetzt mit den Zähnen knirschen und jammern, dass ihr elend und der Ketzerei beschuldigt sterben müsst. Ihr sollt wehklagen. Ihr sollt Angst haben, ... Angst ...Angst!

Hus: *(nachdenklich, fast erstaunt)*
Ja, - ich weiss. Ich weiss, dass Ihr mir Angst machen wollt. Das wollen andere auch.
Alle wollten immer, dass ich Angst hatte ... warum nur ......

Cossa: *(schnell, neugierig)*
Und? ... Hattet Ihr Angst?

Hus:
Ja......

Cossa:
Ja?? ..... Warum sitzt Ihr dann hier so ruhig??

Hus: *(sanft lächelnd)*
Was für ein unreifes Kind Ihr doch seid, signor Giovanni.
Ein verwöhntes, selbstsüchtiges, entartetes Kind.

Cossa:
Fangt Ihr schon wieder mit Euren Beleidigungen an??

Hus:
Gemach, ... signor Giovanni. Mit diesem Zorn und dieser Erregung schädigt Ihr nur Euer Herz, sofern Ihr denn eines habt.... Es ist nicht notwendig, Euch so zu erregen, denn Ihr werdet heil hier heraus kommen und werdet noch weitere Jahre unbeschadet überstehen.

Cossa:
Was macht Euch da so sicher?

Hus: *(seufzt und hebt die Schultern)*
Die Erfahrung macht mich sicher, signor Giovanni. Ich hatte genügend Zeit zum Nachdenken, genügend Musse für Betrachtungen

und Gedanken - Ihr selbst und der Herr Sigismund habt mir diese wertvolle Zeit verschafft.

Cossa:
Ihr seid ein hoffnungsloser Spinner - man hat Euch verhext, man hat Euch mit ketzerischem Gedankengut vergiftet und jetzt meint Ihr mich damit martern zu müssen.

Hus:
Seid beruhigt, signor Giovanni, Eure Gedanken kann man nicht vergiften – nicht mehr als sie es schon seit Euren jungen Jahren sind.

Cossa:
Frechheit!!

Hus:
...und Ihr habt mir gegenüber Euer Wort gebrochen – wir sind also quitt. Kommt, lasst uns wie zwei tüchtige Gelehrte einen ordentlichen Disput nach allen Regeln der Kunst führen!

Cossa:
Ich denke nicht daran!

Hus:
Gut, dann wird es Euch belieben, meinen Worten zuzuhören. Ob Ihr wollt oder nicht – Ihr kommt mir nicht davon. Noch nicht.

Cossa: *(hoffnungsvoll)*
Ihr seid also der felsenfesten Überzeugung, dass man mich aus diesem Loch hier herausholen wird?

Hus:
Aber signor Giovanni! Die Familie Medici braucht doch Eure Unterschriften auf gewissen Urkunden für Transaktionen in Eurem

Namen – na gut, sie könnten die Signatur auch fälschen, aber solange noch ein Quäntchen Hoffnung besteht, dass Ihr Euch mit den Gegenpäpsten und Kardinälen versöhnt, wird man doch die Quelle nicht verschütten, die einen sprudelnden Geldstrom verspricht.

Die Gegenpäpste brauchen euch ebenfalls, - um einen gemeinsamen Feind zu haben, den sie schmähen können. Je schändlicher Euer Ruf, desto besser stehen sie da. Erst wenn Ihr weg seid, werden sie sich gegeneinander wenden. Seht Ihr, signor Giovanni, deshalb habe ich mich in mein Schicksal ergeben, denn ich habe die Gewissheit, dass mein Handeln richtig ist, und dass mich die Menschen nicht vergessen werden. Auch wenn ich brennen werde, und auch wenn mich bisweilen grosse Furcht vor den Schmerzen befällt, die ich zu erleiden habe – ich bin bereit dazu.

Die Haft, in die Ihr mich gestürzt habt, hat mir ermöglicht meinen Frieden mit Gott zu schliessen und auf seine Barmherzigkeit zu vertrauen. Ach, signor Giovanni, wenn Ihr nur ahnen könntet, welch ein herrliches, erhebendes Gefühl des Trostes es ist, im Frieden mit Gott und im Frieden mit sich selbst zu sein - und zu wissen, dass man bald aus dieser verlogenen Welt scheiden wird! Ich gehe getrost im Wissen, dass ich meine Aufgabe erfüllt habe.

Cossa:
Das ist Blasphemie. Eure Aufgabe? Welche Verblendung! Wie kann einer wie Ihr von Wahrheit sprechen?

Hus: *(nachdenklich)*
Die Wahrheit ist eine scheue Gefährtin, signor Giovanni, sie offenbart sich nur in der Stille und Selbstbetrachtung. Sie enthüllt ihre schöne Stirn nur in Zeiten des stillen Gebets, in der demütigen Abkehr von weltlichen Machtgelüsten und menschlicher Gier. Wie oft zweifelte ich an mir, wie oft war ich unsicher, ob meine Beweggründe wirklich

selbstlos und göttlich inspiriert waren und nicht bloss meiner Eitelkeit entsprangen. Wie oft hatte ich Angst vor dem, was ich sagen wollte - und wie oft habe ich diese Angst überwunden....

.....Signor Giovanni, die Menschen wollen in ihrer Einfachheit Gott nahe sein. Sie wollen in der schlichten Klarheit ihrer Herzen zum himmlischen Vater beten, sie wollen in einfachem Glück ihren Alltagsgeschäften nachgehen. Die Menschen haben nichts gegen einen weltlichen Herrn, solange dieser sie weise regiert. Die meisten Menschen haben kindliche Gemüter, die man entweder zum Guten oder zum Bösen hin lenken kann. Dieses Lenken ist dann die Aufgabe der Herrscher, seien sie weltlich oder geistlich. Die meisten Menschen wollen mit ihren Sorgen und Nöten, aber auch mit ihrem Dank und ihrer Freude selbst an Gott gelangen – ohne die Mittlerschaft von Priestern, denen man nicht immer vertrauen kann. Warum sollte man denn so viele irdische Vermittler benötigen, um zu Gott beten zu können? Warum braucht man sogar himmlische Vermittler, wie die vielen Heiligen und die Mutter Jesu noch dazu? Wie im Himmel, so auch auf Erden? Denken die hohen geistlichen Herren in Rom, dass Gott ebenfalls einen Hofstaat von Würdenträgern, Beamten, Dienern und Sekretären um sich schart? DAS ist eine lächerliche Vorstellung! Und vor allem ist dies ein zutiefst heidnischer Gedanke. Dies ist Eure Blasphemie, mein signor Giovanni!

Cossa:
Häresie! Das sind Worte der Ketzerei.

Hus: *(langsam)*
Nein, signor Giovanni. Meine Worte sind gefühlt im Herzen. Ihr habt Ihnen den Stempel der Abtrünnigkeit aufgedrückt. Doch meine Worte sind schlicht, so wie es die Gemüter der guten Gläubigen und der wahren Christen sind. Dass meine Worte ketzerisch sein sollen, das habt Ihr entschieden und der König Sigismund. Meine

bescheidenen Worte und der einfache Glaube an das Evangelium unseres Herrn Jesus Christus entziehen Euch, und entziehen dem König, die Grundlage Eurer weltlichen Macht.

Cossa: *(schliesst die Augen, schweigt)*

Hus: *(nach einer Pause – kniet nieder – faltet die Hände zum Gebet)*
Herr, ich bin nicht würdig, dass du eingehst unter mein Dach, doch sprich nur ein Wort, so wird meine Seele gesund…."

(Licht aus - Wechsel)

10. Szene

Schluss

Hus:
(evtl. steht die Wahrheit hinter ihm, mit einem flügelartig ausgebreiten Umhang; im Hintergrund könnten knisternde Geräusche zu hören sein, die nach der Rede von Hus in Musik übergehen – instrumental, Hussitenchoral)

Ich, Jan Hus, Magister der Freien Künste und Baccalaureus formatus an der Universität zu Prag; Priester und Prediger an der Kapelle genannt zu Bethlehem – ich berufe mich auf Jesus Christus, die höchste Instanz und den höchst gerechten Richter, welcher allen Rechtsstreit um der Wahrheit Willen auf Erden kennt, beurteilt, verteidigt und richtet.

Wer ist ein höherer Richter als Christus? In seine Hände lege ich hoffnungsvoll mein Schicksal - er wird über mich und alle Menschen sein gerechtes Urteil fällen nach unseren Verdiensten.

ENDE

ANHANG

Jan Hus – Die Daten

1371 – wahrscheinliches Geburtsdatum und wahrscheinlicher Geburtsort Husinec b. Prachatice

1390 – Studienbeginn an der Karlsuniversität in Prag

1393 – Bakkalaureus artium (Sieben Freie Künste)

1396 – Magister artium (Sieben Freie Künste)

1398 – Beginnt an der Fakultät der Sieben Freien Künste zu unterrichten (Artistische Fakultät)

1400 – Priesterweihe und Predigertätigkeit an St. Michael in Prag

1401 – bis 1402 Dekan der Artistischen Fakultät

1402 – Beginn der Predigertätigkeit an der Bethlehems-Kapelle

1404 – Bakkalaureus der Theologie

1409 – bis 1410 Rektor der Karlsuniversität in Prag, Kuttenberger Dekret Wenzels IV.

Ab ca. 1408 – stärker werdende Ideenkonflikte

1412 – Hus protestiert gegen die Praxis des käuflichen Sündenablasses, er verliert die Unterstützung Wenzels IV, Kirchenbann über Hus, Interdikt über der Stadt Prag, Hus verlässt Prag und predigt auf dem Land, wird unterstütz vom tschechischen Adel

1414 – Reise nach Konstanz und Gefangennahme

1415 – 6. Juli - Hinrichtung durch Verbrennen in Konstanz

Zwischen diesen wichtigsten Eckdaten liegen weitere Stationen bedeutender historischer Ereignisse und Wendungen einer komplexen Epoche. Ich verweise tschechisch sprechende Leser gerne auf das, in dieser Hinsicht, sehr genaue Werk von Jiří Spěváček; Václav IV.

Jan Hus – die Werke

Die nachfolgend aufgeführten Werke sind die wichtigsten aus Hus Nachlass. Daneben gibt es weitere, unter anderem auch die Übersetzungen in Tschechische von ausgewählten Schriften John Wycleffs, und eine Sammlung von Briefen an verschiedene Adressaten. Jan Hus war ein äusserst produktiver Autor.

De orthographia Bohemica
(Schrift zur einheitlichen tschechischen Rechtschreibung) wird Jan Hus zugeschrieben, Autorschaft ist nicht gesichert, jedoch wahrscheinlich, die Schrift behandelt eine einheitliche Struktur der Rechtschreibung, inkl. des Systems der diakritischen Zeichen für besondere Laute und Lautverbindungen im Tschechischen.

Dcerka - O poznání pravé cesty k spasení
"Tochter", Über die Erkenntnis des richtigen Weges zum Seelenheil" Mystisches Werk.

Výklady viery, Desatera a Páteře
Erklärungen zum Credo, dem Vaterunser und den Zehn Geboten.

Postila - Vyloženie sv. čtení nedělních
„Postille", eine Sammlung von (59) Predigten zu Sonntagsgottesdiensten.

De ecclesia – (Über die Kirche)
Über die Rolle der Kirche, gründet auf Schriften von John Wycleff. Die Schrift wurde zu einem Anklagepunkt gegen Hus in Konstanz.

O šesti bludiech (Von den sechs Irrtümern)
Jan Hus schreibt Schrift zuerst in Latein, dann in Tschechisch:
„*...als ich der sechs Irrtümer gewahr wurde, die manche Menschen auf Abwege führen, liess ich die Hl. Schriften in Bethlehem zur Warnung an die Wände schreiben: 1. Der Irrtum über die Schöpfungen; 2. Der Irrtum über den Glauben; 3. Der Irrtum über den Ablass der Sünden; 4. Der Irrtum über den Gehorsam; 5. Der Irrtum über Fluch und Verdammnis; 6. Der Irrtum über die Simonie (i.e. priesterliche Dienste gegen Geldzahlungen, z.B. Erteilung der Sakramente. Auch Kauf geistlicher Ämter für Geld).*

Literaturempfehlungen:

Allgemein zum Thema:

Jiří Spěváček; Václav IV. 1361-1419 K předpokladům husitské revoluce, (Svoboda, Praha 1986)

Zum 14. Jahrhundert:

Barbara Tuchmann; Der ferne Spiegel: Das dramatische 14. Jahrhundert, (1991)

Zu Baldassare Cossa:

Stephen Greenblatt; Die Wende, wie die Renaissance begann, (Siedler Verlag 2002)

Zum Konzil, unter anderen auch:

H. Finke; Forschungen und Quellen zur Geschichte des Konstanzer Konzils, (1889)

Zur Musik:

Zdeněk Nejedlý; Počátky husitského zpěvu, (Prag 1906)